ཀྲུང་ཧྭ་གནའ་བོའི་ཡུལ་གྲུང་སྙན་ཚིག
བོད་འགྱུར་བརྒྱ་རྩ་མ།

XZCB བོད་ལྗོངས་མི་དམངས་དཔེ་སྐྲུན་ཁང་།

图书在版编目（CIP）数据

藏译中华经典古诗百首：汉文、藏文/次仁多吉编译. --拉萨：西藏人民出版社，2024.10
（新时代藏语文资源库建设经典译丛）

ISBN 978-7-223-07715-6

Ⅰ. ①藏… Ⅱ. ①次… Ⅲ. ①古典诗歌－诗集－中国－藏语 Ⅳ. ①I222

中国版本图书馆CIP数据核字（2024）第107280号

藏译中华经典古诗百首

新时代藏语文资源库建设经典译丛

译　　者　次仁多吉
责任编辑　卓玛措
封面设计　罗桑扎西
责任印制　拉姆曲珍
出版发行　西藏人民出版社（拉萨市林廓北路20号）
印　　刷　西藏新华印刷有限公司
开　　本　787×960　1/16
印　　张　22.375
字　　数　180千
版　　次　2025年4月第1版
印　　次　2025年4月第1次印刷
印　　数　01-2,000
书　　号　ISBN 978-7-223-07715-6
定　　价　56.00元

发行部联系电话（传真）：0891-6826115

དུས་རབས་གསར་པའི་བོད་སྐད་ཡིག་རིག་མཛོད་ལས་གཞི།
བརྩམས་ཆོས་གྲགས་ཅན་བོད་འགྱུར་དཔེ་ཚོགས་ཀྱི་རྩོམ་སྒྲིག་ཨུ་ཡོན་ལྷན་ཁང་།

སྒྲིག་འདྲི་བ།　ཚུགས་ར་བློ་བཟང་བསྟན་འཛིན།

གཙོ་རྩོམ།　བླ་བ་ཚེ་རིང་།

གཙོ་རྩོམ་གཞོན་པ།　འཇམ་དབྱངས་མཆོག་རྒྱལ། ལྷག་ཆུང་། གྲང་སྨྱུག་ལི་འཐང་།

ཁོངས་མི།　བཀྲ་ཤིས་ཚོས་འཕེལ། ཆོས་ནོར། ཧོན་པོའི་ཡོན། བསྟན་པ་རྒྱལ་མཚན། གདུགས་དཀར་ཚེ་རིང་། ཕུར་བུ་ཚེ་རིང་། བུ་ཆུང་། བློ་བཟང་ནོར་བུ། དབྱིན་ཅི་ལི་འཐང་། ཞུས་ལིས། བླ་བ་ཚེ་རིང་། རིན་ཆེན།(རྒན་པ) ལྷ་དབང་། ལྷག་པ་ཚེ་རིང་།(ཁོངས་མི་ནི་ཀ་དཔེའི་གོ་རིམ་བཞིན་བསྒྲིགས)

序

习近平总书记指出，文明因多样而交流，因交流而互鉴，因互鉴而发展。站在新的历史起点上，在实现中华民族伟大复兴的历史进程中，进一步增强文化自觉和文化自信，以铸牢中华民族共同体意识，不断增进“五个认同”为导向，以文明交流互鉴为动力,在守正创新，促进中华文化大发展、大繁荣的时代洪流中，让古老的藏语言文字紧跟时代步伐，唱响时代主旋律，促进资源开放共享、拓展应用外延，推进经典译介，实现以文化人、以文育人、以文培元的目标，促进各民族交往交流交融，对于藏语言文字工作职能部门和广大编译工作者而言，既是历史使命，更是时代的召唤。

语言文字是人类社会最重要的交际工具和信息载体，是文化的基础要素和鲜明标志，事关人的全面发展和国民素质提高，事关历史文化传承和经济社会发展，事关国家统一和民族团结。西藏和平解放70年来，特别是党的十八大召开以来，在党的民族语言文字方针政策的指引下，在自治区历届党委、政府的高度重视下，国家通用语言文字和藏语言文字共同在西藏得到广泛学习、使用和发展。西藏藏语言文字工作和编译事业取得了历史性成就，伴随着信息化的脚步，藏文这个拥有千年历史的文字，赓续传统、与时俱进，焕发出新的活力。

中华文明延绵不断，具有深厚的历史和文化底蕴，多元一体的中华民族大格局彰显着各民族语言文化的精彩纷呈。作为中华语言文化的重要组成部分之一，藏语言文字历史久远且具有结构严密、表达功能完备的特征，是创造、继承、发展藏族文化的重要标识，为记载和传播中华优秀文化，学习吸收外来先进文化，促进社会发展进步发挥了积极的作用，是促进各民族交往交流交融的有益载体。

藏语文历来有包容并蓄，译介先进文明成果的优良传统。据记载，自公元七世纪以来，翻译事业在西藏绵绵不绝、经久不衰，先后涌现了700多位译师，翻译了包括《甘珠尔》《丹珠尔》《月王药诊》《算学七续圣典》在内的大量典籍，对藏族文学艺术、语言文字及社会文化各个层面都产生了广泛深远的影响，为传承弘扬中华优秀传统文化做出了积极贡献。

在自治区党委、政府的高度重视和关心下，为满足广大藏语文受众的文化需求，自2020年起，西藏自治区藏语委办（编译局）、西藏翻译工作者协会立足发挥职能作用，整合社会资源、结合西藏实际，将经典译丛项目列入“新时代藏语文资源库建设”，并专门成立“经典译丛”工作领导小组及编委会。项目推进过程中，坚持突出选材精准，精选以中华文化经典为主，兼顾具有广泛影响力的国外经典著作；坚持配强翻译力量，广泛组织动员区内资深翻译家、专业翻译人才、翻译学教师等资源，凝聚集体智慧；坚持遵循翻译原则。以“信、达、雅”为目标，遵循藏文语法规则和表达习惯，力求译著精益求精、质量上乘。

下一步，我们将紧密结合实际，总体规划、分步实施，通过对经典的诠释、翻译，为经典藏译提供新的文化视角和翻译范本，计划每年将经典名著翻译工作列入科研、编译工作，规划有序推进，力争未来几年不懈努力、持续深耕拓展，不断提高我区翻译界水平，形成导向鲜明、特色鲜明，服务各族群众的藏译名著资源库品牌。

值此，我们谨向关心、支持和参与此项工作的领导、专家、各界人士表示诚挚的谢意！由于能力水平有限，书中难免存在不足和疏漏之处，敬请广大读者和专家学者提出宝贵意见，并批评指正。

西藏自治区藏语委办（编译局）

西藏自治区翻译工作者协会

“经典译丛”编委会

སྔོན་འགྲོའི་གཏམ།

སྤྱི་ཁྱབ་རྡུའུ་ཅི་ཞི་ཅིན་ཕིང་གིས། ཤེས་རིག་ནི་སྣ་མང་ཕུན་སུམ་ཚོགས་པར་བརྟེན་ཕན་ཚུན་སྤེལ་རེས་བྱེད་པ་དང་། སྤེལ་རེས་བྱས་པར་བརྟེན་ཕན་ཚུན་ལེན་རེས་བྱེད་པ། ལེན་རེས་བྱས་པར་བརྟེན་གོང་དུ་འཕེལ་བར་འགྱུར། ཞེས་གསུངས་ཡོད། དེང་ཚོས་ལོ་རྒྱུས་ཀྱི་འགོ་རྩོམ་ས་གསར་པའི་སྟེང་འགྲིང་དེར་ལངས་ཤིང་། ཀྲུང་ཧྭ་མི་རིགས་བསྐྱར་དར་རླབས་པོ་ཆེ་མངོན་འགྱུར་བྱེད་པའི་ལོ་རྒྱུས་ཀྱི་འཕེལ་རིམ་ཁྲིད་རིག་གནས་ཀྱི་རང་རྟོགས་དང་རིག་གནས་ཀྱི་གདེང་སྤོབས་ཇེ་ཆེར་གཏོང་བ་དང་སྦྲགས། ཀྲུང་ཧྭ་མི་རིགས་གཅིག་མཐུན་ཚོགས་པའི་འདུ་ཤེས་འཛུགས་རྒྱུ་དང་"སོས་སེམས་ལྡུ"མུ་མཐུད་ཆེ་རུ་གཏོང་རྒྱུ་ཁ་ཕྱོགས་སུ་འཛིན་ཞིང་། ཤེས་རིག་ཕན་ཚུན་སྤེལ་རེས་དང་ལེན་རེས་བྱ་རྒྱུ་སྒྲུལ་ཤུགས་སུ་བཟུང་ན། བདེན་སྙིང་གསར་གཏོད་དང་ཀྲུང་ཧྭ་ཡི་རིག་གནས་དར་རྒྱས་གོང་འཕེལ་ཆེན་པོ་གཏོང་བའི་དུས་རབས་ཀྱི་རླབས་རྒྱུན་ཁྲིད། གནའ་བོའི་སྐད་ཡིག་འདི་ཉིད་དུས་རབས་ཀྱི་འགྲོས་དང་མཐུན་ཞིང་དུས་རབས་ཀྱི་བརྗོད་དོན་གཙོ་བོ་དང་མཐུན་པ་དང་། སྲོལ་རྒྱུན་གྱི་ལེགས་ཆ་བསྐྱངས་ནས་ཕྱི་ནང་གི་བརྩམས་ཆོས་གྲགས་ཅན་ཕབ་སྒྱུར་བྱ་རྒྱུས་མཚོན་རིག་གནས་ཀྱི་ཐོན་ཁུངས་གསར་འབྱེད་དང་མཉམ་སྤྱོད་ཐུབ་ངེས་ལ། རིག་གནས་ལ་བརྟེན་ནས་མི་སེམས་འགུགས་པ་དང་། རིག་གནས་ལ་བརྟེན་ནས་མི་སྣ་གསོ་སྐྱོང་། རིག་གནས་ལ་བརྟེན་ནས་རྩ་བ་འཛུགས་པའི་དམིགས་ཚད་མངོན་འགྱུར་ཐུབ་པ། མི་རིགས་ཁག་དབར་འགྲོ་འོང་སྤེལ་རེས་དང་མཉམ་འདྲེས་ཡོང་བར་སྐུལ་འདེད་གཏོང་ཐུབ། དེ་ནི་བོད་སྐད་ཡིག་ལས་དོན་ཚན་པ་དང་རྒྱ་ཆེའི་རྩོམ་སྒྱུར་ལས་དོན་པའི་ངོས་ནས་བརྗོད་ན། ལོ་རྒྱུས་ཀྱི་འཕྲི་འགན་

ཡིན་ལ་དུས་རབས་ཀྱི་འབོད་སྒྲུལ་ཡང་ཡིན།

སྐད་དང་ཡི་གེ་ནི་མིའི་རིགས་སྤྱི་ཚོགས་ཕན་ཚུན་འབྲེལ་བ་བྱེད་པའི་ལག་ཆ་གཙོ་ཆེ་ཤོས་ཤིག་དང་ཆ་འཕྲིན་གྱི་གཙོ་རྟེན་ཞིག་ཡིན་ལ། རིག་གནས་ཀྱི་གཞི་རྒྱུའམ་མཚོན་རྟགས་མངོན་མཚན་ཅན་ཞིག་ཡིན། དེ་ནི་རྒྱལ་དམངས་ཀྱི་བྱང་ཚད་མཐོ་རུ་གཏོང་བྱེད་དང་མིའི་ཕྱོགས་ཡོངས་ཀྱི་གོང་འཕེལ་གཏོང་བྱེད་མེད་དུ་མི་རུང་བ་ཞིག་དང་། ལོ་རྒྱུས་དང་རིག་གནས་མ་ཉམས་རྒྱུན་འཛིན་བྱེད་པའམ་དཔལ་འབྱོར་དང་སྤྱི་ཚོགས་གོང་འཕེལ་གཏོང་བར་མེད་དུ་མི་རུང་བ་ཞིག རྒྱལ་ཁབ་གཅིག་གྱུར་དང་མི་རིགས་མཐུན་སྒྲིལ་བྱེད་པར་ཡང་མེད་དུ་མི་རུང་བ་ཞིག་རེད། བོད་ལ་ཞི་བས་བཅིངས་འགྲོལ་བཏང་ཚུན་གྱི་ལོ་ངོ་བདུན་ཅུའི་རིང་དང་། ལྷག་པར་དུ་ཏང་གི་ཚོགས་ཆེན་བཅོ་བརྒྱད་པ་འཚོགས་ཚུན། ཏང་གི་མི་རིགས་སྐད་ཡིག་གི་མཛད་ཕྱོགས་སྲིད་ཇུས་ཀྱིས་ཁྲིད་སྟོན་བཟང་པོ་དང་། བོད་རང་སྐྱོང་ལྗོངས་སྐབས་རིམ་བྱུང་གི་ཏང་ཨུད་དང་སྲིད་གཞུང་གིས་མཐོང་ཆེན་གནང་བར་བརྟེན། བོད་དུ་རྒྱལ་ཁབ་ཀྱི་སྤྱི་སྤྱོད་སྐད་ཡིག་དང་བོད་སྐད་ཡིག་གཉིས་མཉམ་དུ་སློབ་སྦྱོང་དང་། བེད་སྤྱོད། གོང་འཕེལ་བྱུང་ཞིང་། རང་ལྗོངས་ཀྱི་བོད་སྐད་ཡིག་ལས་དོན་དང་རྩོམ་སྒྲུར་བྱ་གཞག་ལ་ལོ་རྒྱུས་རང་བཞིན་གྱི་གྲུབ་འབྲས་ཐོབ་ཡོད་པ་གང་ཞིག ལོ་ངོ་སྟོང་གི་ལོ་རྒྱུས་ལྡན་པའི་སྐད་ཡིག་དེ་བཞིན་ཆ་འཕྲིན་ཅན་གྱི་འཕེལ་འགྲོས་དང་བསྟུན་ཏེ་མ་ཉམས་རྒྱུན་འཛིན་ཐོག་དུས་བསྟུན་ཡར་རྒྱས་འགྲོ་བཞིན་ཡོད། དེར་སྣང་བས་གསོན་ཤུགས་གསར་པ་ཞིག་ལྡན་པར་གྱུར་ཡོད།

ཀྲུང་ཧྭ་ཡི་ཤེས་རིག་ནི་འབྲི་ཆུའི་རླུང་བཞིན་རྒྱུན་ཆད་པའི་དུས་མེད་ཅིང་། དེར་ལོ་རྒྱུས་ཀྱི་ཁུངས་བཙན་ལ་རིག་གནས་ཀྱི་རྩ་བ་བརྟན་པ་དང་། རྣ་མང་གཞི་གཅིག་གི་ཀྲུང་ཧྭ་མི་རིགས་ཆེན་མོའི་ས་རྒྱ་གཤིན་པོར་མི་རིགས་ཁག་གི་སྐད་ཡིག་གི་ལོ་རྒྱ་འབྲས་བུས་མཚར་སྤུག་ཉམས་བཟང་ངོམས། དེའི་ནང་ནས་ཀྲུང་ཧྭ་སྐད་

ཡིག་རིག་གནས་ཀྱི་གྲུབ་ཆ་གལ་ཆེན་ཞིག་ཡིན་པའི་བོད་སྐད་ཡིག་ནི་ལོ་རྒྱུས་ཡུན་རིང་ལྡན་ལ་བརྡ་སྤྲོད་ཁུངས་གཞི་བཙན་པ་དང་བརྗོད་སྟོབས་ཆེ་བའི་སྐད་ཡིག་ཅིག་ཡིན། དེ་ནི་བོད་ཀྱི་རིག་གནས་གསར་གཏོད་དང་འཛིན་སྐྱོང་སྤེལ་གསུམ་བྱེད་པའི་གཙོ་རྐྱེན་ཞིག་ཡིན་ལ། ཀྲུང་ཧྭ་ཡི་ཕུལ་བྱུང་རིག་གནས་འཛིན་སྤེལ་བྱེད་པ་དང་། གཞན་གྱི་སྔོན་ཐོན་རིག་གནས་སློབ་སྦྱོང་ཉམས་ལེན་བྱེད་པ། སྤྱི་ཚོགས་ཡར་ཐོན་གོང་འཕེལ་གཏོང་བ་སོགས་གང་ཅིར་དགེ་མཚན་ནུས་པ་ཅི་ཆེ་ཐོན་བཞིན་པ་ཞིག་ཡིན་ཕྱིར། མི་རིགས་ཁག་དབར་ཕན་ཚུན་འགྲོ་འོང་སྤེལ་རེས་དང་མཉམ་འདྲེས་ཇེ་ཟབ་ཏུ་གཏོང་བའི་གཞི་རྐྱེན་མེད་དུ་མི་རུང་བ་ཞིག་རེད།

ལར་ནས་བོད་ཀྱི་སྐད་ཡིག་འདི་ཉིད་ལེགས་འདུས་བཅུད་ལེན་བྱེད་པར་བློ་དཀྱེལ་ཡངས་པ་ཞིག་སྟེ། སྔར་ནས་སྔོན་ཐོན་ཤེས་རིག་འབྲས་བུ་གང་ན་དེ་ཡོད་ཀྱིས་ལོ་ཙཱའི་ལམ་ནས་རང་སྐད་དུ་འདུ་ཞིང་སྤྱོད་པར་བྱེད་པའི་སྲོལ་རྒྱུན་བཟང་པོ་ལྡན་ཡོད། སྤྱི་ལོའི་དུས་རབས་བདུན་པའི་དུས་འགོ་ཙམ་ནས་བཟུང་གངས་ལྗོངས་ས་མཐོར་ལོ་ཙཱའི་བྱ་བ་དར་ཆེ་ཞིང་དུས་ཡུན་རིང་མོར་ཉམས་པ་མེད་པར་གནས་པས་སྐྲ་རྗེང་དུ་ལོ་ཙཱ་བ་ཆེན་པོ་ཡང་ཁྲིན་༧༠༠ལྷག་ཙམ་བྱོན་པ་ལས། 《བཀའ་འགྱུར》དང་《བསྟན་འགྱུར》《སྨན་དཔྱད་ཟླ་བའི་རྒྱལ་པོ》《སྐར་རྩིས་རྒྱུད་བདུན》སོགས་གསུང་རབ་དང་བསྟན་བཅོས་བམ་གྲངས་བརྗོད་ཀྱིས་མི་ལངས་པ་ཞིག་བོད་ཡིག་ཏུ་ཕབ་སྒྱུར་ཞུས་ནས་བཞུགས་ཡོད་རྗེན། བོད་ཀྱི་ཤེས་རིག་སྒྱུ་རྩལ་དང་། སྐད་དང་ཡི་གེ། སྤྱི་ཚོགས་རིག་གནས་སོགས་གང་ཅིར་ཤུགས་རྐྱེན་གཏིང་ཟབ་ཐེབས་ཡོད། དེས་ཀྱང་ཀྲུང་ཧྭ་མི་རིགས་ཀྱི་ཕུལ་བྱུང་སྲོལ་རྒྱུན་རིག་གནས་རྒྱུན་འཛིན་དང་དར་སྤེལ་གཏོང་བར་ལེགས་སྐྱེས་ཅི་ཆེ་ཕུལ་ཡོད་ཅེས་མཁྱེན་པ་གཟེངས་སུ་བཏེགས་ནས་བརྗོད་ཚོག

དེས་ན། རྒྱ་ཆེའི་བོད་སྐད་ཡིག་སྦྱོང་མཁན་རྣམས་ཀྱི་རིག་གནས་དགོས་མཁོ་སྐོང་ཆེད། བོད་རང་སྐྱོང་ལྗོངས་ཏང་ཨུད་དང་སྲིད་གཞུང་གི་མཐོང་ཆེན་དང་ཐུགས་འཁུར་ཟབ་བཞེས་གནང་བའི་འོག ལྗོངས་བོད་སྐད་ཡིག་ལས་དོན་ཨུ་ལྷན་གཞུང་ལས་ཁང་（རྩོམ་སྒྱུར་ཅུད）དང་བོད་ལྗོངས་ལོ་རྡ་བའི་མཐུན་ཚོགས་ཀྱིས་འགན་ཉུས་འདོན་སྤེལ་གང་ལེགས་ཐོག སྤྱི་ཚོགས་ཀྱི་སྟོབས་ཤུགས་ལ་བརྟེན་པ་དང་བོད་ཀྱི་དོན་དངོས་དང་བསྟུན་ཏེ། ༢༠༢༠ལོར“བཅའ་མཐས་ཆོས་གྲགས་ཅན་བོད་འགྱུར་དཔེ་ཚོགས”ཞེས་པའི་ལས་དོན་རྣམ་གྲངས་དེ“དུས་རབས་གསར་པའི་བོད་སྐད་ཡིག་རིག་མཛོད་ལས་གཞི”ནང་བཅུག་པ་མ་ཟད། དེ་དོན་ལས་དོན་འགོ་ཁྲིད་ཚོགས་ཆུང་དང་རྩོམ་སྒྲིག་ཨུ་ལྷན་ཡང་བཙུགས་ནས་རྣམ་གྲངས་ལས་གཞི་དེ་དངོས་སུ་འགོ་བཙམས་པ་ཡིན། ང་ཚོས་རྣམ་གྲངས་ལས་གཞི་སྤེལ་རིམ་ནང་རྩ་དོན་གསུམ་ངེས་པར་རྒྱུན་འཁྱོངས་བྱེད་པ་སྟེ། བསྒྱུར་བྱའི་བཅའ་མཐས་ཆོས་འདེམས་སྟངས་ཐད། ཀྲུང་ཧྭ་རིག་གནས་ཀྱི་གསུང་རབ་གཙོ་དོན་ཐོག ཕྱི་རྒྱལ་གྱི་ཕུལ་བྱུང་བཅའ་མཐས་ཆོས་གྲགས་ཆེ་རིགས་ཀྱང་ཚུད་པར་བྱེད་པ་དང་གཅིག ཡིག་སྒྱུར་དཔུང་ཁག་ཐད། རང་ལྗོངས་ཀྱི་ལོ་རྡ་བ་བསླབ་པ་ཀན་གྲས་དང་། ལོ་རྡའི་ཆེད་ལས་མི་སྣ། ཡིག་སྒྱུར་སློབ་གསོའི་དགེ་རྒན་སོགས་ལོ་རྡ་བ་དྲག་འདེམས་ཀྱིས་ཐུན་མོང་གི་བློ་གྲོས་དང་དགེ་མཚན་གཅིག་ཏུ་བསྡུ་བར་བྱེད་པ་དང་གཉིས། ཡིག་སྒྱུར་བྱ་ཐབས་ཐད། མཐུན་བདེ་འཇུག་གསུམ་གྱི་རྩ་དོན་བརྩི་སྲུང་ཐོག གང་བསྒྱུར་བ་དག་བོད་ཡིག་གི་བརྡ་སྤྲོད་དང་མི་འགལ་ལ་བོད་ཀྱི་སྐད་ལུགས་ཡིག་སྲོལ་དང་ཡོངས་སུ་མཐུན་པའི་སྒྱུར་རྩོམ་ལྷ་བར་སྒྲོ་བ་འཕེལ་བའི་འབད་བརྩོན་བྱེད་པ་དང་གསུམ་བཅས་ཡིན།

ཕྱིན་ཆད་ང་ཚོས་བཅའ་མཐས་ཆོས་གྲགས་ཅན་བོད་འགྱུར་ལས་གཞི་འདི་ལོ་རེའི་ཚན་ཞིབ་དང་རྩོམ་སྒྱུར་ལས་དོན་གྱི་གལ་ཆེའི་ནང་དོན་དུ་བརྩིས་ཏེ་དོན་དངོས་

དང་ཟུང་འབྲེལ་གྱིས་འཆར་འགོད་རྣམས་རིམ་བཞིན་ལག་ལེན་དུ་འཁྱོལ་བར་བྱས་ཐོག བརྩམས་ཆོས་གྲགས་ཅན་གང་མང་བོད་ཡིག་ཏུ་ཕབ་སྒྱུར་དང་གསལ་འགྲེལ་གྱིས་རིག་གནས་གསར་པར་ལྷ་བའི་བོད་འགྱུར་མ་དཔེ་རིམ་པས་ཐོན་པའི་འབད་བརྩོན་བྱ་རྒྱུ་ཡིན་ན། འབྱུང་འགྱུར་ལོ་མཐུད་འབད་འཐབ་བྱས་པ་བརྒྱུད། ཁྲིད་ཕྱོགས་ཁ་གསལ་བ་དང་། ཁྱད་ཆོས་མངོན་གསལ་དོད་པ། མི་རིགས་ཁག་གི་དམངས་ཚོགས་ལ་ཞབས་འདེགས་ཞུ་རྗེན་ཏུ་འགྱུར་བའི་བོད་འགྱུར་གྲགས་རྩོམ་དཔེ་མཛོད་ཚད་ལྡན་ཞིག་ཆགས་པ་བྱ་རྒྱུ་དང་འབྲེལ། རང་ལྗོངས་ཀྱི་ཡིག་སྒྱུར་བྱ་གཞག་དང་ཡིག་སྒྱུར་ཆུ་ཚད་གོང་ནས་གོང་དུ་འཕེལ་བར་མཐུན་རྐྱེན་བསྐྲུན་རྒྱུ་བཅས།

མཚམས་འདིར། "དུས་རབས་གསར་པའི་བོད་སྐད་ཡིག་རིག་མཛོད་ལས་གཞི།——བརྩམས་ཆོས་གྲགས་ཅན་བོད་འགྱུར་དཔེ་ཚོགས"དཔེ་སྐྲུན་བྱེད་པ་དང་བསྟུན་ཏེ། ལས་དོན་འདིར་ཐུགས་འཁུར་དང་། རྒྱབ་སྐྱོར། ཐེ་ཞུགས་གནང་མཁན་གྱི་དབུ་ཁྲིད་དང་། ལོ་ཙཱའི་མཁས་དབང་། ལས་རིགས་ཁག་གི་མི་སྣ་བཅས་ལ་སྙིང་དབུས་ནས་ཐུགས་རྗེ་ཆེ་ཞུ་རྒྱུ་ཡིན། ནུས་པ་དང་ཆུ་ཚད་ལྡང་མིན་ལས་སྒྱུར་དེབ་ཁག་ནང་ཆད་ལྷག་སྐྱོན་འགྱུར་མི་ཉུང་བ་ཡོང་སྲིད་ན། རྒྱ་ཆེའི་གཟིགས་པ་པོ་རྣམས་དང་མཁས་དབང་རྣམ་པས་རྩ་ཆེའི་དགོངས་འཆར་དང་སྐྱོན་བརྗོད་གང་མང་ལྷུག་སྩོལ་ཡོང་བར་མཁྱེན།

བོད་རང་སྐྱོང་ལྗོངས་བོད་སྐད་ཡིག་ལས་དོན་ཨུ་ལྷན་གཞུང་ལས་ཁང་（རྩོམ་སྒྱུར་ཚན）དང་བོད་རང་སྐྱོང་ལྗོངས་ལོ་ཙཱ་བའི་མཐུན་ཚོགས་ཀྱི"བརྩམས་ཆོས་གྲགས་ཅན་བོད་འགྱུར་དཔེ་ཚོགས"རྩོམ་སྒྲིག་ཨུ་ལྷན་ནས།

目　录

དཀར་ཆག

诗　经

རྒྱ་ཅིང་སྙན་ངག་བསྙན་བཅོས།

唐 诗

ཐང་རྒྱལ་རབས་དུས་སུ་བྱུང་བའི་སྙན་ངག

宋 词

སུང་རྒྱལ་རབས་དུས་སུ་བྱུང་བའི་གཞས་ཚིག

元散曲

ཡོན་རྒྱལ་རབས་དུས་སུ་བྱུང་བའི་ཁྲང་ཞིའི་གློས་གར་འཁྲབ་གཞུང་ལས་མཆེད་པའི་གཞས་ཚིག

诗经

ཧྲེ་ཅིང་སྙན་ངག་བསྙན་བཅོས།

《诗经》为中国最早的一部诗歌总集，收集了我国周朝时期诗歌。以下五十首原文选自《四书王经》（诗经卷），袁祖社主编，线装书局出版，2002 年版。

《ཧྲེ་ཅིང་སྙན་ངག་བསྟན་བཅོས་》ནི་ཀྲུང་གོའི་ཀྲོའུ་རྒྱལ་རབས་དུས་སུ་ཕྱོགས་བསྒྲིགས་བྱས་པ་དང་རང་རྒྱལ་གྱི་ཆེས་སྔ་པའི་སྙན་རྩོམ་དཔེ་དེབ་ཡིན། གཤམ་གྱི་སྙན་ངག་བརྩམས་ཆོས་དེ་དག་ཡོན་ཙུའུ་ཧྲེ་ཡིས་གཙོ་བསྒྲིགས་བྱས་པས（2002ལོར་བཅེམ་དེབ་དཔེ་སྐྲུན་ཁང་ནས་དཔར་བཏབས）《དེབ་བཞི་བསྟན་བཅོས་ལྔ》ཡི་《ཧྲེ་ཅིང་སྙན་ངག་བསྟན་བཅོས》ཀྱི་ཆན་པ་ལས་བདམས་ཏེ་བོད་ཡིག་ཏུ་བསྒྱུར།

关雎

关关雎鸠，在河之洲。
窈窕淑女，君子好逑。

参差荇菜，左右流之。
窈窕淑女，寤寐求之。

求之不得，寤寐思服。
悠哉悠哉，辗转反侧。

参差荇菜，左右采之。
窈窕淑女，琴瑟友之。

参差荇菜，左右芼之。
窈窕淑女，钟鼓乐之。

བྱ་རོག་ཕོ་མོ།

བྱ་རོག་ཕོ་མོ་ཀུ་ཙོ་སྒྲོག།
གཙང་པོའི་གླིང་ཆུང་དཀྱིལ་ལ་རྩེད།།
ཕྲ་རྒྱུས་ན་གཞོན་མཛེས་མ་ལ།།
སྙུག་ཤར་གཞོན་པ་སེམས་པ་ཤོར།།

ཆུ་སྐྱེས་སྤྲོ་ཚལ་སྤྲོ་སེང་སེང་།།
གཡས་གཡོན་གཉིས་ནས་གང་དགར་འཐུ།།
དམན་ཆུང་ན་གཞོན་དགའ་མ་ཕྱིད།།
རྨི་ལམ་ནང་དུ་ཡང་ཡང་རྨིས།།

དགའ་མའི་བརྩེ་བ་ཐོབ་ན་བསམ།།
བསམ་བཞིན་བསམ་བཞིན་གཉིད་མི་ཁུག།
ཨ་སློག་ཡང་ཡང་བརྒྱབ་པའི་ངང་།།
ནམ་ལངས་དེ་ཐོས་བྱ་སྐད་བརྒྱབ།།

ཆུ་སྐྱེས་སྤྲོ་ཚལ་སྤྲོ་སེང་སེང་།།
གཡས་ནས་འཐུ་ཞིང་གཡོན་ནས་འཐུ།།
དམན་ཆུང་དགའ་མ་དགའ་ན་བསམ།།
རོལ་ཆ་སྙན་པོ་ལག་པས་དཀྲོལ།།

ཚུ་སྐྱེས་སྤོ་ཚལ་སྤོ་སེང་སེང་།།
གཡས་གཡོན་གཉིས་ནས་ཡག་ཡག་འཐུ།།
དམན་ཆུང་དགའ་མ་སྙིང་གྲོགས་ཕྱིད།།
ཛ་བརྡུང་རྡུང་འབུད་བསུ་བ་ཞུ།།

卷耳

采采卷耳，不盈顷筐。
嗟我怀人，置彼周行。

陟彼崔嵬，我马虺隤。
我姑酌彼金罍，维以不永怀。

陟彼高冈，我马玄黄。
我姑酌彼兕觥，维以不永伤。

陟彼砠矣，我马瘏矣。
我仆痡矣，云何吁矣!

སྤོ་སྨན་ཅན་འར།

སྤོ་སྨན་ཅན་འར་ཇི་ཙམ་འཕྱུ་འགྱུར་ཀྱང་།།
སྐྱུག་སློལ་ཆུང་ཆུང་ཕྱིད་ཀ་ལས་མ་ཁེངས།།
དེ་ཡི་དུས་སུ་ཟླ་བོ་ཡིད་ལ་དྲན།།
སྐྱུག་སློལ་ཕབ་སྟེ་ལམ་གྱི་ཟུར་དུ་བཞག།

ལམ་ཆུང་རྐུབ་པོ་གྱེན་དུ་འཛེགས་པ་ན།།
རྟ་ཕོ་ཤུགས་ཟད་རྐང་པ་འདར་སིག་སིག།
གསེར་ཟངས་ཆང་སྣོད་ཕབ་ནས་ཧུབ་གང་བཏུངས།།
ཟླ་བོ་དྲན་པའི་གདུང་བ་འཛག་ན་བསམ།།

ལ་རྩེ་མཐོ་སར་ཡར་ཡར་འཛེགས་པ་ན།།
རྟ་ཕོ་ཆད་དེ་དབུགས་ཀྱི་ཧུབ་འཕྱིན་བྲེལ།།
རྭ་ཙོའི་ཆང་སྣོད་ནང་ནས་ཧུབ་གང་བཏུངས།།
འཛད་མེད་དྲན་པའི་གདུང་བ་ཆད་ན་བསམ།།

ངལ་བར་མ་འཛོམས་ལ་རྩེར་སླེབས་པའི་དུས།།
རྟ་ཕོ་ནད་ཀྱིས་མནར་ཏེ་རང་སར་འགྱེལ།།
ང་ཡི་གཡོག་པོ་ལུས་ལ་ན་ཟུག་བརྒྱབ།།
ད་ནི་ཡིད་ཆད་དབུགས་རིང་རང་དབང་མེད་པར་ཤོར།།

樛木

南有樛木，葛藟累之。
乐只君子，福履绥之。

南有樛木，葛藟荒之。
乐只君子，福履将之。

南有樛木，葛藟萦之。
乐只君子，福履成之。

ཤིང་སྡོང་འཁྱོག་པོ།

ལྷོ་རི་འབྲས་ཤིང་འཁྱོག་པོའི་སྟེང་།།
ཀུན་འབྲུམ་འབྲས་བུ་བཏགས་ནས་འདུག།
དགའ་བའི་སྟག་ཤར་གཞོན་པ་པོ།།
བསོད་ནམས་ཆེ་བས་བཀྲ་ཤིས་ཕུན་སུམ་ཚོགས།།

ལྷོ་རི་འབྲས་ཤིང་འཁྱོག་པོའི་གཟུགས།།
ཀུན་འབྲུམ་འབྲས་བུས་བཏུམས་ནས་འདུག།
སྤྲོ་བའི་སྟག་ཤར་གཞོན་པ་པོ།།
འབྱོར་པ་ཕྱུག་པས་ཡོངས་སྐྱོང་ཟད་མི་ཤེས།།

ལྷོ་རི་འབྲས་ཤིང་འཁྱོག་པོ་ཡི།།
ཀུན་འབྲུམ་འབྲས་བུས་བསྐོར་ནས་འདུག།
སྐྱིད་པའི་སྟག་ཤར་གཞོན་པ་པོ།།
འཛོན་ཐང་ཆེ་བས་འཕྲིན་ལས་མཁའ་ལྟར་མཉམ།།

麟之趾

麟之趾，振振公子，于嗟麟兮。

麟之定，振振公姓，于嗟麟兮。

麟之角，振振公族，于嗟麟兮!

གྲི་ཡིང་རྐང་སྲུག

གྲི་ཡིང་རྐང་སྲུག མི་ཆེ་གཞུང་དྲང་།
དཀྱིལ་ཆེ་བྱམས་བརྩེ། བསྟོད་དོ་བསྟོད་དོ་ནོར་ཕྱུག་གྲི་ཡིང་།

གྲི་ཡིང་ཐོད་པ། མི་རྗེ་གཞུང་དྲང་།
དཀྱིལ་ཆེ་བྱམས་བརྩེ། བསྟོད་དོ་བསྟོད་དོ་ནོར་ཕྱུག་གྲི་ཡིང་།

གྲི་ཡིང་ན་ཙོ། དཔོན་པོ་གཞུང་དྲང་།
དཀྱིལ་ཆེ་བྱམས་བརྩེ། བསྟོད་དོ་བསྟོད་དོ་ནོར་ཕྱུག་གྲི་ཡིང་།

殷其雷

殷其雷，在南山之阳。
何斯违斯，莫敢或遑？
振振君子，归哉归哉！

殷其雷，在南山之侧。
何斯违斯，莫敢遑息？
振振君子，归哉归哉！

殷其雷，在南山之下。
何斯违斯，莫或遑处？
振振君子，归哉归哉！

འབྲུག་སྐད་དིར་དིར།

འབྲུག་སྐད་དིར་དིར། གློག་དམར་འཁྱུག་འཁྱུག
ལྷ་རིའི་ཉེ་གཏད་རི་ལ་དྲག་ཆར་བརྒྱབ་གིས།
སྟག་ཤར་གཞོན་པ་བྲེལ་འཚུབ་ཕྱོགས་ལ་ཐོན།
ཁྱིམ་ལ་ལྷོད་པོ་མི་སྡོད་ཅི་ཡིན་ནམ།
ཡ་རབས་ཚུལ་དང་ལྡན་པའི་གཞོན་པ་ཁྱེད།
ལོག་ཤོག ལོག་ཤོག ཁྱིམ་ལ་ལོག་ཤོག

འབྲུག་སྐད་དིར་དིར། གློག་དམར་འཁྱུག་འཁྱུག
ལྷ་རིའི་རི་ཡི་གཞོགས་ལ་དྲག་ཆར་བརྒྱབ་གིས།
སྟག་ཤར་གཞོན་པ་བྲེལ་འཚུབ་ཕྱོགས་ལ་ཐོན།
ཁྱིམ་ལ་ལྷོད་པོར་མི་སྡོད་ཅི་ཡིན་ནམ།
ཡ་རབས་ཚུལ་དང་ལྡན་པའི་གཞོན་པ་ཁྱོད།
ལོག་ཤོག ལོག་ཤོག ཁྱིམ་ལ་ལོག་ཤོག་ཨང་།

འབྲུག་སྐད་དིར་དིར། གློག་དམར་འཁྱུག་འཁྱུག
ལྷ་རིའི་རི་ཡི་ཞབས་ལ་དྲག་ཆར་བརྒྱབ་གིས།
སྟག་ཤར་གཞོན་པ་བྲེལ་འཚུབ་ཕྱོགས་ལ་ཐོན།
ཁྱིམ་ལ་ལྷོད་པོར་མི་སྡོད་ཅི་ཡིན་ནམ།
ཡ་རབས་ཚུལ་དང་ལྡན་པའི་གཞོན་ནུ་ཁྱོད།
ལོག་ཤོག ལོག་ཤོག ཁྱིམ་ལ་ལོག་ཤོག་ཨང་།

何彼秾矣

何彼秾矣，唐棣之华？
曷不肃雍？王姬之车。

何彼秾矣，华如桃李？
平王之孙，齐侯之子。

其钓维何？维丝伊缗。
齐侯之子，平王之孙。

དེ་འདྲའི་མཚར་པོ་ཅི་ཡིན་ནམ།

དེ་འདྲའི་མཚར་པོ་ཅི་ཡིན་ནམ།
ཐང་ཧྲི་སྔོན་པོ་མེ་ཏོག་བཞད་པ་འདྲ།
དེ་འདྲའི་ཆེ་ཉམས་དོད་པ་ཅི་ཡིན་ནམ།
ལྷང་ཅི་བཙུན་མོའི་ཕེབས་ཕྱམས་ཡིན་པ་འདྲ།

དེ་འདྲའི་མཛེས་པོ་གང་ཡིན་ནམ།
ཐང་ཧྲི་①མེ་ཏོག་ཁམ་བུའི་མེ་ཏོག་བཞད་ལས་ལྷག
ཀྲིའུ་ཋིང་ལྷང་རྒྱལ་པོའི་ཚ་མོ་འདི།
ཆི་ཚང་དཔོན་པོའི་སྲས་ཀྱི་མནའ་མར་བསུས།

ཉ་འཛིན་སྐུད་པ་གང་ནས་བྱུང་།
དེ་ནི་སི་སྐུད་བསྒྲིམས་ལས་བྱུང་།
ཆི་ཚང་གཞིམ་ཤག་གི་སྲས་ཆུང་སྐུ་ཞབས་ལ།
ཀྲིའུ་ཋིང་ལྷང་རྒྱལ་པོས་ཚ་མོ་མནའ་མར་སྐྱེར།

མཆན་འགྲེལ།

①ཐང་ཧྲི་ཞེས་པ་ཤིང་གི་སྔོན་པོ་ཞིག་གི་མིང་།

击鼓

击鼓其镗，踊跃用兵。
土国城漕，我独南行。

从孙子仲，平陈与宋。
不我以归，忧心有忡。

爰居爰处？爰丧其马？
于以求之？于林之下。

死生契阔，与子成说。
执子之手，与子偕老。

于嗟阔兮，不我活兮。
于嗟洵兮，不我信兮。

ཛ་བཏྲངས།

ཇ་སྲུ་དིང་དིང་བསྲུགས། །དམག་སྒྲོང་ཙུར་ཙུར་བྱེད།།
རྒྱལ་འབངས་མཁར་རྫོང་བརྩིགས། །ང་ནི་ལྷོ་ཊུ་འཁྲིད།།

དམག་དཔོན་སུན་ཙེ་ཀྲུང་གི་རྗེས་སུ་འབྲངས། །
ཁྲིན་སུང་རྒྱལ་ཁབ་གཉིས་པོ་ལག་འབྲེལ་བྱས།།
ང་ནི་དམག་གི་ས་ནས་ལོག་མ་བཏང་། །
སེམས་པ་ཤིན་ཏུ་འཚབ་ཀྱང་བྱ་ཐབས་མེད།།

གང་སྡོད་གར་སོང་མི་ཤེས། །དམག་རྟ་གར་སོང་མི་འདུག།
གང་སར་བཙལ་ཡང་མི་རྙེད། །ནགས་ཚལ་དཀྱིལ་ལ་འཚོལ་འགྲོ།།

ང་གཉིས་ཤི་གསོན་མཉམ་དུ་ཡིན། །མནའ་སྐྱེལ་དམ་བཅའ་ཡིད་ལ་བཅངས།།
ཁྱོད་ཀྱི་ལག་ནས་དམ་པོར་འཛུས། །སྐྲ་ལོ་དུང་ལ་འགྱུར་ཡང་ཁ་མ་བྲལ།།

ཨ་ཙི་མདུན་ལ་རི་ཆུ་མང་པོས་བཀག།
ང་གཉིས་ཐུག་པའི་དུས་ནི་ག་དུས་ཤར།།
གཡུལ་གྱི་འཐབ་མོ་མཚམས་འཇོག་བྱེད་པའི་བཟོ་མི་འདུག།
ཚེ་མཇུག་མི་ཚེ་མཉམ་སྐྱེལ་རེ་བ་བསྒྲུབ་དཀའ་སོང་།།

凯风

凯风自南，吹彼棘心。
棘心夭夭，母氏劬劳。

凯风自南，吹彼棘薪。
母氏圣善，我无令人。

爰有寒泉，在浚之下。
有子七人，母氏劳苦。

睍睆黄鸟，载好其音。
有子七人，莫慰母心。

འཛམ་གླིང་།

ལྷོ་ནས་འཛམ་གླིང་ལྷང་བྱུང་།། ཙའོ་ཏྭ་①མེ་ཏོག་གཡོས་སོང་།།
ཙའོ་ཏྭ་སྐྱིད་འཚར་བཟང་བ། །ཨ་མའི་དགའ་སྤྲོད་འབྲས་བུ། །

ལྷོ་ནས་འཛམ་གླིང་ལྷང་བྱུང་། །ཙའོ་ཏྭ་སྔོན་པོ་སྐྱུལ་སོང་།།
དྲིན་ཆེན་ཨ་མས་གསོས་ཀྱང་། །དྲིན་ལན་འཇལ་མཁན་མི་འདུག །

ཆུ་བཟང་རྒྱུགས་པའི་ཡུལ་ལ། །ཡུལ་མི་ཆུ་འདིས་འཚོ་བ། །
བུ་སྲུན་བདུན་པོ་སྐྱེས་ཀྱང་། །དགའ་སྟུག་རྫོགས་རྒྱུ་མི་འདུག །

ཁུ་བྱུག་གསུང་སྐད་སྙན་པོ། །ལྕང་མའི་རྩེ་ནས་སྒྲོགས་བྱུང་།།
བུ་ཕྲུག་མི་བདུན་ཡོད་ཀྱང་།། སེམས་པ་གསོ་མཁན་མི་འདུག །

མཆན་འགྲེལ།

①ཙའོ་ཏྭ་ཞེས་པ་ནི་ཆི་པི་ཁ་སྔོན་པོར་ཤར་བའི་མེ་ཏོག་ལ་ཟེར།

雄雉

雄雉于飞，泄泄其羽。
我之怀矣，自诒伊阻。

雄雉于飞，下上其音。
展矣君子，实劳我心。

瞻彼日月，悠悠我思。
道之云远，曷云能来？

百尔君子，不知德行。
不忮不求，何用不臧？

དེ་ཞོ།

དེ་ཞོ་རི་ལ་འཕུར་སོང་། །གང་འདོད་ས་ལ་འཕུར་སོང་།།
དམག་ལ་འཁྲིད་པའི་ཟླ་བོ། །སེམས་ཀྱི་གཏིང་ནས་དྲན་བྱུང་།།

དེ་ཞོ་རི་ལ་འཕུར་སོང་། །གཡས་འཕུར་གཡོན་འཕུར་བྱེད་གིས། །
ཡིད་གཞུང་སེམས་བཟང་མི་བོར། །སེམས་ཁྲལ་ཅི་ལས་ཆེ་བ། །

ལོ་གཅིག་ལོ་གཉིས་འགྲོ་དུས། །དྲན་སེམས་ལྷག་པར་ཆེ་བ། །
ས་ཐག་རྒྱང་པའི་ཟླ་བོ། །ག་དུས་ཁྱིམ་ལ་ལོག་ཡོང་།།

འདོད་ཧམས་ཆེ་བའི་དཔོན་ཚང་། །ལས་དང་རྒྱུ་འབྲས་མི་རྩི། །
ལས་ངན་ཤ་སྐྱག་བྱས་ཀྱང་། །ད་དུང་ཡག་ཐོག་ཡག་བརྩེགས། །

简兮

简兮简兮，方将万舞。
日之方中，在前上处。

硕人俣俣，公庭万舞。
有力如虎，执辔如组。

左手执龠，右手秉翟。
赫如渥赭，公言锡爵。

山有榛，隰有苓。
云谁之思？西方美人。
彼美人兮，西方之人兮。

ཛ་སྲ་སྒྲོགས།

ཛ་སྲ་བསྒྲགས་སོང་། ཛ་སྲ་བསྒྲགས་སོང་།
གར་གྱི་འཆམ་འགོ་ཚུགས་སོང་། །
ཉི་མ་གནམ་གྱི་དཀྱིལ་ལ་ཞུགས་ཞག །
གཞོན་པས་གར་གྱི་གར་སྟེ་འཁྲིད་ཡོང་། །

བརྗིད་ཉམས་དོད་པ་སེང་གེ་གནམ་མཚོངས་འདྲ་འདྲ། །
གར་ཐག་ཡུག་ཡུག་འཛིགས་རུང་གློག་དམར་འཁྱུག་འཁྱུག །
གཡོན་ལ་རྒྱ་སླིང་ཁྱུང་གསུམ་འཆང་བ། །
གཡས་ལ་ནགས་བྱའི་གཤོག་སྒྲོ་འཕྱེར་བ། །

ངོ་གདོང་རྫིག་པོ་ཁྲག་གི་མདོག་ལྟར་དམར་བ། །
དཔོན་པོ་ཆེན་པོས་ཆང་གི་གཟིགས་བཟོས་གནང་སོང་། །
རི་སྟེང་ཀུན་ཤིང་སྡོང་པོ་སྐྱེས། །སྡོང་རྩར་ཤིང་མངར་ལོ་འདབ་རྒྱས། །

བདག་གི་ཡིད་ལ་སུ་འཕོར་རམ། །ཉུབ་ཀྱི་སྟག་ཤར་གཞོན་པ་འཕོར། །
མོ་བརྒྱ་སེམས་པ་དཀྲུགས་མཁན་པོ། །ཉུབ་ཀྱི་ཕྱོགས་ནས་ཡོང་བའི་མི། །

北风

北风其凉，雨雪其雱。
惠而好我，携手同行。
其虚其邪？既亟只且！

北风其喈，雨雪其霏。
惠而好我，携手同归。
其虚其邪？既亟只且！

莫赤匪狐，莫黑匪乌。
惠而好我，携手同车。
其虚其邪？既亟只且。

བྱང་ལྷག

ལྷག་པ་གྲང་མོ་བྱང་ནས་ལྡང་། །གངས་ཆར་བསྲེས་མ་ཕྱོག་ཕྱོག་འདེད།།
ང་དང་བློ་གཅིག་སེམས་གཅིག་མི། །ལག་གདང་འཆང་ནས་མཉམ་དུ་འགྲོ།།
བློ་རྒྱ་ཆེ་ལ་ཞི་ཞིང་དུལ་བའི་མི། །ཁྲིལ་ཁྲིལ་འཚུབ་འཚུབ་ངང་དུ་ཁ་བྲལ་སོང་།།

བྱང་ལྷག་གྲང་མོ་ཟུར་ཟུར་ལྡང་། །གངས་ཆར་དྲག་པོ་བར་མེད་འཚུབ།།
ང་དང་བློ་གཅིག་སེམས་གཅིག་མི། །ལག་གདང་འཆང་ནས་ཕ་ཡུལ་ཕྱོགས་ལ་འགྲོ།།
བློ་རྒྱ་ཆེ་ལ་ཞི་ཞིང་དུལ་བའི་མི། །ཁྲིལ་ཁྲིལ་འཚུབ་འཚུབ་ངང་དུ་ཁ་བྲལ་སོང་།།

སྤུ་ཁ་དམར་པོ་ཕ་མོ་རེད། །སྤུ་མདོག་ནག་པོ་ཕོ་རོག་ཡིན།།
ང་དང་བློ་གཅིག་སེམས་གཅིག་མི། །ལག་གདང་འཆང་ནས་ཡུལ་ལུང་ཀུན་ལ་འགྲོ།།
བློ་རྒྱ་ཆེ་ལ་ཞི་ཞིང་དུལ་བའི་མི། །ཁྲིལ་ཁྲིལ་འཚུབ་འཚུབ་ངང་དུ་ཁ་བྲལ་སོང་།།

静女

静女其姝，俟我于城隅。
爱而不见，搔首踟蹰。

静女其娈，贻我彤管。
彤管有炜，说怿女美。

自牧归荑，洵美且异。
匪女之为美，美人之贻。

སྐྱེག་འཆང་མ།

པདྨ་བཞད་དང་འདྲ་བའི་སྐྱེག་འཆང་མ། །
གྲོང་གི་མཐའ་རུ་ཐུག་རྒྱུའི་ཁ་ཆད་བྱས། །
ང་གཉིས་ཐུག་དུས་ངོ་གདོང་ས་ལ་སྨད། །
ངོ་ཚས་རྐྱེན་པས་དབུགས་ཀྱི་ཕྱིན་རྗུབས་བྲེལ། །

ཁ་འབྲས་མཚར་བའི་རི་དྭགས་མིག་ཅན་མས། །
ང་ལ་མེ་ཏོག་དམར་པོ་གཅིག་གནང་བྱུང་། །
མེ་ཏོག་དམར་པོ་ཁ་མདོག་ནམ་པར་བཀྲ། །
ཁྱོད་དང་མཛེས་མའི་ནམ་པ་དབྱེར་མ་མཆིས། །

ཕྱི་ནས་ལོག་དུས་དྲི་ཞིམ་རྫས་དཀར་པོ། །
མཛེས་མའི་ཕྱག་རྟགས་ཡིན་ཟེར་བདག་ལ་གནང་། །
བལྟས་ན་མཛེས་པ་བསྣོམ་ན་དྲི་ཞིམ་པ། །
ཡིད་འོང་དགའ་མའི་བརྩེ་སེམས་ཤིན་ཏུ་ཟབ། །

柏舟

泛彼柏舟，在彼中河。
髧彼两髦，实维我仪。
之死矢靡它。母也天只！
不谅人只！

泛彼柏舟，在彼河侧。
髧彼两髦，实维我特。
之死矢靡慝。母也天只！
不谅人只！

ཞིང་གྲུ།

ཞིང་གྲུ་གཙང་པོའི་དཀྱིལ་དུ་རྒྱུགས།།
གྲུ་དཔོན་སྐྲ་ལོ་རིང་པོ་དེ།།
བུ་མོའི་མི་ཚེ་བཙོལ་སའི་མི།།
ཤི་བྲལ་མ་གཏོགས་གསོན་བྲལ་མེད།།
ང་གཉིས་དམ་བཅའ་བཞག་པ་ཡིན།།
དྲིན་ཅན་ཕ་མ་ཁྱེད་གཉིས་ཀྱིས།།
ང་གཉིས་རེ་བ་འགྲུབ་པ་མཁྱེན།།

ཞིང་གྲུ་གཙང་པོའི་འགྲམ་ལ་སླེབས།།
གྲུ་དཔོན་སྐྲ་ལོ་རིང་པོ་དེ།།
བུ་མོའི་སེམས་པ་ཤོར་སའི་མི།།
གཅིག་སེམས་གཅིག་ལ་བཙོལ་བ་ཡི།།
འགྱུར་མེད་དམ་བཅའ་བཞག་པ་ཡིན།།
བརྩེ་བའི་ཕ་མ་ཁྱེད་གཉིས་ཀྱིས།།
བུ་མོའི་རེ་བ་སྒྲུབ་རོགས་གནང་།།

鹑之奔奔

鹑之奔奔，鹊之彊彊。
人之无良，我以为兄！

鹑之彊彊，鹊之奔奔。
人之无良，我以为君！

ཏྲུན་བྱ་འཕུར་སོང་།

ཏྲུན་བྱ་ཆ་གཅིག་གནམ་ལ་འཕུར། །
སྐྱུ་ཀ་ཆ་གཅིག་ས་ལ་བབས། །
མི་དེ་སྐྱོད་པ་ངན་ན་ཡང་། །
ང་ཡིས་ཁོང་ནི་གཅེན་པོར་རྩི། །

སྐྱུ་ཀ་ཆ་གཅིག་ས་ལ་བབས། །
ཏྲུན་བྱ་ཆ་གཅིག་གནམ་ལ་འཕུར། །
མི་དེ་སྐྱོད་པ་ངན་ན་ཡང་། །
ང་ཡིས་ཁོང་ནི་མནའ་མར་བླངས། །

蝃蝀

蝃蝀在东，莫之敢指。
女子有行，远父母兄弟。

朝隮于西，崇朝其雨。
女子有行，远兄弟父母。

乃如之人也，怀婚姻也。
大无信也，不知命也！

འཇའ་ཚོན།

སྤུ་དྲོ་ཤར་ལ་འཇའ་ཚོན་ཟླུབ་འདུག་ཅེས། །
མཛུབ་བཙུགས་ཁ་ནས་ཤོད་ཕོད་མི་གཅིག་མེད། །
བུ་མོ་མནའ་མར་ཕྱིན་པ་ཁྱིམ་དང་བྲལ། །
ཕ་མ་སྤུན་མཆེད་ཚོ་དང་རྒྱང་ཁད་ཆོད། །

དགོང་མོ་མཚམས་སྤྲིན་ནུབ་ལ་འཁྲིགས་པས་ན། །
ཕྱི་ཉིན་ཞོགས་པ་ཆར་པ་ཟིམ་ཟིམ་བབས། །
བུ་མོ་མནའ་མར་ཕྱིན་པ་ཁྱིམ་དང་བྲལ། །
ཕ་མ་སྤུན་མཆེད་ཚོ་དང་རྒྱང་ཁད་ཆོད། །

མནའ་མར་ཕྱིན་པའི་དམན་ཆུང་བུ་མོ་འདིས། །
རང་གི་དགའ་བའི་མི་ལ་ཞུ་ཚུགས་བརྒྱབ། །
དེ་སྔོན་བཞག་པའི་གཉེན་སྒྲིག་དཔང་ཡིག་དོར། །
ཕ་མ་རྒན་པོའི་བཀའ་དང་ཡོངས་སུ་འགལ། །

竹竿

籊籊竹竿，以钓于淇。
岂不尔思？远莫致之。

泉源在左，淇水在右。
女子有行，远兄弟父母。

淇水在右，泉源在左。
巧笑之瑳，佩玉之傩。

淇水悠悠，桧楫松舟。
驾言出游，以写我忧。

སྐྱུག་མའི་རྒྱུག་པ་རིང་པོ།

ཕྲ་ཞིང་རིང་བའི་སྐྱུག་མའི་རྒྱུག་རིང་གིས།།
ཆེ་ཆུའི་①ཁ་རུ་ལངས་ནས་ཉ་མོ་ཟིན།།
ཕ་ཡུལ་ཡིད་ལ་མ་དྲན་ག་ལ་སྲིད།།
ལམ་ཐག་རིང་བས་བསམ་སར་ག་ལ་སླེབས།།

གཡོན་གྱི་ཕྱོགས་ལ་ཆུ་མིག་གནས།།
གཡས་ཀྱི་ཕྱོགས་ནས་ཆེ་ཆུ་རྒྱུགས།།
བུ་མོ་མི་ཡུལ་མཐའ་མར་ཕྱིན།།
ཕ་མ་སྤུན་མཆེད་རྒྱང་ཁད་ཆོད།།

གཡས་ཀྱི་ཕྱོགས་ནས་ཆེ་ཆུ་རྒྱུགས།།
གཡོན་གྱི་ཕྱོགས་སུ་ཆུ་མིག་བཞུགས།།
འཛུམ་པའི་ཁ་ནས་སོ་དཀར་མདོན།།
ལུས་ཀྱི་རྒྱན་ཆ་ལྷ་ལས་ལྷག།

ཆེ་ཆུའི་སྟེང་དུ་ཤིང་གྲུར་བསྐྱོད།།
ཕར་སོང་བྱ་བ་ཡིད་ལ་དྲན།།
ཁྱོད་དང་ང་གཉིས་མཉམ་དུ་གཤིབས།།
དགའ་སྐྱིད་དཔལ་ལ་རོལ་བའི་དུས།།

དྲན་པའི་དགའ་བས་གདུང་བ་སེལ། །

མཆན་འགྲེལ།

①ཚི་ཆུ་ཞེས་པ་གཙང་པོའི་མིང་།

河广

谁谓河广？一苇杭之。
谁谓宋远？跂予望之。

谁谓河广？曾不容刀。
谁谓宋远？曾不崇朝。

གཙང་རྒྱུ་ཁ་ཞེང་ཆེ་བ།

གཙང་པོ་ཁ་ཞེང་ཆེ་རྒྱུ་ག་རེ་ཡོད།།
ཤིང་གྲུ་གཅིག་གིས་ཕ་མཐར་གཏོད་ཐུབ་བོ།།
སྲུང་གི་རྒྱལ་ཁབ་ཆེ་རྒྱུ་ག་རེ་ཡོད།།
རྐང་མཐིལ་བཀྱག་ཙམ་བྱས་ན་མཐོང་རྒྱུ་ཡོད།།

གཙང་པོ་ཁ་ཞེང་ཆེ་རྒྱུ་ག་རེ་ཡོད།།
ཀོ་གྲུ་གཅིག་གིས་ཕར་བཙད་གཏོང་ཐུབ་བོ།།
སྲུང་གི་རྒྱལ་ཁབ་ཆེ་རྒྱུ་ག་རེ་ཡོད།།
ཉི་མ་གཅིག་ལ་ཕར་འགྲོ་ཚུར་ལོག་བྱེད།།

君子于役

君子于役，不知其期。
曷至哉？鸡栖于埘。
日之夕矣，羊牛下来。
君子于役，如之何勿思！

君子于役，不日不月。
曷其有佸？鸡栖于桀。
日之夕矣，羊牛下括。
君子于役，苟无饥渴？

ཨ་ཇོ་ཁྲལ་ལ་འཁྲིད་སོང་།

ཨ་ཇོ་ཁྲལ་ལ་འཁྲིད་སོང་། །
ག་དུས་ལོག་མིན་མི་ཤེས། །
བྱ་དེ་ཚང་ལ་འཛུལ་བ་མཐོང་དུས། །
ཨ་ཇོ་ཡིད་ལ་དྲན་བྱུང་། །
ཉི་མ་ནུབ་ལ་བཞུད་འགྲོ། །
ར་ལུག་ལྷས་ལ་ལོག་བྱུང་། །
ཁྲལ་ལ་འཁྲིད་པའི་ཨ་ཇོ། །
ཡིད་ལ་ལྷང་ལྷང་དྲན་བྱུང་། །

ཨ་ཇོ་ཁྱིམ་ནས་བྲལ་ཏེ། །
ག་དུས་ལོག་རྒྱུ་བྱུང་ཡོང་། །
 སྨུན་པ་རུབ་པའི་མཚམས་ལ། །
བྱ་དེ་ཚང་ལ་འཛུལ་སོང་། །
ཉི་མ་བཞུད་པའི་མཚམས་ལ། །
ར་ལུག་རི་ནས་ལོག་བྱུང་། །
བདག་གི་བརྩེ་བའི་ཨ་ཇོ། །
མི་ཡུལ་ལུང་པའི་ནང་ལ། །
ལྟོ་ཆས་འགྲངས་པ་ཤོག་ཅིག །

兔爰

有兔爰爰，雉离于罗。
我生之初，尚无为；
我生之后，逢此百罹。
尚寐无吪！

有兔爰爰，雉离于罦。
我生之初，尚无造；
我生之后，逢此百忧。
尚寐无觉！

有兔爰爰，雉离于罿。
我生之初，尚无庸；
我生之后，逢此百凶。
尚寐无聪！

རི་བོང་།

རི་བོང་ཆུང་ཆུང་དལ་དལ་ལྡོད་ལྡོད་འཚོ། །
ནག་ཆུང་འདབ་ཆགས་རྙེ་ཡི་སྦྱུབས་སུ་ཚུད། །
ཁོ་བོ་ལོ་ཆུང་བྱིས་པ་ཡིན་པའི་སྐབས། །
མི་རྣམས་དལ་དལ་ལྡོད་ལྡོད་དམག་འཁྲུག་མེད། །
ང་ནི་ནར་སོན་ལོ་ན་གཞོན་པའི་དུས། །
སྡུག་བསྔལ་གཅིག་མཇུག་གཉིས་མཐུད་ཛོགས་མཐའ་མེད། །
ལྡོད་པོར་ཉོན་ཅིག་འཛོགས་འགོ་མ་བྱེད་ཅིག །

རི་བོང་ཆུང་ཆུང་དལ་དལ་ལྡོད་ལྡོད་འཚོ། །
ནག་ཆུང་འདབ་ཆགས་རྙེ་ཡི་སྦྱུབས་སུ་ཚུད། །
ཁོ་བོ་མ་ཡི་ཁོག་ནས་སྐྱེས་པའི་དུས། །
མི་རྣམས་ཞི་ལྡོད་ཡུལ་ལུང་ཞི་བདེར་གནས། །
ང་ནི་ན་ཚོད་དར་ལ་སོན་པའི་ཚེ། །
སྡུག་བསྔལ་ཁོ་ནའི་ངང་དུ་ཉི་མ་བསྐྱལ། །
ཡག་པོ་ཉོལ་ཅིག་གཉིད་ལས་མ་སད་ཅིག །

རི་བོང་ཆུང་ཆུང་དལ་དལ་ལྡོད་ལྡོད་འཚོ། །
ནག་ཆུང་འདབ་ཆགས་རྙེ་ཡི་སྦྱུབས་སུ་ཚུད། །
ཁོ་བོ་ཨ་མའི་ནུ་མ་འཐུང་བའི་དུས། །
ཡུལ་ལུང་ཞི་བདེ་དམག་གི་དྲི་མ་མེད། །

ང་ནི་ནར་སོན་ལོ་ན་རྒས་པའི་དུས། །
དམག་དང་མུ་གེས་ལུང་པ་སྤྲང་པོར་གྱུར། །
ཡག་པོ་ཉོལ་ཅིག་རྫ་ཚོག་ལྷེབས་བརྩེགས་བརྒྱབ། །

遵大路

遵大路兮！掺执子之袪兮！
无我恶兮，不寁故也！

遵大路兮！掺执子之手兮！
无我魗兮，不寁好也！

ལམ་ཆེན་རྒྱུད་དེ་སོང་ཞིག

ལམ་ཆེན་རྒྱུད་དེ་སོང་ཞིག།
ཁྱོད་ཀྱི་ཕུ་ཐུང་འཇུས་ཏེ་གློད་མ་བཏང་།།
བདག་ལ་བསུན་སྣང་མ་བྱེད་ཅིག།
རང་ཡུལ་སྐྱོ་ཡང་མ་སྐྱུར་ཞིག།

ལམ་ཆེན་རྒྱུད་དེ་སོང་ཞིག།
ཁྱོད་ཀྱི་ལག་པ་འཇུས་ཏེ་གློད་མ་བཏང་།།
བདག་ལ་མཐོང་ཆུང་མ་བྱེད་ཅིག།
གྲོགས་པོ་སྙིང་པ་མ་དོར་ཅིག།

女曰鸡鸣

女曰鸡鸣，士曰昧旦。
子兴视夜，明星有烂。
将翱将翔，弋凫与雁。

弋言加之，与子宜之。
宜言饮酒，与子偕老。
琴瑟在御，莫不静好。

知子之来之，杂佩以赠之。
知子之顺之，杂佩以问之。
知子之好之，杂佩以报之。

ན་མོས་བྱ་སྐད་བརྒྱབ་སོང་ཟེར།

ན་མོས་བྱ་སྐད་བརྒྱབ་སོང་ཟེར། །
ཨ་ཕོས་ནམ་ལངས་མི་འདུག་བཤད། །
ཡར་ཡོངས་གནམ་ལ་ཅིག་ལྟོས་དང་། །
ད་ལྟ་སྐར་འོད་ཆེམས་ཆེམས་བཀྲ། །
ཡར་ཡོངས་མདའ་གཞུ་དཔྱང་པར་འཕྱིར། །
རི་དྭགས་བསད་ནས་ཡོག་ཤོག་ཨང་། །

བྱ་ཤ་བཙོས་ཏེ་མཉམ་དུ་ཟས། །
ཤ་དང་ཨ་རག་ཡོངས་སུ་སྤྱོད། །
མི་ཚེ་སྐྱིད་པོའི་ངང་དུ་བསྐྱལ། །
རོལ་ཆ་སྙན་པོ་རྣ་བར་སྙན། །
བཟའ་ཚང་འཆམ་པོ་ལས་ལ་བསྒོམས། །

དཀའ་སྤྱད་འབད་བརྩོན་ཁྱོད་བཟང་གི །
གྲུ་དམར་གཡུ་ཡིས་ང་གཉིས་སྦྲེལ། །
སེམས་བཟང་ཞི་དུལ་ཁྱོད་ལེགས་ཀྱི། །
རིན་ཆེན་གཡུ་ཡིས་བརྩེ་དུང་མཚོན། །
དགའ་བ་བརྩེ་བ་ཁྱོད་ཡིན་གྱི། །
དྲིན་ལན་གསོལ་རྟེན་གཡུ་ཆུང་སྐྱེར། །

风雨

风雨凄凄，鸡鸣喈喈。
既见君子。云胡不夷？

风雨潇潇，鸡鸣胶胶。
既见君子，云胡不瘳？

风雨如晦，鸡鸣不已。
既见君子，云胡不喜？

རླུང་དང་ཆར་པ།

རླུང་ཆེན་ཟུར་ཟུར་དྲག་ཆར་བབས།།
དེ་ཕོའི་སྐད་གོ་དངངས་ཚབ་ལངས།།
ཨ་ཇོ་འཁྲིས་ལ་ཡོད་པ་མཐོང་།།
ང་ཡི་སེམས་པ་ལྷོད་པོར་འགྱུར།།

རླུང་ཆེན་ཟུར་ཟུར་དྲག་ཆར་བབས།།
དེ་ཕོའི་སྐད་གོ་དངངས་འཚབ་ལངས།།
ཨ་ཇོ་འཁྲིས་ལ་ཡོད་པ་བསམ།།
རིག་པ་དེ་མར་གྱུར་པོར་འགྱུར།།

རླུང་ཆེན་ཟུར་ཟུར་དྲག་ཆར་བབས།།
དེ་ཕོའི་སྐད་སྒྲ་ཡང་ཡང་གྲགས།།
ཨ་ཇོ་འཁྲིས་ལ་བསྡད་པ་མཐོང་།།
ང་ཡི་སེམས་པ་དགའ་ལྷང་ལྷང་།།

出其东门

出其东门，有女如云。
虽则如云，匪我思存。
缟衣綦巾，聊乐我员。

出其闉闍，有女如荼。
虽则如荼，匪我思且。
缟衣茹藘，聊可与娱。

ཤར་གྱི་སྒོ་ནས་ཕྱི་ལ་ཐོན།

ཤར་གྱི་སྒོ་ནས་ཕྱི་ལ་ཐོན་པའི་དུས།།
དམན་ཤར་བུ་མོ་ནམ་མཁའི་སྤྲིན་པ་བཞིན།།
སྤྲིན་བཟང་དཀར་པོ་ཁ་དོག་མཛེས་ན་ཡང་།།
བདག་གི་བློ་ལ་བབས་པ་གཅིག་ཀྱང་མེད།།
ལུས་ལ་གོས་དཀར་སྐེ་རག་སྔོ་སངས་དཀྲིས།།
སྤྲ་ལྡེམ་གཟུགས་བཟང་གོམ་ཚུང་དལ་པོས་སྤྱོས།།
ཁོ་བོའི་ཡིད་འཕྲོད་དགའ་མ་དེ་ཡིན་ནོ།།

གོམ་པ་སྤྱོས་ཏེ་མཁར་གྱི་རྒྱལ་སྒོ་དོན།།
དམན་ཚུང་བུ་མོ་མེ་ཏོག་བཞད་པ་འདྲ།།
རྣམ་བཀྲ་མེ་ཏོག་བཞད་པ་མཛེས་ན་ཡང་།།
བདག་གི་སེམས་པ་ཤོར་ས་གཅིག་ཀྱང་མེད།།
ལུས་ལ་གོས་དཀར་སྐ་རགས་དམར་པོ་བཅིངས།།
སྐེད་སྐབས་སྤྲ་ལ་ཐང་ཚུང་གོམ་པ་སྤྱོས།།
ཁོ་བོའི་ཡིད་ཀྱི་རྟེན་པ་དེ་ཡིན་ནོ།།

鸡鸣

鸡既鸣矣，朝既盈矣。
匪鸡则鸣，苍蝇之声。

东方明矣，朝既昌矣。
匪东方则明，月出之光。

虫飞薨薨，甘与子同梦。
会且归矣，无庶予子憎。

བྱ་སྐད་སྒྲོགས་སོང་།

དེ་ཕོས་བྱ་སྐད་བརྒྱབ་སོང་།།
རྒྱལ་བློན་རྣམ་པ་འཛོམས་འདུག།
དེ་ཕོའི་བྱ་སྐད་མ་རེད།།
སྲུང་མའི་གཤོག་སྒྲ་ཡིན་འདུག།

ནམ་ལངས་སྨུན་པ་གསལ་སོང་།།
གྲོས་བློན་གསུང་སྐད་ཙུར་ཙུར།།
སྨུན་པ་གསལ་བ་མ་རེད།།
ཟླ་འོད་དཀར་པོའི་མདངས་རེད།།

མཚན་ལ་སྲུང་སྐད་སིང་སིང་།།
ཉལ་རྒྱུ་བྱུང་ན་བསམ་ཡང་།།
འདུ་ཚོགས་གྲོལ་གྲབས་འདུག་པས།།
མགྱོགས་པོ་བཞེངས་ནས་ཕེབས་ཤིག།

硕鼠

硕鼠硕鼠，无食我黍！
三岁贯女，莫我肯顾。
逝将去女，适彼乐土；
乐土乐土，爰得我所。

硕鼠硕鼠，无食我麦！
三岁贯女，莫我肯德。
逝将去女，适彼乐国；
乐国乐国，爰得我直。

硕鼠硕鼠，无食我苗！
三岁贯女，莫我肯劳。
逝将去女，适彼乐郊；
乐郊乐郊，谁之永号？

བྱི་བ་རྒྱུགས་རིལ།

བྱི་བ་རྒྱུགས་རིལ། བྱི་བ་རྒྱུགས་རིལ།
ང་ཡི་སྔོན་ཐོག་མ་ཟོས་ཤིག །
ལོ་གསུམ་ཏག་ཏག་གསོས་པ་ཡིན།།
ད་དུང་ང་ལ་བསམ་ཤེས་མེད།།
ད་ནི་ཁྱོད་དང་ཁ་བྲལ་ནས།།
ཡུལ་ལུང་སྐྱིད་པོ་ཞིག་ལ་འགྲོ།།
ས་སྐྱིད་སྐྱིད། ཆུ་སྐྱིད་སྐྱིད།
དེ་ནི་ང་ཡི་ཆགས་ས་རྟེན་ས་ཡིན།།

བྱི་བ་རྒྱུགས་རིལ། བྱི་བ་རྒྱུགས་རིལ།
ང་ཡི་ལྗང་པ་མ་ཟོས་ཤིག །
ལོ་གསུམ་ཏག་ཏག་གསོས་པ་ཡིན།།
ད་དུང་ང་ལ་བསམ་ཤེས་མེད།།
ད་ནི་ཁྱོད་དང་ཁ་བྲལ་ནས།།
ཡུལ་ལུང་སྐྱིད་པོ་ཞིག་ལ་འགྲོ།།
ས་སྐྱིད་སྐྱིད། ཆུ་སྐྱིད་སྐྱིད།
དེ་ནི་ང་ཡི་ཆགས་ས་རྟེན་ས་ཡིན།།

བྱི་བ་རྒྱུགས་རིལ། བྱི་བ་རྒྱུགས་རིལ།
ང་ཡི་སྨྱུ་གུ་མ་ཟོས་ཤིག །

ལོ་གསུམ་ཏག་ཏག་གསོས་པ་ཡིན།།
ད་དུང་ང་ལ་བསམ་ཤེས་མེད།།
ད་ནི་ཁྱོད་དང་ཁ་བྲལ་ནས།།
ཡུལ་ལུང་སྐྱིད་པོ་ཞིག་ལ་འགྲོ།།
ས་སྐྱིད་སྐྱིད། ཆུ་སྐྱིད་སྐྱིད།
དེ་ནི་ང་ཡི་ཆགས་ས་རྟེན་ས་ཡིན།།

绸缪

绸缪束薪，三星在天；
今夕何夕，见此良人？
子兮子兮！如此良人何？

绸缪束刍，三星在隅；
今夕何夕，见此邂逅？
子兮子兮！如此邂逅何？

绸缪束楚，三星在户；
今夕何夕，见此粲者？
子兮子兮！如此粲者何？

དམ་པོར་བསྡམས་པ།

མི་ཤིང་དམ་པོར་བསྡམས་ཏེ་རྩིགས་པ་བརྩེགས།།
སྐར་མ་གསུམ་པོ་ཨ་སྔོན་དབྱིངས་སུ་གསལ།།
ད་དགོང་བཀྲ་ཤིས་ཉིན་མོ་གང་ཡིན་ནམ།།
ང་གཉིས་ཐུག་འཕྲད་དགའ་བ་དཔག་མེད་བྱུང་།།
ཨ་ཙི། ཨ་ཙི།
ང་ལ་བློ་བོ་ཡག་པོ་དེ་འདྲ་འཕྲད་པ་དགའ་བ་ལ།།

གཟན་རྩྭ་དམ་པོ་བསྡམས་ནས་ཡོགས་སུ་བརྩེགས།།
སྐར་མ་གསུམ་པོ་གནམ་གྱི་མཐའ་ལ་ཕེབས།།
ད་དགོང་བཀྲ་ཤིས་ཉིན་མོ་གང་ཡིན་ནམ།།
ང་གཉིས་ཚེ་གང་གཏན་གྲོགས་སྒྲིགས་པ་རྟེན་འབྲེལ་བཟང་།།

ཚེར་མ་དམ་པོར་བསྡམས་ནས་གཞོགས་གཅིག་རྩིགས།།
སྐར་མ་གསུམ་པོ་རྒྱལ་སྒོའི་སྟེང་ལ་བཞུགས།།
ད་དགོང་བཀྲ་ཤིས་ཉིན་མོ་གང་ཡིན་ནམ།།
མཛེས་མ་དེ་འདྲ་ང་ཡི་བཟའ་ཚང་ལ།།
བསྐོས་པ་སྐྱི་ལམ་ཡིན་དང་ངོ་མ་ཡིན།།

鸨羽

肃肃鸨羽，集于苞栩。
王事靡盬，不能艺稷黍。
父母何怙？悠悠苍天，
曷其有所？

肃肃鸨翼，集于苞棘。
王事靡盬，不能艺黍稷。
父母何食？悠悠苍天，
曷其有极？

肃肃鸨行，集于苞桑，
王事靡盬，不能艺稻粱。
父母何尝？悠悠苍天，
曷其有常？

ཁྲུང་ཁྲུང་།

ཁྲུང་ཁྲུང་གནམ་ལ་འཕུར་བ་གཤོག་སྒྲ་ཤུར་ཤུར་གྲགས་བྱུང་།།
ཁྲུང་ཁྲུང་འཚོ་ས་བརྟེན་ས་ནགས་ཚལ་སྟུག་པོའི་དཀྱིལ་ཡིན།།
དཔོན་པོའི་ཁྲལ་དང་ཨུ་ལག་ཚར་རྒྱུ་རྫོགས་རྒྱུ་མིན་འདུག།
ཞིང་གཡོག་རྒྱུགས་ལོང་མི་འདུག་ཞིང་ནང་རྩྭ་ངན་ཁེངས་ཞག།
ཕ་མ་རྟེན་ས་མི་འདུག་ནམ་མཁའི་བླ་མས་མཁྱེན་ནོ།།
མི་ཚེ་ཐབས་སྡུག་དེ་འདྲ་ག་དུས་མཇུག་མཐའ་བསྒྲིལ་ཡོང་།།

ཁྲུང་ཁྲུང་གནམ་ལ་འཕུར་བ་གཤོག་སྒྲ་ཤུར་ཤུར་གྲགས་བྱུང་།།
ཁྲུང་ཁྲུང་འཚོ་ས་བརྟེན་ས་ཤིང་འབྲས་སྡོང་པོའི་དཀྱིལ་ཡིན།།
དཔོན་པོའི་ཁྲལ་དང་ཨུ་ལག་ཚར་རྒྱུ་རྫོགས་རྒྱུ་མིན་འདུག།
ཞིང་ཁ་འདེབས་ལོང་མི་འདུག་ཞིང་ནང་རྩྭ་ངན་ཁེངས་ཞག།
ཕ་མ་ལྟོགས་པར་ལུས་སོང་ནམ་མཁའི་བླ་མས་མཁྱེན་ནོ།།
སེམས་ཁྲལ་མེད་པའི་འཚོ་བ་ག་དུས་བསྐྱེལ་རྒྱུ་ཤར་ཡོང་།།

ཁྲུང་ཁྲུང་གནམ་ལ་འཕུར་བ་གཤོག་སྒྲ་ཤུར་ཤུར་གྲགས་བྱུང་།།
ཁྲུང་ཁྲུང་འཚོ་ས་བརྟེན་ས་སང་ཤིང་སྡོང་པའི་དཀྱིལ་རེད།།
ཞིང་ཁ་འདེབས་ལོང་མི་འདུག་ཞིང་ནང་རྩ་ངན་ཁེངས་འདུག།
ཕ་མ་གཉིས་ཀྱི་ཟ་འབྲུ་གང་ནང་ཡོང་བ་མི་ཤེས།།
ཞིང་ལ་ལོ་ཏོག་བཏབས་པའི་དུས་ཤིག་ག་དུས་ཤར་ཡོང་།།

东门之杨

东门之杨，其叶牂牂。
昏以为期，明星煌煌。

东门之杨，其叶肺肺。
昏以为期，明星晢晢。

ཤར་སྒོའི་མདུན་གྱི་སྦྱར་སྡོང་།

ཤར་སྒོའི་མདུན་གྱི་སྦྱར་པ་སྡོང་ཀན་སྟེང་།།
ཚང་ཚིང་ལོ་མ་ཤུ་སྒྲ་བར་མེད་སྒྲོགས།།
སིལ་སིལ་གྲིབ་མའི་འོག་ལ་བསྡད་ན་སྐྱིད།།
མཚན་མོ་འདི་རུ་དགའ་མ་མཉམ་དུ་འཛོམས།།
བྱང་སྐར་ཐུན་བདུན་གནམ་ལ་འོད་འཚེར་འཚེར།།

ཤར་སྒོའི་མདུན་གྱི་སྦྱར་པ་སྡོང་ཀན་སྟེང་།།
ཚང་ཚིང་ལོ་མ་ཤུ་སྒྲ་བར་མེད་སྒྲོགས།།
སིལ་སིལ་གྲིབ་ནག་འོག་ལ་བསྡད་ན་སྐྱིད།།
མཚན་མོ་འདི་རུ་དགའ་མ་མཉམ་དུ་འཛོམས།།
ཐོ་རེངས་སྐར་ཆེན་དལ་བུས་ནུབ་ལ་ཕྱོགས།།

鸤鸠

鸤鸠在桑，其子七兮；
淑人君子，其仪一兮。
其仪一兮，心如结兮。

鸤鸠在桑，其子在梅；
淑人君子，其带伊丝。
其带伊丝，其弁伊骐。

鸤鸠在桑，其子在棘；
淑人君子，其仪不忒。
其仪不忒，正是四国。

鸤鸠在桑，其子在榛；
淑人君子，正是国人。
正是国人，胡不万年？

ཁུ་བྱུག

ཁུ་བྱུག་སང་ཤིང་སྟེང་དུ་བབས།།
ཁོ་ལ་བྱ་ཕྲུག་བདུན་འདུག་གོ།
སེམས་བཟང་གཞུང་དྲང་མི་ཆེན་པོ།།
ནང་གི་སེམས་དང་ཕྱི་ཡི་སྤྱོད་པ་གཅིག།
ནང་སེམས་ཕྱི་སྤྱོད་གཅིག་ཡིན་པས།།
སུས་ཀྱང་གནོད་འཚེ་གཏོང་མི་ཐུབ།།

ཁུ་བྱུག་སང་ཤིང་སྟེང་དུ་བབས།།
བྱ་ཕྲུག་སྐྱི་ཤིང་སྟེང་དུ་ཙུབ།།
སེམས་བཟང་གཞུང་དྲང་མི་ཆེན་པོ།།
དར་སྔོན་སྣ་རགས་བཅིངས་ཏེ་ཉམས་རེ་དགའ།།
དར་སྔོན་སྣ་རགས་ཉམས་བཟང་སྟེང་།།
ཕྱོགས་ཞྭ་གཡུ་བྱུར་འོད་ལྷམ་ལྷམ།།

ཁུ་བྱུག་སང་ཤིང་སྟེང་དུ་བབས།།
བྱ་ཕྲུག་རྩི་ཤིང་སྟེང་དུ་ཙུབ།།
སེམས་བཟང་གཞུང་དྲང་མི་ཆེན་པོ།།
ལྟ་སྤྱོད་རྟག་ཏུ་གཡོ་མེད་རི་བཞིན་བརྟན།།
ལྟ་སྤྱོད་རི་ལྟར་བརྟན་པ་དེ།།

རྒྱལ་ཁག་བཞི་ཡི་མིག་དཔེ་ཡིན།།

ཁྱུ་བྱུག་སང་ཤིང་སྟེང་དུ་བབས།།

བྱ་ཕྲུག་ཀྱིན་ཤིང་སྟེང་དུ་ཉལ།།

སེམས་བཟང་གཞུང་དྲང་མི་ཆེན་པོ།།

འབངས་ཀྱི་དཔོན་པོ་ཡག་པོ་རེད།།

འབངས་ཀྱི་དཔོན་པོ་ཡག་པོ་ཁྱེད།།

སྐུ་ཚེ་རིང་པོ་མི་བཞུགས་ག་ནས་འགྲིག།

七月

七月流火，九月授衣；
一之日觱发，二之日栗烈。
无衣无褐，何以卒岁？
三之日于耜，四之日举趾。
同我妇子，馌彼南亩，田畯至喜。
七月流火，九月授衣；
春日载阳，有鸣仓庚。
女执懿筐，遵彼微行，爰求柔桑。
春日迟迟，采蘩祁祁；
女心伤悲，殆及公子同归。
七月流火，八月萑苇；
蚕月条桑，取彼斧斨，以伐远扬，猗彼女桑。
七月鸣鵙，八月载绩。
载玄载黄，我朱孔阳，为公子裳。
四月秀葽，五月鸣蜩；
八月其获，十月陨萚。
一之日于貉，取彼狐狸，为公子裘。
二之日其同，载缵武功；
言私其豵，献豜于公。
五月斯螽动股，六月莎鸡振羽；
七月在野，八月在宇；
九月在户，十月蟋蟀入我床下。
穹窒熏鼠，塞向墐户；

嗟我妇子，曰为改岁，入此室处。
六月食郁及薁，七月亨葵及菽。
八月剥枣，十月获稻；
为此春酒，以介眉寿。
七月食瓜，八月断壶，九月叔苴，
采荼薪樗，食我农夫。
九月筑场圃，十月纳禾稼；
黍稷重穋，禾麻菽麦。
嗟我农夫！
我稼既同，上入执宫功；
昼尔于茅，宵尔索绹。
亟其乘屋，其始播百谷。
二之日凿冰冲冲，三之日纳于凌阴；
四之日其蚤，献羔祭韭。
九月肃霜，十月涤场；
朋酒斯飨，曰杀羔羊；跻彼公堂。
称彼兕觥，万寿无疆！

ཟླ་བ་བདུན་པ།

ཟླ་བ་བདུན་པ་མེ་ཡི་སྐར་མ་ནུབ་ལ་ཕྱོགས།།
ཟླ་བ་དགུ་པ་དགུན་ཁའི་གྱོན་ཆས་འཚེམས་རན་སོང་།།
ཟླ་བ་བཅུ་གཅིག་དགུན་ལྷག་གྲང་མོ་ཏུས་པར་ཟུག།
ཟླ་བ་བཅུ་གཉིས་གྲང་རླུང་ངར་པོ་ཁ་སྤར་ཤོར།།
ལུས་ལ་གྱོན་པ་འཚེམ་རྒྱུའི་རྒྱུ་ཆ་ང་ལ་མེད།།
གྲང་ངར་ཆེ་བའི་ནམ་དུས་དགུན་ཁ་གང་འདྲ་བསྐྱལ་དགོས་སམ།།
ཟླ་བ་དང་པོར་དཔྱིད་སྟོད་ལག་ཆ་གྲ་སྒྲིག་བྱས།།
ཟླ་བ་གཉིས་པར་ཞིང་ཁ་སྟོད་པའི་ལས་འགོ་ཚུགས།།
ནང་མི་བུ་ཕྲུག་ཞིང་ཁར་ཟ་མ་སྐྱེལ་ལ་བྲེལ།།
ལས་དཔོན་ཞིང་ཁའི་ཟུར་ནས་བལྟས་ཏེ་དགོད་འཚེར་འཚེར།།

ཟླ་བ་བདུན་པ་མེ་ཡི་སྐར་མ་ནུབ་ལ་རྒྱུགས།།
ཟླ་བ་དགུ་པ་ནང་མིའི་དགུན་ཆས་འཚེམས་རན་སོང་།།
དཔྱིད་ཀྱི་ཉི་མས་ས་གཞི་ཆེན་པོ་དྲོས།།
ཤིང་སྡོང་རྩེ་ནས་ཁུ་བྱུག་སྙན་དབྱངས་སྒྲོགས།།
ན་ཆུང་བུ་མོས་སྨྱུག་སླེལ་རྒྱབ་ཏུ་ཁུར།།
ལམ་ཆུང་རྒྱུད་དེ་སང་ལོ་[1]འབྲུ་བར་བསྐྱོད།།
འཛམ་མཉེན་སང་གི་ལོ་མ་སྨྱུག་སླེལ་ཁེངས།།
དཔྱིད་ཀའི་ཉི་མ་རིང་དུ་རིང་དུ་འགྲོ།།
བུ་མོའི་ལས་ཀ་བྱས་ནི་ཚར་རྒྱུ་མེད།།

ཉེ་མ་ནུབ་དུས་བུ་མོའི་སེམས་ནང་དུ། །
ཁོ་དང་མཉམ་དུ་ལོག་རྒྱུར་སེམས་ཁྲལ་བསྐྱེད། །

ཟླ་བ་བདུན་པར་མེ་ཡི་སྐར་མ་ནུབ་ལ་ཕྱོགས། །
ཟླ་བ་བརྒྱད་པར་ཕུ་ཝུད་སྔོ་རྩྭ་ཛ། །
ཟླ་བ་གསུམ་པར་སང་ཤིང་ཡལ་བཅོས་བརྒྱབ། །
ཡལ་གའི་གསེབ་ལ་སྟ་རེ་རྣོན་པོ་གཡུགས། །
ཡལ་ག་རིངས་པོ་ཕར་ལ་བཅད། །
ཡལ་ག་མཉེན་པོ་འཇམ་གྱིས་བཀུག །
ཟླ་བ་བདུན་པར་བྱིའུ་པོ་ལོ་བྱིའུ་སྐད་བརྒྱབ། །
ཟླ་བ་བརྒྱད་པར་སི་མ྄ཱ་②བསྡུ་བར་བྲེལ། །
སི་མ྄ཱ་ཚོས་བརྒྱབ་ཚོས་གཞི་དམར་སྨུག་ཆགས། །
ང་ཡི་སི་མ྄ཱ་ཚོས་གཞི་དམར་པོ་བཀྲག་ཆེ་ཤོས། །
ཨ་ཇོའི་གྱོན་ཆས་བཟོས་ན་དེ་ལ་དགའ་ཤོས་བྱེད། །

ཟླ་བ་བཞི་པར་ཡོན་ཀྲེ་སྔོ་རྩྭ་ལོ་མ་རྒྱས། །
ཟླ་བ་ལྔ་པར་གྲུན་འབུའི་སྐད་སྒྲ་ཡང་ཡང་གོ །
ཟླ་བ་བརྒྱད་པར་བཙས་མ་ཐམས་ཏེ་ལོ་ཏོག་བསྡུ། །
ཟླ་བ་བཅུ་པར་ཤིང་སྡོང་ལོ་མ་རེ་གཉིས་སྐྱུར། །
ཟླ་བ་བཅུ་གཅིག་གཙན་གཟན་ཤ་མོ་རྗོན། །
གཙན་གཟན་ཤ་མོའི་པགས་པ་གྲ་རིང་དེ། །
ཤ་པགས་ན་བཟའ་དཔོན་པོ་ཚོ་ལ་ཕུལ། །
ཟླ་བ་བཅུ་གཉིས་སྐྱེས་པ་ཕོ་རྣམས་ཕྱི་ལ་དོན། །

དམག་སྤྱོད་ཞོར་ལ་རི་དྭགས་རྔོན་པ་བརྒྱབ།།
རི་དྭགས་ཆུང་བ་རང་གི་ནང་ལ་ཁྱེར།།
རི་དྭགས་ཆེ་བ་དཔོན་པོའི་ཕྱག་ལ་ཕུལ།།

ཟླ་བ་ལྔ་པ་འབུ་ཚུང་ཀྱ་མོང་ཀཱང་ཤུགས་རྒྱས་ཏེ་མཆོང་ལྡིང་བྱེད།།
ཟླ་བ་དྲུག་པ་འབུ་ཚུང་གོ་གོ་གཞོག་པ་ཐེར་ཏེ་གང་སར་འཕུར།།
ཟླ་བ་བདུན་པ་འབུ་ཚུང་ཤི་རྟོའོ་ཞིང་ཁའི་ཨུ་མཐར་སྐད་སྒྲ་སྒྲོགས།།
ཟླ་བ་བརྒྱད་པ་ཁང་པའི་བྱ་འདབ་འོག་ལ་སྤོས་ཏེ་འབུ་སྐད་བརྒྱབ།།
ཟླ་བ་དགུ་པ་ཁང་པའི་ནང་ལ་འཛུལ་ནས་ཟ་འཕྲུང་བཙལ།།
ཟླ་བ་བཅུ་པ་ཉལ་ཁྲིའི་འོག་ལ་གབ་ནས་ཕྱིར་མི་འགྲོ།།
ཙི་ཁྱུང་བཀག་ཙིང་དུ་བ་སྦྲུངས་ཏེ་ཙི་ཙི་ཕྱི་རུ་བསྐྲད།།
ཅུང་གཏད་སྒོ་དང་སྒེའུ་ཁུང་རྩིགས་པ་སེར་ཁ་འདམ་པས་ནན་པོ་བསྒུབ།།
གནམ་ལོ་གསར་དུ་བཞད་པའི་ལོ་གསར་དུས་ཆེན་ཤར་བའི་སྐབས།།
བརྩེ་བའི་བཟའ་ཟླ་བུ་ཕྲུག་ཁང་པ་དྲོ་པོར་སྡོད་རྒྱུའི་གྲ་སྒྲིག་བྱས།།

ཟླ་བ་དྲུག་པར་རི་སྐྱེས་ཤིང་འབྲས་སྨིན་ཏེ་ཟ་འགོ་ཚུགས།།
ཟླ་བ་བདུན་པར་ཤན་ཚལ་སྲན་མ་སྔོ་ཚལ་ཟ་རྒྱུ་ཡོད།།
ཟླ་བ་བརྒྱད་པར་ཚི་བི་ཁ་ཡི་འབྲས་བུ་སྨིན་ཏེ་འཐོག།
ཟླ་བ་བཅུ་པར་འབྲས་ཀྱི་ཞིང་ཁ་བརྔ་བའི་ལས་འགོ་ཚུགས།།
ཁྱིམ་ཚང་ནང་དུ་འབྲས་ཆང་བསླལ་ཏེ་དཔྱིད་ཀར་བསུ་བ་ཞུ།།
ཁྱིམ་ཚང་བགྲེས་སོང་རྣམ་པ་ནད་མེད་ཚེ་རིང་ཡོང་བའི་སྨོན་ལམ་བཏབ།།
ཟླ་བ་བདུན་པ་ཀྲ་[3]མངར་མོ་ཟ།།
ཟླ་བ་བརྒྱད་པ་ཏུ་ལུ་[4]འབྲས་བུ་བཏོག།

ཟླ་བ་དགུ་པ་སོ་མ་སྨིན་པས་བསྐྱུ།།
རི་སྐྱེས་སྤོ་ཚལ་འཐུ། རི་ཤིང་ཡལ་ག་བཅད།།
ང་ཅག་ཞིང་པའི་ཟ་བཏུང་འཚོ་བྱེད་དེ་ལྟར་འཚོལ།།

ཟླ་བ་དགུ་པ་གཡུལ་ཐང་ཅག་ཅག་བཏང་།།
ཟླ་བ་བཅུ་པ་སྟོན་ཐོག་ནང་དུ་རུབ།།
བཏབ་དང་སྨིན་པའི་དུས་ཚོད་མི་གཅིག།
གྲོ་སྲན་འབྲས་དང་སོ་མའི་ལོ་ཏོག་རྣམས།།
ང་ཅག་ཨ་ཇོ་ཞིང་པས་ཚ་ཚ་ཝུར་ཝུར་དང་།།
ལོ་ཏོག་འདྲ་མིན་འབྲས་བུ་སྨིན་པ་འབྲུ་ཁང་ནང་ལ་བསྐྱུ།།
ད་ནི་ཕོ་བྲང་ཨར་པོའི་ཁྲལ་ལ་འགྲོ་རན་པས།།
ཉིན་མོ་རི་ལ་ཕྱིན་ཏེ་སྤོ་རྩྭ་རིང་པོ་བཀོག།
མཚན་མོ་སྤོ་རྩྭ་བསྒྲིམས་ཏེ་རྩྭ་ཡི་ཐག་པ་བཟོས།།
ཁང་པའི་ཐོག་ཁར་འཛོགས་ཏེ་ཐིག་ཅག་ནན་པོ་བརྒྱབ།།
དཔྱིད་ཀ་ཤར་དུས་འདེབས་ལས་རྩུགས་ཏེ་ནང་ལས་བྱེད་ཁོམས་མེད།།

དགུན་ཁ་ཤར་ཚེ་གཙང་པོ་འཁྱགས་པས་བསྡམས།།
ཟླ་བ་དང་པོ་འཁྱགས་པ་དཔོར་ཏེ་ས་དོང་ནང་དུ་སྦས།།
ཟླ་བ་གཉིས་པའི་ཚེས་བཟང་དུས་བཟང་ལ།།
འཁྱགས་པ་དོང་ནས་བཏོན་ཏེ་བཀྲ་ཤིས་རྟེན་འབྲེལ་བསྒྲིགས།།
ཞལ་ཟས་བཤམས་ནས་ནམ་མཁའི་ལྷ་ལ་གསོལ།།
ཟླ་བ་དགུ་པར་བ་མོ་ས་ལ་བབས།།
ཟླ་བ་བཅུ་པར་གཡུལ་ཐང་གཙང་འཕྱག་བརྒྱབ།།

ཨ་རག་ཛ་དམ་ཆ་འཁྲིག་མགྲོན་པོ་འབོད། །
ར་ཤ་ལུག་ཤ་ཚོས་མ་ལྷ་ཡི་ཞལ་ལ་མཆོད། །
རྐན་གཞོན་ཚང་མ་མེས་པོ་གསོལ་མཆོད་འདུ་ཁང་ཆེན་མོར་འཛོམས། །
ཆང་ཕོར་བཏེགས་ཏེ་ཕན་ཚུན་མཆོད་ཆང་བཀུག །
ནད་མེད་ཚེ་རིང་ཡོང་བའི་བཀྲ་ཤིས་སྨོན་ཚིག་གྲགས། །

མཆན་འགྲེལ།

①སང་ལོ། སང་ལོ་ཞེས་པ་ནི་སང་ཤིང་གི་ལོ་མ་ཡིན་པ་དང་། སང་ལོ་ནི་དར་འབུའི་ཟས་གཙོ་བོ་ཡིན།

②སི་ལྣ། ལྣ་ཞེས་པ་ཞིང་ཁའི་ནང་གི་སྐྱེ་དངོས་ཞིག་སྟེ། ལྣ་ཡི་རྒྱུས་པ་རྩུབ་པས་སྐྱེ་མོ་ལ་སོགས་སླས་པའི་རྒྱུ་ཆ་ཡོང་བ་དང་། རྒྱུས་པ་ཞིབ་པས་གོྱན་ཆས་ཀྱི་རྒྱུ་ཆ་ཡོང་།

③ཀྭ། ཀྭ་ཞེས་པ་ནི་ཞིང་ཁའི་ནང་གི་སྐྱེ་དངོས་ཞིག་སྟེ་ལོ་མ་ཐེར་ཐེར། མེ་ཏོག་སེར་པོ་དང་། འབྲས་བུའི་དབྱིབས་འཇོང་འཇོང་། རིགས་མི་འདྲ་བ་ཁ་ཤས་ཡོད་པ་ལ་ཏུང་ཀྭ། ཧོང་ཀྭ། ཤིའི་ཀྭ། ནན་ཀྭ་ཞེས་ཟེར།

④རྡུ་ལུ། རྡུ་ལུ་ཞེས་པ་ནི་སྐྱེས་དངོས་ཤིག་གི་མིང་སྟེ་འབྲས་བུའི་དབྱིབས་སྙིང་གི་བཟོ་ལྟ་འདྲ་བ་ལ་དཀྱིལ་ཉག་ཉག རྡུ་ལུ་ཡི་འབྲས་བུ་སྨྲམ་པོར་འགྱུར་ཙ་ན་ཨ་རག་གི་དམ་བི་ལ་སོགས་སྟོད་ཆས་བཟོ་ཡི་ཡོད།

伐柯

伐柯如何？匪斧不克；
取妻如何？匪媒不得。

伐柯伐柯！其则不远。
我觏之子，笾豆有践。

ཟླ་རེའི་ཡུ་བ།

ཟླ་རེའི་ཡུ་བ་བསྒྲུབས་ན་ཡང་།།
ཟླ་རེའི་སྐར་མགོ་མེད་ན་ཅི་ཞིག་བྱ།།
མནའ་མ་ལེན་འདོད་ཡོད་ན་ཡང་།།
མཚམས་སྦྱོར་བར་མི་མེད་ན་དོན་མི་འགྲུབ།།

ཟླ་རེའི་ཡུ་བ་བསྒྲུབ་བསྒྲུབ་ནས།།
མགོ་དང་ཡུ་བ་ཆ་འགྲིག་གཞི་ནས་སྒྲིགས།།
ང་ལ་འཕྲད་པའི་བུ་མོ་མོ།།
སྔོན་མོ་བཤམས་ཏེ་ནང་ལ་བསྲུས་ན་འགྲིག།

天保

天保定尔，亦孔之固。
俾尔单厚，何福不除？
俾尔多益，以莫不庶。

天保定尔，俾尔戬谷穀。
罄无不宜，受天百禄。
降尔遐福，维日不足。

天保定尔，以莫不兴。
如山如阜，如冈如陵，
如川之方至，以莫不增。

吉蠲为饎，是用孝享。
禴祠烝尝，于公先王。
君曰卜尔，万寿无疆。

神之吊矣，诒尔多福。
民之质矣，日用饮食。
群黎百姓，遍为尔德。

如月之恒，如日之升。
如南山之寿，不骞不崩。
如松柏之茂，无不尔或承。

ནམ་མཁའི་ལྷ།

ནམ་མཁའི་ལྷ་ཡི་བཀའ་དྲིན་གྱིས།།
རྒྱལ་པོ་དབུ་འཕང་རིམ་བཞིན་མཐོ།།
འབངས་རྣམས་བྱམས་ཀྱིས་སྐྱོང་བ་ན།།
ལས་དབང་བསོད་ནམས་ངང་གིས་འཕེལ།།
དམངས་ལ་ཇི་ཙམ་ཕན་འགྱུར་པ།།
རྒྱལ་ཁབ་སྟོབས་འབྱོར་དེ་ཙམ་རྒྱས།།

ནམ་མཁའི་ལྷ་ཡི་བཀའ་དྲིན་གྱིས།།
རྒྱལ་པོ་དགེ་རྩ་དེ་མར་ཚུགས།།
བྱ་བ་ཐམས་ཅད་ལྷུན་གྱིས་གྲུབ།།
རྒྱུ་ནོར་ལོངས་སྤྱོད་ཟད་མེད་པ།།
རྣམ་སྲས་བང་མཛོད་གཉིས་པ་བཞིན།།

ནམ་མཁའི་ལྷ་ཡི་བཀའ་དྲིན་གྱིས།།
རྒྱལ་ཁབ་དབྱར་མཚོ་རྒྱས་པ་ལྟར།།
མཐོན་པོའི་རི་དང་ཡངས་པའི་ས།།
རི་གཟར་གྲོག་རོང་གཏིང་ཟབ་པ།།
དྲག་ཏུ་རྒྱུགས་པའི་གཙང་པོའི་ཆུ།།
དེ་རྣམས་རྒྱལ་ཁབ་ཆེན་པོའི་རྟགས།།

ཆོས་བཟང་དུས་བཟང་མཆོད་རྫས་བཤམས།།
མེས་པོ་དམ་པར་བསྙེན་བཀུར་ཞུས།།
དུས་བཞིའི་མཆོད་པ་ཟམ་མི་ཆད།།
མེས་པོ་མཆོག་གི་ཞལ་ལ་གསོལ།།
མེས་པོའི་ཞལ་ནས་གསུང་ཡག་ལ།།
ཁྱེད་ཉིད་ཚེ་རིང་ནད་མེད་ཡོང་།།

ལྷ་ཡིས་མེས་པོའི་ཞལ་གདམ་བསྒྲགས།།
ལྷ་ཡི་བྱིན་རླབས་ཆེན་པོ་ཡིས།།
གང་ཉིད་བདེ་སྐྱིད་དཔལ་ལ་རོལ།།
འབངས་མི་ཟས་གོས་འཛོམས་ཏེ་གནས།།
དཔོན་དང་མི་སེར་ཡོད་དོ་ཅོག།
ཁྱེད་ཀྱི་བཀའ་དྲིན་བརྗོད་མི་ཚར།།

ཡར་ངོའི་ཟླ་བཞིན་གོང་དུ་འཕེལ།།
ཤར་ནས་ཉི་གཞོན་ཤར་བ་འདྲ།།
སྔོ་རི་ལྷུ་བུ་སྲ་ཞིང་བརྟན།།
གཞོམ་ཞིག་མི་འགྱུར་ནམ་གནས་པ།།
ལྷ་ཤིང་ཤུག་པའི་དཔལ་མདའ་བ།།
ནམ་ནམ་ཞར་ཞར་ལྡང་ཐིང་ཐིང་།།

蓼萧

蓼彼萧斯，零露湑兮！
既见君子，我心写兮！
燕笑语兮！是以有誉处兮！

蓼彼萧斯，零露瀼瀼。
既见君子，为龙为光。
其德不爽，寿考不忘。

蓼彼萧斯，零露泥泥。
既见君子，孔燕岂弟。
宜兄宜家，令德寿岂。

蓼彼萧斯，零露浓浓。
既见君子，鞗革忡忡。
和鸾雝雝，万福攸同。

ཨ་ཧོ་སྭ་ཀང་རིང་།

དྲི་ཞིམ་ཨེ་ཧོ་སྭ་ཀང་རིང་། །ཆུ་ཡིས་ཟིལ་པས་སྡོང་གཟུགས་བཏུམས། །
ཁྱེད་རང་ཞལ་རས་མཛལ་བ་ཙམ། །ང་ཡི་སེམས་པར་དགའ་སྤྲོ་འཕེལ། །
བཞེས་རག་མཆོད་བཞིན་འཛུམ་མདངས་སྟོན། །ཁྱེད་དང་འགྲོགས་ན་སྤྲོ་བས་ཁེངས། །

དྲི་ཞིམ་ཨེ་ཧོ་སྭ་ཀང་རིང་། །ཟིལ་པས་བཏུམས་ཏེ་གཞའ་སྤྲིམ་སྤྲིམ། །
ཁྱེད་རང་ཞལ་རས་མཛལ་རྒྱུ་བྱུང་། །ང་ལ་གཟི་བརྗིད་དཔག་མེད་བསྐྱེད། །
ཡ་རབས་ཚུལ་ལྡན་ཀུན་གྱིས་བཀུར། །སྐུ་ཉིད་སྐུ་ཚེ་བརྟན་པར་ཤོག །

དྲི་ཞིམ་ཨེ་ཧོ་སྭ་ཀང་རིང་། །ཟིལ་པ་ཁྲོམ་ཁྲོམ་སོས་རིལ་རིལ། །
ཀྲེ་ཐན་རྒྱལ་པོའི་[1]ཞལ་རས་མཛལ། །ཀུན་ལ་བྱམས་བརྩེ་དགའ་སྤྲོས་ཁེངས། །
སྲུན་ཉེ་ལྷ་བུའི་བརྩེ་དུང་ཟབ། །ཚེ་རིང་མཛད་འཕྲིན་རྒྱས་པར་སྨོན། །

དྲི་ཞིམ་ཨེ་ཧོ་སྭ་ཀང་རིང་། །ཟིལ་པ་མུ་ཏིག་སྟར་ཕྲེང་མཛེས། །
ཀྲེ་ཐན་རྒྱལ་པོ་མཛལ་སོང་ངོ་། །ཆིབས་ཆེན་དང་པ་གསེར་གྱི་མདོག །
ཕེབས་སྒྲོམ་སིག་སིག་དབྱེར་སྒྲ་སྒྲོག །རྒྱལ་པོའི་དབུ་འཕངས་མངོན་པར་མཐོ། །

མཆན་འགྲེལ།

[1]ཀྲེ་ཐན་རྒྱལ་པོ། ཀྲེའུ་རྒྱལ་རབས་ཀྱི་རྒྱལ་པོ་ཀྲེའུ་ཐན་ཡང་ལ་ཟེར།

鸿雁

鸿雁于飞，肃肃其羽。
之子于征，劬劳于野。
爰及矜人，哀此鳏寡。

鸿雁于飞，集于中泽。
之子于垣，百堵皆作。
虽则劬劳，其究安宅？

鸿雁于飞，哀鸣嗷嗷。
维此哲人，谓我劬劳。
维彼愚人，谓我宣骄。

ཁྲུང་ཁྲུང་སྐྱེ་རིང་།

ཁྲུང་ཁྲུང་སྐྱེ་རིང་ནམ་མཁའི་མཐོངས་ལ་འཕུར།།
གཞོག་སྒྲ་ཤུར་ཤུར་བར་མེད་ས་ལ་གྲགས།།
རྒྱལ་པོའི་ཕོ་ཉ་ཕྱོགས་བཞིར་བྲེལ་བས་རྒྱུགས།།
དཀའ་བ་ངལ་དུབ་ཚད་མེད་སྤྱོད་དགོས་བྱུང་།།
ཉམ་ཐག་སྙིང་རྗེའི་ཡུལ་གྱི་སྐྱེ་བོ་ལ།།
གཅིག་པུར་ལུས་ཀྱང་སུ་ཡིས་སྙིང་རྗེ་སྐྱེ།།

ཁྲུང་ཁྲུང་སྐྱེ་རིང་ནམ་མཁའི་མཐོངས་ལ་འཕུར།།
རིང་མོར་མ་སོང་ཆུ་ཁའི་འགྲམ་ལ་བབས།།
ཡུལ་མི་ཁང་ཁྱིམ་བརྩིགས་པའི་ལས་ལ་བྲེལ།།
ཁང་པ་སྒོ་ར་གཅིག་མཚུག་གཉིས་མཐུད་བསྐྲུན།།
དཀའ་ལས་མེད་པའི་ལས་ཀ་ག་ནས་ཡོད།།
དབུལ་པོར་སྡོད་ཁང་བྱུང་ན་ད་གས་འགྲིག།

ཁྲུང་ཁྲུང་སྐྱེ་རིང་ནམ་མཁའི་མཐོངས་ལ་འཕུར།།
བྱ་སྐད་སྐྱོ་མོ་བར་མི་ཆད་པར་སྒྲོགས།།
འཇིག་རྟེན་ལྟོ་གོས་ཤེས་མཁན་སྐྱེ་བོ་ཡིས།།
ང་ཡིས་ལས་ལ་བརྩོན་པར་སྐུལ་མ་བཏང་།།
ཤེས་རྫོངས་འཛིན་ཐང་མེད་པའི་མི་དེ་ཚོས།།
ང་ལ་འཛིན་མདོག་འཕེར་ཤ་དོད་པོ་ཟེར།།

祈父

祈父！予王之爪牙。
胡转予于恤？靡所止居。

祈父！予王之爪士。
胡转予于恤？靡所厎止。

祈父！亶不聪。
胡转予于恤？有母之尸饔。

དམག་གི་འགོ་དཔོན།

དམག་གི་འགོ་དཔོན་ཁྱེད་རང་ནི། །ས་སྐྱོང་རྒྱལ་པོའི་གཡོག་པོ་རེད། །
ང་ཡི་སེམས་པ་འཚབ་དོན་ཅི། །གར་སྡོད་གར་སོང་རང་དབང་མེད། །

དམག་གི་འགོ་དཔོན་ཁྱེད་རང་ནི། །མི་དབང་རྒྱལ་པོའི་དམག་མི་རེད། །
ང་ཡི་སེམས་པ་སྡུག་དོན་ཅི། །འཁྲུམས་འཁྲུམས་ངང་ལ་མི་ཚེ་བསྐྱལ། །

དམག་གི་འགོ་དཔོན་ཁྱེད་རང་ནི། །རྩུབ་རལ་གཏུམ་དྲག་ཆེ་བའི་མི། །
ང་ཡི་སེམས་པ་སྐྱོ་དོན་ཅི། །ཨ་མའི་སེམས་ཁྲལ་ཡིད་ལ་འཁོར། །

无羊

谁谓尔无羊？三百维群。
谁谓尔无牛？九十其犉。
尔羊来思，其角濈濈。
尔牛来思，其耳湿湿。

或降于阿，或饮于池，或寝或讹。
尔牧来思，何蓑何笠，或负其餱。
三十维物，尔牲则具。

尔牧来思，以薪以蒸，以雌以雄。
尔羊来思，矜矜兢兢，不骞不崩。
麾之以肱，毕来既升。

牧人乃梦，众维鱼矣，旐维旟矣，
大人占之；
众维鱼矣，实维丰年；
旐维旟矣，室家溱溱。

ལུག་མེད།

སུ་ཡིས་ཁྱོད་ལ་ལུག་མེད་ཟེར། །ལུག་ཁྲུ་གཅིག་ལ་ལུག་སུམ་བརྒྱ། །
སུ་ཡིས་ཁྱོད་ལ་བ་མེད་ཟེར། །བ་གླང་དགུ་བཅུ་ཁྱོད་ཀྱིས་འཚོ། །
ཁྱེད་ཀྱི་ར་ལུག་ཡོག་ཡོང་གིས། །རྭ་ཅོ་རྗེ་པོ་འགྲུལ་འགྲུལ་བྱེད། །
ཁྱེད་ཀྱི་བ་གླང་ཡོག་ཡོང་གིས། །རྔ་ཅོག་གྲོང་གྲོང་ཡུག་ཡུག་བྱེད། །

ལ་ལ་རི་ལ་རྩྭ་ཟ་གིས། །ལ་ལ་ཆུ་འགྲམ་ཆུ་འཐུང་གིས། །
ལ་ལ་ཐང་ལ་ཉལ་ནས་འདུག །རྫི་བོ་གཞོན་པ་སླེབས་བྱུང་དྷ། །
རྩྭ་ཞྭ་རྩྭ་གོས་ལུས་ལ་གྱོན། །སྤོ་ཕད་ཆུང་ཆུང་སྐེད་པར་བཏགས། །
ར་ཤ་ལུག་ཤ་བ་གླང་ཤ །ལྷ་གསོལ་མཆོད་པར་མེད་ཀ་དག །

རྫི་བོ་གཞོན་པ་ཡོག་སླེབས་ནས། །ཕྱུགས་རིགས་ཕོ་མོ་ཁྲུ་གཅིག་ལ། །
ཆག་དང་གཟན་པའི་མཚན་སྤོ་སྟེར། །ར་ལུག་ཁྲུ་གཅིག་ཡོག་སླེབས་བྱུང་། །
མཚོངས་དང་ལྡིང་དང་རྒྱུགས་འགྱུར་ཡང་། །ཁྲུ་ནས་བྲལ་བ་གཅིག་ཀྱང་མེད། །
རྫི་བོས་ལག་ཡུག་རྒྱག་ཐེངས་གཅིག །ར་ལུག་ཚང་ལ་ཤ་རེར་འཇུལ། །

ཕྱུགས་བདག་མཚན་ལ་རྨི་ལམ་རྨིད། །འབུ་དང་ཉ་མོ་ཟང་ཟིང་དཀྲིལ། །
འབྲུག་དང་ཁྱུང་གིས་དར་ཆ་འཕྱུར། །མོ་པས་ཕྱུགས་བདག་རྨི་ལམ་བརྟག །
འབུ་དང་ཆུ་ཉ་ཟང་ཟིང་དེ། །ལུག་ཡོའི་སྤུ་ལྤགས་བཟང་པོ་ཡིན། །
སྤྲུལ་དང་ཁྱུང་གིས་དར་འཕྱུར་བ། །ཁྱིམ་ལ་བུ་ཕྲུག་བྱུང་བའི་རྟགས། །

裳裳者华

裳裳者华，其叶湑兮。
我觏之子，我心写兮。
我心写兮，是以有誉处兮。

裳裳者华，芸其黄矣。
我觏之子，维其有章矣。
维其有章矣，是以有庆矣。

裳裳者华，或黄或白。
我觏之子，乘其四骆。
乘其四骆，六辔沃若。

左之左之，君子宜之。
右之右之，君子有之。
维其有之，是以似之。

མེ་ཏོག་སོས་པ་རྣམ་པར་བཞད།

མེ་ཏོག་སོས་པ་རབ་ཏུ་བཞད་འགྱུར་པ། །
ཡོ་མ་ལྗང་གུས་བརྒྱན་པས་ལྷག་པར་མཛེས། །
ང་ལ་དཔོན་ཆེན་རྣམ་པ་མཇལ་བྱུང་བས། །
སེམས་ཀྱི་སྡུག་བསྔལ་སེལ་ཏེ་སྤྲོ་བ་འཕེལ། །
སེམས་ཀྱི་སྡུག་བསྔལ་སེལ་ཏེ་སྤྲོ་བ་འཕེལ། །
དེ་ནས་དགའ་སྤྲོའི་དཔལ་ལ་རོལ་རྒྱུ་བྱུང་། །

མེ་ཏོག་སོས་པ་རྣམ་པར་བཞད་འགྱུར་པ། །
དེ་ལ་ངོ་མཚར་མཛེས་སྡུག་བརྗོད་མི་ལང་། །
ང་ལ་མཇལ་བའི་དཔོན་ཆེན་རྣམ་པ་ཚོ། །
ཤེས་བྱ་ཡོན་ཏན་ཕྱུག་པའི་མི་ཆེན་པོ། །
ཤེས་བྱ་ཡོན་ཏན་ཕྱུག་པའི་མི་ཆེན་པོར། །
བསོད་ནམས་ལོངས་སྤྱོད་དབང་ཐང་དང་གིས་འཕེལ། །

མེ་ཏོག་སོས་པ་མདོན་པར་བཞད་འགྱུར་པ། །
སེར་པོ་དཀར་པོ་ཚོས་གཞི་སྣ་ཚོགས་འཛོམས། །
ང་ལ་མཇལ་བའི་དཔོན་ཆེན་རྣམ་པ་ཚོ། །
ཚེབས་ཆེན་དང་པ་བཞི་བསྒྲིགས་ཕེབས་བྱུང་ངོ་། །
ཚེབས་ཆེན་དང་པ་བཞི་བསྒྲིགས་ཕེབས་པའི་སྐབས། །
སྲིབ་མདའ་འཛམ་པོ་དར་ལ་འགྲན་ཚོག་གོ །

གཡོན་གྱི་ཕྱོགས་སུ་ཞི་བའི་དཔོན་པོ་ཕེབས། །
བྱ་བ་ཐམས་ཅད་བསམ་བཞིན་ལྷུན་གྱིས་འགྲུབ། །
གཡས་ཀྱི་ཕྱོགས་སུ་དྲག་པོའི་དཔོན་པོ་ཕེབས། །
དཔའ་མཛངས་རྩལ་ལྡོད་དགྲ་བོ་རྩལ་དུ་བརླག །
རྒྱལ་པོའི་དྲུང་དུ་ཞི་དྲག་བློན་པོས་བསྐོར། །
ཕ་མེས་བྱ་གཞག་ཡར་ངོའི་ཟླ་བཞིན་འཕེལ། །

菀柳

有菀者柳，不尚息焉。
上帝甚蹈，无自暱焉。
俾予靖之，后予极焉。

有菀者柳，不尚愒焉。
上帝甚蹈，无自瘵焉。
俾予靖之，后予迈焉。

有鸟高飞，亦傅于天。
彼人之心，于何其臻。
曷予靖之，居以凶矜。

རྒྱ་ལྕུང་སྔོང་པོ།

ཚང་ཚིང་རྒྱ་ལྕུང་སྔོང་པོ་གྲལ་བསྟར་བསྒྲིགས། །
གྲིབ་བསིལ་འོག་ལ་ངལ་བ་གསོ་ས་ཡག །
རྒྱལ་པོའི་ཕྱུགས་གཉིས་འགྱུར་བ་ཆེ་བ་ལ། །
གམ་དུ་བཅར་ནས་ཉེ་པོ་བྱེད་མི་ཉན། །
སྙན་ལ་བཀའ་མོལ་དྲང་པོ་ཞུས་སོང་ན། །
ཞུ་མཁན་མི་དེར་ཆག་སྒྲོ་ཡོང་ངེས་རེད། །

ཚང་ཚིང་རྒྱ་ལྕུང་སྔོང་པོ་གྲལ་བསྟར་བསྒྲིགས། །
གྲིབ་བསིལ་འོག་ལ་ངལ་བ་གསོ་ས་ཡག །
རྒྱལ་པོའི་ཕྱུགས་གཉིས་ད་ལྟ་ད་ལྟར་འགྱུར། །
རང་མགོ་ཆུ་འདྲེན་བྱེད་མཁན་ལྐུགས་པ་རེད། །
གལ་ཏེ་ཤ་ཚའི་དྲང་གཏམ་ཞུས་སོང་ན། །
ཞུ་མཁན་མི་དེར་ཆག་སྒྲོ་ཕོག་ངེས་རེད། །

འདབ་ཆགས་གཤོག་པ་བརྐྱངས་ནས་གནམ་ལ་འཕུར། །
སྤྲིན་པའི་གཞོགས་ནས་གནམ་གྱི་མཐའ་ལ་སོང་། །
རྒྱལ་པོའི་ཕྱུགས་གཉིས་འདོད་པ་ཚད་མེད་པ། །
དེ་ལ་ཤ་ཚའི་བཀའ་མོལ་ཞུས་སོང་ན། །
ཞུ་མཁན་ཁོང་ལ་ཆག་སྒྲོ་ཕོག་ངེས་རེད། །

棫朴

芃芃棫朴，薪之槱之；
济济辟王，左右趣之。

济济辟王，左右奉璋；
奉璋峨峨，髦士攸宜。

淠彼泾舟，烝徒楫之；
周王于迈，六师及之。

倬彼云汉，为章于天；
周王寿考，遐不作人！

追琢其章，金玉其相；
勉勉我王，纲纪四方。

སྤྲ་མ་བ་ལུ།

སྤྲ་མ་བ་ལུ་ཁིངས་པའི་རི་ནས།།
གསོལ་མཆོད་ཚོ་གའི་འབུད་ཤིང་འཐུ་བ།།
གཟི་བྱིན་དཔལ་གྱིས་ཕྱུག་པའི་རྒྱལ་པོ།།
གཡས་གཡོན་མདུན་ན་འདོན་གྱིས་བསྐོར་བ།།

གཟི་བརྗིད་དཔལ་འབར་ཝུན་ཞང་རྒྱལ་པོ།།
གཡས་གཡོན་བློན་པོས་འཁྲུངས་ཕོར་བཏེགས་པ།།
བཞེས་རག་འཁྲུངས་ཕོར་བཏེགས་མིའི་ཉམས་བཟང་།།
སྤྱོད་ཡོན་གཉིས་ལྡན་སྐྱེ་བོ་ཤ་སྟག།

ཅིང་རྡུའི་གཙང་པོར་གྲུ་གཟིངས་གྲལ་བསྒྲིགས།།
གྲུ་དཔོན་ཆུ་སྐྱུར་འཕྱུར་ནས་གྲུ་འདེད།།
ཝུན་ཞང་རྒྱལ་པོས་དམག་གི་སྡེ་འཁྲིད།།
ཡན་ལག་དྲུག་ལྡན་དཔུང་གིས་རྗེས་འབྲངས།།

གཙང་པོ་ཆེན་པོའི་ཆུ་ཁ་ཡོངས་རྫོགས།།
རི་མོས་བརྒྱན་པའི་གོས་དར་ཁེབས་འདུག།
དགུང་ལོ་མཐོ་བའི་ཝུན་ཞང་རྒྱལ་པོ།།
རྗེས་ཤུལ་འཛིན་མཁན་མི་བཙུགས་ཅི་ཡིན།།

ཁྱད་དུ་འཕགས་པའི་གཡུ་ཡི་རྒྱན་ཆ།།
ལྷད་མེད་རིན་ཆེན་གཡུ་ལས་གྲུབ་པ།།
ལྷག་བསམ་རྣམ་དག་ཅན་ཤང་རྒྱལ་པོ།།
མཁའ་འོག་རྒྱལ་ཁབ་སྐྱོང་བ་ལེགས་སོ།།

文王有声

文王有声，遹骏有声；
遹求厥宁，遹观厥成。
文王烝哉！

文王受命，有此武功；
既伐于崇，作邑于丰。
文王烝哉！

筑城伊淢，作丰伊匹；
匪棘其欲，遹追来孝。
王后烝哉！

王公伊濯，维丰之垣；
四方攸同，王后维翰。
王公烝哉！

丰水东注，维禹之绩；
四方攸同，皇王维辟。
皇王烝哉！

镐京辟雍，自西自东，自南自北，无思不服。
皇王烝哉！

考卜维王，宅是镐京；
维龟正之，武王成之。
武王烝哉！

丰水有芑，武王岂不仕？
诒厥孙谋，以燕翼子。
武王烝哉！

ཅུན་ཞང་རྒྱལ་པོའི་སྙན་གྲགས།

ཅུན་ཞང་རྒྱལ་པོའི་སྙན་གྲགས་ཕྱོགས་བཞིར་ཁྱབ།།
ས་བདག་རྒྱལ་པོའི་རླབས་ཆེན་མཛད་འཕྲིན་གྱིས།།
རྒྱལ་འབངས་ཡོངས་རྫོགས་ཞི་བདེའི་འཚོ་བར་རོལ།།
རྒྱལ་སྲིད་ཡོད་རྒུ་བསམ་པ་བཞིན་དུ་འགྲུབ།།
ཨ་ཧོ།
ཅུན་ཞང་རྒྱལ་པོ་ནམ་མཁའི་ཉི་མ་འདྲ།།

ཅུན་ཞང་རྒྱལ་པོས་གནམ་གྱི་བཀོད་པ་གསན།།
ཟིང་འཁྲུག་སྙིང་འཇགས་བཏང་བ་བྱས་རྗེས་ཆེ།།
ཁྲུང་གོ་རྒྱལ་ཁབ་དཔུང་ཤུགས་ཟིལ་གྱིས་མནན།།
ཧྲུང་ཡི་མཁར་གྲོང་རྒྱལ་ས་གསར་པར་བརྩིགས།།
ཨ་ཧོ།
ཅུན་ཞང་རྒྱལ་པོ་གཟི་བྱིན་དཔལ་འབར་བ།།

གྲོང་གི་མཐའ་འཁོར་བདེ་སྲུང་ཆུ་ཡུར་འདྲུད།།
ཧྲུང་ཡི་རྒྱལ་ས་བསྐྲུན་པར་མིག་དཔེ་བཙུགས།།
དོན་ཆེན་བྱ་གཞག་ཏན་ཏིག་དང་ནས་བསྒྲུབས།།
རྒྱལ་ཐོག་གོང་མའི་མི་དབང་བཀའ་ལ་བརྩི།།
ཨ་ཧོ།

འུན་ཤང་རྒྱལ་པོའི་སྙན་གྲགས་སྲིད་རྩེར་གཡོ།།

ཞི་དྲག་སྔོན་པོ་མཁས་མཛངས་འཛོན་ཐང་ཆེ།།
རྒྱལ་ས་ཐུང་ཡི་སྲུང་བྱ་མཁར་བཙན་པོ།།
མཐའ་བཞིའི་སྐྱེ་བོ་དམ་པ་ཀྲའུ་ལ་ཕྱོགས།།
འུན་ཤང་རྒྱལ་པོ་གནམ་འདེགས་ཀ་བ་ཡིན།།
ཨ་ཧོ།
མི་དབང་འུན་ཤང་རྒྱ་སྐར་རྒྱལ་པོ་བཞིན།

ཐུ་ཆུ་ཤར་ནས་ཅིན་གྱི་ཡུལ་དུ་འཁྲིད།།
ཕོ་རྗོད་ཧྥ་ཡུད་དགའ་སྤྱོད་འབྲས་བུ་ཡིན།།
མཐའ་བཞིའི་མཁྱེན་ལྡན་མི་སྣ་ཀྲའུ་ལ་ཕྱོགས།།
རླབས་ཆེན་འུན་ཤང་རྒྱལ་པོ་ཡག་པོ་རེད།
ཨ་ཧོ།
འུན་ཤང་གཟི་བརྗིད་ཕྱོགས་བཞི་མཚམས་བརྒྱུད་ཁྱབ།།

ཧའོ་ཅིན་རྒྱལ་ས་གསར་བཙུགས་རྒྱལ་སྲིད་སྐྱོང་།།
རྒྱལ་ཁབ་ཁག་གི་དཔོན་པོས་གོང་དུ་བཀུར།།
ཨ་ཧོ།
འུན་ཤང་རྒྱལ་པོའི་མཛད་འཕྲིན་ཀུན་གྱིས་བསྔགས།།

ཧའོ་ཅིན་རྒྱལ་ས་གསར་བཙུགས་རྒྱལ་སྲིད་སྐྱོང་།།
རྒྱལ་ཁབ་ཁག་གི་དཔོན་པོས་གོང་དུ་བཀུར།།

ཨ་ཧོ།

ཞུན་ཤང་རྒྱལ་པོའི་མཛད་འཕྲིན་ཀུན་གྱིས་བསྔགས།

ཞུ་ཤང་ཕྱུག་མོ་ཞུས་ཏེ་ལྷ་ལ་དྲིས།།
ཏའོ་ལ་རྒྱལ་ས་བཙུགས་ན་བཟང་མི་བཟང་།།
མོ་ཡི་ལུང་ལ་བཟང་ངོ་དགེའོ་བབས།།
ཞུ་ཤང་མོ་ལ་བབས་པ་ཇི་བཞིན་མཛད།།
ཨ་ཧོ།
ཞུ་ཤང་རྒྱལ་པོའི་མཛད་འཕྲིན་བླ་ན་མེད།།

སྲུང་ཚུའི་ཆུ་འགྲམ་རྩ་ཁ་བཟང་པོ་ཡོད།།
ཞུ་ཤང་རྒྱལ་པོ་རྒྱལ་སྲིད་བྱ་བར་འབྱུངས།།
རྒྱལ་པོའི་རླབས་ཆེན་མཛད་མཆོག་དེ་དག་གིས།།
རྗེས་རབས་ཕ་རྩ་བུ་རྒྱུད་སྐྱིད་ལ་འཁྱོལ།།
ཨ་ཧོ།
ཞུ་ཤང་རྒྱལ་པོའི་མཛད་འཕྲིན་ནུབ་མི་འགྱུར།།

清庙

於穆清庙，肃雍显相。
济济多士，秉文之德。
对越在天，骏奔走在庙。
不显不承，无射于人斯！

ལྷ་ཁང་།

གཙང་ཞིང་དབེན་པའི་ལྷ་ཁང་ནང་། །
སྐམ་བསྐྱིང་ཉམས་ལྷན་སློན་པོ་དང་། །
ཕྱུལ་གྱི་འཁོར་ལྷན་ས་བདག་ཚོགས། །
ཅུན་ཕང་རྒྱལ་པོར་མཆོད་པ་འབུལ། །
རྒྱལ་པོའི་རྣམ་ཤེས་གནམ་ནས་གཟིགས་རིན་ཆོག །
ཀྱིཅུ་ཡི་རྗེས་མིས་གནམ་འོག་དབང་དུ་བསྒྱུར། །
འོད་སྟོང་འཕྲོ་བའི་གཟི་བརྗིད་བར་མི་ཆད། །
དེ་ལ་ཚང་མས་གུས་བཀུར་ཡི་རངས་ཞུས། །

烈文

烈文辟公，锡兹祉福；
惠我无疆，子孙保之。
无封靡于尔邦，维王其崇之；
念兹戎功，继序其皇之。
无竞维人，四方其训之；
不显维德，百辟其刑之。
於乎！前王不忘。

བྱུས་རྗེས།

དཀྱིལ་ཆེ་སློ་གྲོས་ལྡན་པའི་མདུན་ན་འདོན་གྱི་ཚོགས་ཚོ། །
སྡོན་བྱོན་རྒྱལ་པོའི་བྱིན་རླབས་ཁྱེད་ཅག་ཚོ་ལ་བསྐུལ་ཡོད། །
བཀའ་དྲིན་བསམ་གྱིས་མི་ཁྱབ་སྙིང་གི་དཀྱིལ་དུ་བཅངས་ནས། །
ཕ་ཚ་བུ་རྒྱུད་མ་ཆད་རྒྱལ་གཞིས་སྲུང་བར་གྱིས་ཤིག །
རྒྱལ་གཞིས་ཕུང་པའི་ཉེས་པ་ཁྱེད་ཚོས་གསོག་པར་མི་བྱ། །
སྔོན་བྱོན་རྒྱལ་པོའི་མཛད་འཕྲིན་འོད་སྣང་ནམ་ཡང་མི་ཉམས། །
རྒྱལ་ཁབ་མངའ་ཐང་རྒྱས་པར་སྐྱེ་བོ་དམ་པར་བཀུར་འོས། །
བློན་པོ་དཔོན་པོ་ཡོངས་རྫོགས་དེ་འོག་རང་བཞིན་འདུ་ཡོང་། །
ཁྱེད་ཀྱི་རྣམ་ཀུན་སྤྱོད་ལམ་ཡ་རབས་ཚུལ་དང་ལྡན་ན། །
ཕྱོགས་བཞིའི་ཡུལ་ལུང་དཔོན་པོར་མིག་དཔེ་བཟང་པོ་སྟོན་ནོ། །
ཀྱི་མ་ཀྱི་ཧུད།
སྔོན་གཤེགས་རྒྱལ་པོའི་མཛད་འཕྲིན་ནམ་ཡང་མི་བརྗེད་སྙིང་ལ་བཅངས། །

我将

我将我享，维羊维牛，维天其右之。
仪式刑文王之典，日靖四方。
伊嘏文王，既右飨之。
我其夙夜，畏天之威，于时保之。

ང་ཡི་མཆོད་པ།

གསོལ་ལོ་མཆོད་དོ་ང་ཡི་མཆོད་པ།།
གླང་ཤ་ལུག་ཤ་སོས་པའི་མཆོད་རྫས།།
ཁྱེད་ཀྱི་ཐུགས་རྗེས་བདག་ཅག་སྐྱོབས་མཛོད།།
ཝུན་ཝང་རྒྱལ་པོའི་རྒྱལ་ཁྲིམས་ཇི་བཞིན་སྐྱོང་།།
རྒྱལ་ཁམས་བདེ་ལ་འགོད་པའི་གཞི་རྩ་ཡིན།།
ཨེ་མ། ངོ་མཚར་ཆེ།།
གཟི་བརྗིད་དཔལ་གྱིས་ཕྱུག་པའི་ཝུན་ཝང་རྒྱལ་པོ།།
སྐུ་ཉིད་ཐུགས་སེམས་སྤྲོ་བོས་མཆོད་དང་བཞེས་དང་།།
རྒྱལ་པོ་མཆོག་གི་དྲིན་གྱིས་བསྐྱངས་འགྱུར་པས།།
ཀའུ་ཡི་རྒྱལ་ཁབ་གོང་ནས་གོང་དུ་འཕེལ།།

武

於皇武王，无竞维烈！
允文文王，克开厥后。
嗣武受之，胜殷遏刘，耆定尔功。

ཨ།

ཀྱེ་མ། རླབས་ཆེན་གྱི་རྒྱལ་པོ་ཀྲའུ་ཝུ་[1]ཝང་།

ཧྲང་[2]ལས་རྣམ་པར་རྒྱལ་ཏེ་མཛད་རྗེས་བླ་ན་མེད་པ།

ཝུན་ཝང་རྒྱལ་པོའི་མཛད་འཕྲིན་ཕྱོགས་ལ་ཡིད་རྟེན་བློ་བཙལ།

རྗེས་རབས་མི་ལ་བྱ་གཞག་ཆེན་པོའི་སྒོ་མོ་འབྱེད་པ།

ཝུན་ཝང་རྒྱལ་པོའི་བཀའ་ཆེམས་སྒྲུང་བསྒྱི་ནན་པོ་ཞུས་པ།

དབྱིན་[3]རྒྱལ་རབས་ཞབས་འོག་མནན་ཏེ་མི་བསད་རྟ་འགྲེལ་གྱི་བྱ་ངན་བཀག་འགོག་བྱས།

གང་གིས་མི་ནུབ་བརྟན་པོར་གནས་པའི་བླ་མེད་བྱ་གཞག་གི་རྨང་བཏིང་།

མཆན་འགྲེལ།

① ཝུ། རྒྱ་རིགས་ཀྱི་ལོ་རྒྱུས་ཐོག་སྤྱི་ལོའི་སྔོན་གྱི་བརྒྱ་ལོ་བཅུ་གཅིག་ནས་སྤྱི་ལོ་བདུན་བརྒྱ་བདུན་ཅུ་དོན་གཅིག་བར་གནས་པའི་རྒྱལ་རབས་དེ་ལ་ཀྲའུ་རྒྱལ་རབས་ཞེས་འབོད་པ་དང་། དེའི་རྒྱལ་པོའི་མིང་ལ་ཀྲའུ་ཝུ་ཝང་དང་ཀྲའུ་ཝུན་ཝང་ཞེས་ཟེར།

② ཧྲང་། ཞེས་པ་དེ་ཀྲའུ་རྒྱལ་རབས་གོང་གི་རྒྱལ་རབས་ཤིག་ལ་ཟེར།

③དབྱིན། ཞེས་པ་ཧྲང་རྒྱལ་རབས་ཀྱི་མིང་གཞན་ཞིག་མིན་ནམ་སྙམ།

玄鸟

天命玄鸟，降而生商，宅殷土芒芒。
古帝命武汤，正域彼四方。
方命厥后，奄有九有。
商之先后，受命不殆，在武丁孙子。
武丁孙子，武王靡不胜。
龙旂十乘，大糦是承。
邦畿千里，维民所止，肇域彼四海。
四海来假，来假祁祁。
景员维河，殷受命咸宜，百禄是何。

ཟླ་ཁྲུག་རྟ།

གནམ་གྱིས་ཁྲུག་རྟར་བཀའ་བསྐོས་ནས།
ས་ལ་བབས་ཚེ་རྟང་གི་མེས་པོ་ཆེ་འཁྲུངས།
དཔྱིན་གྱི་ས་གཞི་ཆེན་པོར་འཚོ་སྡོད་བྱས།

གནམ་གྱིས་ཞུ་ཞུད་ཀྱི་ཁྲིང་ཐང་ལ་བཀའ་ཕབ། གནམ་འོག་ས་ཆ་ཡོད་ཚད་དབང་དུ་བསྡུས།

ཡུལ་ཁག་འགོ་དཔོན་བསྐོས་ནས་རྒྱལ་ཁྲིམས་སྐྱོང་། རིམ་བཞིན་གནམ་འོག་གླིང་དགུ་ཁ་འོག་བཙུག

ཐོག་མའི་རྒྱལ་པོ་ཁྲིང་ཐང་གིས། གནམ་གྱི་བཀའ་སྲུང་འབད་པ་ལྟོད་མེད་རྒྱལ་སྲིད་བསྐྱངས།

ཚ་བོ་ཞུ་ཏིང་བར་དུ་མཁས་མཛངས་རྒྱལ་པོ་ཤ་སྟག་བྱུང་། ཞུ་ཏིང་རྒྱལ་པོ་ཕྱོགས་ལས་རྣམ་པར་རྒྱལ། རྟ་བཅུ་འཁོར་ལོ་བཞུགས་ཏེ་གསོལ་མཆོད་ཕེབས། མཆོད་རྫས་གྲ་རྒྱས་བཤམས་ཏེ་སྔོན་བྱོན་རྒྱལ་པོ་གསོལ། རྒྱལ་གཞིས་རྒྱ་ཆེ་གནམ་གྱི་ཕ་མཐར་བསྒྲིགས། རྒྱལ་འབངས་མི་སེར་གཞི་དེར་བདེ་ལ་འཁོད། རྒྱལ་ཁོངས་རྒྱ་བསྐྱེད་མཚོ་བཞིའི་འགྲམ་ལ་ཐུག མཚོ་བཞིའི་ཁོངས་མིས་འབུལ་བ་ལོ་ལྟར་བསྐྱལ། ཤེས་ལྡན་མི་གྲགས་མ་པོས་ངང་གིས་འདུ། རྒྱལ་ཁོངས་ས་ཆ་གཙང་ཚུ་སེར་པོ་བརྒྱལ། དཔྱིན་གྱི་ཡུལ་མིས་བདེ་སྐྱིད་དཔལ་ལ་རོལ། བསོད་ནམས་ལོངས་སྤྱོད་གོ་བསྐལ་ཟད་མཐའ་མེད།

维天之命

维天之命，於穆不已！
於乎不显，文王之德之纯！
假以溢我，我其收之。
骏惠我文王，曾孙笃之。

དྲང་བདེན་གྱི་གནས་ལུགས་དྲན་པ།

ཨེ་མ་ཟྲིལ་ཤུགས་ཆེ་བའི་དྲང་བདེན་གྱི་གནས་ལུགས།
རྒྱུན་ཆད་ཉམས་མེད་ནམ་ཡང་གནས་རྒྱུ།
ཨ་ཧོ་དེ་འདྲའི་བརྗིད་ཉམས་ལྡན་པའི་ས་སྐྱོང་འུན་ཤང་རྒྱལ་པོ།
གང་གི་མཛད་བཟང་རླབས་ཆེན་མ་དག་དྲི་མའི་གཡའ་ཙམ་མེད།
མཛད་སྤྱོད་བཟང་པོས་བདག་ཚོ་སྐྱོང་སྐྱེ་འཚར་ཡོངས་བྱུང་།
ནམ་ཡང་མི་བརྗེད་རྗེས་ཤུལ་དམ་པོར་འཛིན།
མི་རབས་རྗེས་མས་རྒྱུད་འཛིན་བྱ་རྒྱུར་སྐུལ།

思文

思文后稷，克配彼天。

立我烝民，莫匪尔极，贻我来牟。

帝命率育，无此疆尔界，陈常于时夏。

མཛད་སྤྱོད་བཟང་པོ།

མཛད་སྤྱོད་ཤིན་ཏུ་བཟང་བའི་མི་ཡི་བདག་པོ་ཁྱེད་ནི། །
གནམ་གྱི་བསྔགས་བརྗོད་ཐོབ་པའི་སྐྱེས་བུ་དམ་པ་ཁྱེད་ཉིད། །
དམངས་ལ་འདེབས་ལས་སྐྱུལ་ཏེ་འཚོ་བའི་བརྟེན་ས་བྱུང་བ། །
འབངས་ཀྱིས་ཁྱེད་ཀྱི་བཀའ་གསུང་ཡོད་ཚད་ཅི་བསྒྲུབ་ཞུས་ཚིག །
འབྲུ་རིགས་སྣ་ལྔའི་སོན་རྩ་བདག་ཚོར་བྱིན། །
འབངས་ཀྱི་ཟས་གོས་འཚོ་བ་དེ་ནས་བྱུང་། །
དམངས་ལ་བརྩེ་བ་དབྱེར་མེད་བྱམས་ཀྱིས་སྐྱོང་། །
མིག་དཔེ་བཟང་པོ་རྒྱལ་ཁབ་ཡོངས་ལ་ཁྱབ། །

丰年

丰年多黍多稌，亦有高廪，万亿及秭；
为酒为醴，烝畀祖妣。
以洽百礼，降福孔皆。

ལོ་ལེགས་ཐུང་བའི་ལོ་དེ།

ལོ་ལེགས་ལོ་ལ་ལོ་ཏོག་ཤིན་ཏུ་ཡག །
འབྲུ་རིགས་སྣ་ལྔས་བང་མཛོད་ལྡག་ལྡག་བརྒྱངས། །
སྨྲུས་ལེགས་འབྲུ་ཡིས་ཨ་རག་བདུད་རྩི་ཕབ། །
ཕ་མེས་མ་མེས་རྣམས་ལ་མཆོད་པ་འབུལ། །
གསོལ་མཆོད་ཚོ་ག་ཡོངས་རྫོགས་ལེགས་པར་བསྒྲུབས། །
ཕྱོགས་བཞི་མཚམས་བརྒྱད་བདེ་སྐྱིད་གནས་ལ་འཁོད། །

桓

绥万邦，娄丰年，天命匪解。
桓桓武王，保有厥土；
于以四方，克定厥家。
於昭于天，皇以间之。

བཟོད་ཉམས་ཆེ་བ།

རྒྱལ་ཁབ་བརྟན་ཞིང་འབངས་མི་ཞི་བའི་ངང་དུ་གནས།།
ལོ་ལེགས་དུས་བཟང་གཅིག་རྗེས་གཉིས་མཐུད་རྒྱུན་མི་ཆད།།
བསོད་ནམས་ཀྲེའུ་ཡི་རྒྱལ་པོའི་དབུ་འཕངས་མཐོ་བར་ཡ་མི་མཚན།།
གཟི་བརྗིད་དཔལ་གྱིས་ཕྱུག་པའི་ཝུ་ཝང་རྒྱལ་པོ་དེ་ཉིད་ཀྱིས།།
རྒྱལ་ས་སྲུང་སྐྱེ་མཁའ་འོག་ཡུལ་ལུང་དབང་དུ་བསྡུས།།
ཀྲེའུ་ཁྲའོ་རྒྱལ་ཁབ་རྨང་གཞི་བརྟན་པོར་འཛུགས།།
གང་གི་མཛད་འཕྲིན་སྙན་གྲགས་གནམ་ལ་ཁྱབ།།
གནམ་གྱི་བདག་པོས་དབྱིན་ཧྲང་དཔོན་པོའི་ཚབ་ལ་བསྐོས།།

烈祖

嗟嗟烈祖！有秩斯祜。
申锡无疆，及尔斯所。
既载清酤，赉我思成。
亦有和羹，既戒既平。
鬷假无言，时靡有争。
绥我眉寿，黄耇无疆。
约軧错衡，八鸾鸧鸧。
以假以享，我受命溥将。
自天降康，丰年穰穰。
来假来飨，降福无疆。
顾予烝尝，汤孙之将。

མེས་པོ།

ཨ་ཧོ་མཛད་རྗེས་ཆེ་བའི་མེས་པོ། །
བདག་ལ་བསོད་ནམས་ཟད་མི་ཤེས་པ་གནང་། །
འཛད་མཐའ་མེད་པའི་བསོད་ནམས་གོ་བསྐལ། །
དྲིན་ཆེན་ཁྱེད་ཀྱིས་མི་གནང་སུ་ཡིས་གནང་། །
བདག་གིས་གུས་བཀུར་ཆེན་པོས་ཆང་ཕོར་བཏེགས། །
ཁྱེད་ཀྱི་ཞལ་ལ་མཆོད་དེ་སྨོན་ལམ་འདེབས། །
ར་བརྒྱའི་ཟས་ཀྱི་མཆོད་པ་ལེགས་པར་བཤམས། །
སྙིང་ཕྱོགས་ལྷ་ལ་གསོལ་ལོ་སྐྱབས་སུ་མཆི། །
ཁུ་སིམ་དང་དུ་སེམས་ནས་སྨོན་ལམ་འདེབས། །
རོལ་དབྱངས་མཚམས་བཞག་མཆོད་ཁང་སིམ་མེར་གྱུར། །
རྒན་པོ་ཚེ་རིང་ལོ་བརྒྱ་ཐུབ་པ་ཤོག །
གཞོན་པ་བྱ་བ་ལམ་འགྲོ་ཡོང་བ་ཤོག །
ཉམས་བཟང་ཤིང་རྟ་འཁོར་ལོ་ཏིང་ཏིང་སྒྲ་དང་བཅས། །
འཁོར་ཚོགས་དཀྱིལ་དུ་ཕེབས་ནས་མཆོད་དཔོན་དེ་ནས་བབས། །
གསོལ་མཆོད་ཚོ་གའི་བྱ་བ་ལེགས་པར་བསྒྲུབས། །
བསོད་ནམས་བྱིན་རླབས་ཆེན་པོ་གནམ་ནས་བསྟུལ། །
ལོ་ལྟར་གནམ་ཆུ་དུས་བབས་ལོ་ཏོག་བཟང་། །
མེས་པོ་འདི་རུ་ཕེབས་ནས་ལོངས་སུ་སྤྱད། །
བསོད་ནམས་བྱིན་རླབས་ཡང་ཡང་གནང་བར་ཞུ། །

གསོལ་ལོ་མཆོད་དོ་སྙིང་ཕྱོགས་ལྷ་ཡི་ཚོགས།།
ཐང་ཞང་མི་རྒྱུད་བུ་ཕྲུག་རྣམས་ཀྱིས་ལྷག་བསམ་རྣམ་དག་འབུལ་བ་ཡིན།།

སྒྱུར་པ་པོའི་གསལ་བཤད།

《ཧྲེ་ཅིང་སྙན་ངག་བསྟན་བཅོས་》《诗经》ནི་རྒྱ་རིགས་ཀྱི་ལོ་རྒྱུས་ཐོག་སྙན་ངག་ཕྱོགས་གཅིག་ཏུ་བསྡུས་པའི་དཔེ་ཆ་ཨང་དང་པོ་དེ་ཡིན། 《ཧྲེ་ཅིང་སྙན་ངག་བསྟན་བཅོས་》དཔེ་ཆའི་ནང་སྤྱི་ལོའི་གོང་གི་༡༡༠༠ནས་སྤྱི་ལོའི་གོང་གི་ལོ་༦༠༠བར་གྱི་ད་ལམ་ལོ་༥༠༠ནང་དུ་ཐོན་པའི་སྙན་ངག་གི་བརྩམས་ཆོས་རྣམས་ཀྱི་དཀྱིལ་ནས་བརྩམས་ཆོས་༣༠༥བསྡུས་ཡོད། བསྡུ་མཁན་སུ་ཡིན་སྐོར་ཁག་ཅིག་གིས་ཀྲུའུ་ལུགས་ཀྱི་ཞིང་རྟའི་སྲོལ་འཛིན་སྟོན་པ་ཁུང་ཙེ་ཡིན་པར་ངོས་འཛིན་གནང་བ། ཁག་ཅིག་གིས་མཁས་པ་གཞན་ཡིན་པའི་བཞེད་སྲོལ་འདུག ཀྲུའུ་ལུགས་ཀྱིས《ཧྲེ་ཅིང་སྙན་ངག་བསྟན་བཅོས་》དཔེ་ཆ་འདི་ཀྲུའུ་ལུགས་ཀྱི་དཔེ་ཆ་གལ་ཆེན་ཞིག་ཏུ་རྩི་ཡི་ཡོད།

《ཧྲེ་ཅིང་སྙན་ངག་བསྟན་བཅོས་》ཀྱི་དཔེ་ཆ་འདི་སྙན་རྩོམ་༣༠༥ཡི་བརྗོད་བྱའི་ནང་དོན་ས་བཅད་གསུམ་ལ་བགོས་ཏེ་དཔེ་སྒྲིགས་བྱས་ཡོད། ས་བཅད་དང་པོའི་ཧྥུང་（风）ས་བཅད་ཡིན་པ་དང་། དེའི་ནང་དམངས་ཁྲོད་ཀྱི་འཚོ་བ་མཚོན་པའི་སྙན་ངག་རྣམས་བསྡུས་ཡོད། ས་བཅད་དེའི་སྙན་རྩོམ་མང་ཤོས་ཡིན། ས་བཅད་གཉིས་པ་ཡཱ་（雅）ས་བཅད་ཡིན་ཞིང་། དེའི་ནང་རྒྱལ་པོའི་ཕོ་བྲང་ནང་། ཡུལ་གྱི་འཁོར་ཕྱུག་ཚོའི་དགའ་སྟོན་རྟེན་འབྲེལ་གྱི་ལོངས་སྤྱོད་འཚོ་བ་མཚོན་པའི་སྙན་ངག་རྣམས་བསྡུས་ཡོད། ས་བཅད་གསུམ་པ་སུང་（颂）ས་བཅད་ཡིན་ཞིང་། ས་བཅད་དེའི་ནང་མེས་པོར་གསོལ་མཆོད་ཀྱི་བྱེད་སྒོའི་འཚོ་བ་མཚོན་པའི་སྙན་ངག་རྣམས་བསྡུས་ཡོད་པ་དེ་སྙན་རྩོམ་གྲངས་འབོར་ཉུང་ཤོས་ཡིན།

ལོ་ངོ་བཞི་སྟོང་ལྷག་ཙམ་གོང་ལ་བྱུང་བའི《སྙན་ངག་བསྟན་བཅོས་》དེ་ནི་ཛེས་མའི་རྒྱལ་རབས་སོ་སོའི་ནང་བྱུང་བའི་ཞུལ་བྱུང་སྙན་ངག་ཡོད་དོ་ཅོག་གི་བྱུང་

རྩ་ཡིན་པ་རྒྱ་རིགས་ཀྱི་རིག་གནས་མཁས་པ་ཚོའི་བཞེད་པ་གཅིག་མཐུན་ཡིན་འདུག དེ་ལྟ་བུའི་མིའི་རིགས་ཀྱི་རྩ་ཆེའི་རིག་གནས་ཤིག་རང་ཅག་བོད་ཀྱི་རིག་གནས་སུ་ངོ་སྤྲོད་བྱ་རྒྱུའི་སེམས་ཤུགས་བཅངས་ཏེ། 《ཧྲི་ཅིང་སྨན་ངག་བསྟན་བཅོས་》རྒྱ་དཔེའི་ནང་གི་སྨན་རྩོམ་༣༠༥ཁྲོད་ནས་གུས་པས་སྨན་རྩོམ་བརྩམས་ཆོས་ལྔ་བཅུ་ཐམ་པ་བདམས་ཏེ་བོད་ཡིག་ཏུ་བསྒྱུར་ཡོད་པ་དེ་ནི་གཞལ་ཡས་ཁང་བཟང་གི་ཆ་ཤས་ཙམ་ལས་བྱུང་མ་སོང་བས་བློ་ཕམ་གྱི་རྒྱུ་རུ་སོང་ཡང་། ཕྲན་གྱི་ཡིག་གཉིས་ཀྱི་ཆུ་ཚད། ཕྲན་གྱི་ལུས་པོའི་ནུས་ཤུགས་ལ་སོགས་པའི་ཆ་རྐྱེན་དེ་ཙམ་དུ་ཟད་པས་འཕྲོ་ཅན་དུ་ལུས་པའི་བྱ་བ་དག་གཞོན་སྐྱེས་མཁྱེན་ལྡན་ཚོས་ལེགས་འགྲུབ་ཡོང་བའི་རེ་བ་ཞུ།

唐诗

ཐང་རྒྱལ་རབས་དུས་སུ་བྱུང་བའི་སྙན་ངག

汉文原文选自《唐诗三百首详析》，喻守真编注，中华书局出版，1957 年版。

ཚན་པ་འདི་ཡུད་ཧྲའུ་ཀྲེན་གྱིས་མཚན་འགྲེལ་བརྒྱབ་པའི་ (1957ལོར་
ཀྲུང་ཧྭ་དེབ་ཁང་ནས་དཔར་བཏབས) 《ཐང་གི་སྙན་རྩོམ་
སུམ་བརྒྱ་ཞིབ་བཀྲལ།》དེབ་འདི་མ་དཔེར་
གཞིགས་ཏེ་བོད་ཡིག་ཏུ་བསྒྱུར།

静夜思

李白

床前明月光，
疑是地上霜。
举头望明月，
低头思故乡。

ཁུ་སིམ་མཚན་མོའི་དྲན་འཆར།

ལི་དཔལ།①

སྐེའུ་ཁྲུང་མདུན་ལ་འཕྲོས་པའི་ཟླ་འོད་དཀར་པོ་འདི།།
བ་མོ་ས་ལ་བབས་པ་མིན་ནམ་སྙམ་པ་བྱུང་།།
གནམ་ལ་བལྟས་པས་དཀར་གསལ་ཟླ་བའི་ཞལ་རས་མཇལ།།
ས་ལ་བལྟས་པས་ཕ་ཡུལ་གཉེན་ཉེ་ཡིད་ལ་ལྷག་པར་དྲན།།

མཆན་འགྲེལ།

①ལི་དཔལ། (སྤྱི་ལོ་༧༠༡ནས་སྤྱི་ལོ་༧༦༢) ཧྲུའུ་ཙུན་ (蜀郡) མན་ཀྲེའུ་ཁྲང་ལུང་རྫོང་དུ་འཁྲུངས། ཕ་ཡུལ་ལུང་ཞི་ཁྲིན་ཅིའི་སྟེ་དེང་ཀན་སུའུ་ཞིང་ཆེན་ཐེ་ཨན་རྫོང་ནས་ཡིན། ཐང་རྒྱལ་རབས་དུས་ཀྱི་རླབས་ཆེན་གྱི་འཆར་སྣང་རིང་ལུགས་ཀྱི་སྙན་ངག་མཁན་པོ་ཡིན།

草

赋得古原草送别

白居易

离离原上草，一岁一枯荣。
野火烧不尽，春风吹又生。
远芳侵古道，晴翠接荒城。
又送王孙去，萋萋满别情。

རྩྭ་སྔོན་པོ།

རྩྭ་ཐང་གྱེས་པའི་འཆར་སྣང་།

པེ་ཙུས་ཡིད།[①]

ཡངས་ཡངས་རྩྭ་ཐང་སྟེང་གི་རྩྭ་ཚུང་ང་།།
གཅིག་གཅིག་བགྲང་བྱ་གཅིག་ལ་ཤི་གསོན་གཅིག།
འཛིགས་འཛིགས་མེ་ཡི་འཛིགས་པས་བསྲེགས་གྱུར་ཀྱང་།།
དལ་དལ་དཔྱིད་རླུང་དལ་བུས་སླར་ཡང་གསོས།།
གནའ་ལམ་གང་སར་སྔོ་རྩྭའི་དྲི་བཟང་འཕྲུལ།།
སྔོ་ལྗང་སྐྱོན་པ་གྲོང་གོག་མཐའ་བར་མནབས།།
འགྲུལ་ལམ་སྟེང་ནས་གྲོགས་པོར་ཞལ་གྱིས་ཞུས།།
བྲལ་གདུང་མནར་ཏེ་བདག་ཡིད་སྐྱོ་ལྷང་ལྷང་།།

མཆན་འགྲེལ།

①པེ་ཙུད་ཡིད། (སྤྱི་ལོ་༡༡༢ནས་སྤྱི་ལོ་༡༡༩༨) ཧོ་ནན་ཞིང་ཆེན་ཤིན་ཀྲེང་ལ་འཁྲུངས། ཕ་ཡུལ་ཧྲན་ཤིའི་ཞིང་ཆེན་ཐེ་ཡོན་ནས་ཡིན། ཁོང་ནི་ཐང་རྒྱལ་རབས་དུས་སུ་བྱུང་བའི་དངོས་མཚོན་རིང་ལུགས་ཀྱི་སྙན་ངག་མཁན་པོ་ཡིན།

寻隐者不遇

贾岛

松下问童子，言师采药去。
只在此山中，云深不知处。

ངང་སྒྲོང་བཙལ་ཡང་མཇལ་མ་བྱུང་།

ཀྲ་ཏའོ།

ཤུག་པའི་འོག་གི་དགེ་ཕྲུག་ལ། །རྒན་ལགས་གར་བཞུགས་སྐད་ཆ་དྲིས། །
དགེ་རྒན་ད་ལྟ་ཞག་ལ་མེད། །རི་ལ་སྨན་རྩ་བཏོག་པར་ཕེབས། །
རི་རྒྱ་ཆེ་ལ་སྨུག་པས་བསྒྲིབས། །གང་འདྲ་བཙལ་ན་ཕྱིང་རྙེད་དམ། །
རི་འདིའི་ནང་དུ་ཡོད་ཏན་རེད། །ཞིབ་ཕྲ་གར་ཡོད་ངས་མི་ཤེས། །

མཆན་འགྲེལ།

①ཀྲ་ཏའོ། (སྤྱི་ལོ་༧༧༩ནས་སྤྱི་ལོ་༨༤༣) ཐང་རྒྱལ་རབས་དུས་ཀྱི་ཧྥན་ཡང་རྫོང་དུ་འཁྲུངས། (དེང་སང་ཧྥོ་པེ་ཞིང་ཆེན་གྱི་ཀྲེའུ་གྲོང་ཁྱེར།)

夜宿山寺

李白

危楼高百尺，手可摘星辰。
不敢高声语，恐惊天上人。

མཚན་མོ་རི་རྩེའི་དགོན་པར་བསྡད་པ།

ལི་དཔལ།

ཁང་པ་མཐོ་པོ་རྩེ་ཐོག་མཁའ་ལ་བསྙེགས།།
གནམ་གྱི་སྐར་མ་སྤྲར་མོས་འཛིན་ན་སློབས།།
སྐད་ཤུགས་ཆེན་པོས་སྐད་ཆ་ཤོད་མི་ཕོད།།
སྙིང་ཕྱོགས་ལྷ་ཡི་ཀྱི་ལམ་དཀྲུགས་པར་དོགས།།

绝句

杜甫

两个黄鹂鸣翠柳，一行白鹭上青天。
窗含西岭千秋雪，门泊东吴万里船。

ཚིགས་བཅད།

ཏུའུ་ཧྥུ།[1]

རྒྱ་ལྕང་སྔོན་པོའི་སྟེང་ནས་བྱ་སེར་ཁྱོ་ཤུག་སྐད་སྙན་ལྷང་ལྷང་སྒྲོག།
ལྷ་བྱ་དཀར་པོ་ཁྲུ་གཅིག་གྲལ་སྤར་བསྒྲིགས་ནས་ཨ་སྔོན་དབྱིངས་སུ་འཕུར།།
སྒེའུ་ཁུང་ཕྱེ་ནས་བལྟས་པས་ནུབ་རིར་ཁ་བ་དཀར་པོ་བབས་པ་མཐོང་།།
སྒོ་འགྲམ་མདུན་གྱི་གྲུ་ཁར་ཏུང་ཨུའི་[2]ཤིང་གྲུ་སྟོང་ཕྲག་བསྒྲིགས་ནས་འདུག།

མཆན་འགྲེལ།

①ཏུའུ་ཧྥུ། (སྤྱི་ལོ་༧༡༢ནས་སྤྱི་ལོ་༧༧༠) ཐང་རྒྱལ་རབས་དུས་ཀྱི་རླབས་ཆེན་གྱི་དངོས་མཚོན་རིང་ལུགས་ཀྱི་སྙན་ངག་མཁན་པོ་ཡིན། ཧོ་ནན་ཞིང་ཆེན་ཀུང་རྫོང་ལ་འཁྲུངས། ཕ་ཡུལ་ཧོ་པེ་ཞིང་ཆེན་ཤང་ཡང་ནས་ཡིན།

②ཏུང་ཨུ། ཤར་གྱི་ཨུ་རྒྱལ་ཁབ་ལ་ཟེར།

登鹳鹊楼

王之涣

白日依山尽，
黄河入海流。
欲穷千里目，
更上一层楼。

ཀྭན་ཆོས་ཐོག་ཁང་དུ་འཛེགས་པ།

ཝང་ཀྲི་ཧོན།①

ཧ་བདུན་དབང་པོ་ནུབ་རིའི་ཕང་པར་དལ་བུར་ཐིམས།།
ཆུ་མོ་སེར་པོ་མཐའ་ཡས་རྒྱ་མཚོར་གཏད་དེ་རྒྱུགས།།
རྒྱང་རིང་གནས་པའི་ཡུལ་ལྗོངས་མཛེས་པོར་ལྟ་འདོད་ན།།
ཐོག་བརྩེགས་མཐོ་སར་འཛེགས་ན་གཞི་ནས་དེ་མཐོང་ངོ་།།

མཆན་འགྲེལ།

①ཝང་ཀྲི་ཧོན། （སྤྱི་ལོ་༦༨༨ནས་སྤྱི་ལོ་༧༤༢）ཐ་ཡུལ་པིང་ཀྲེའུ་ཅི་ཡང་ནས་ཡིན།
（དེང་ཧྲན་ཤི་ཞིང་ཆེན་ཐད་ཡོན་གྲོང་ཁྱེར།）

望庐山瀑布

李白

日照香炉生紫烟，
遥看瀑布挂前川。
飞流直下三千尺，
疑是银河落九天。

ལུའུ་ཧྲན་རི་བོའི་རི་གཟར་འབབ་ཆུར་བལྟ་བ།

ལི་དཔལ།

ཉི་མའི་ཟེར་མདའ་ཞང་ལུའུ་[①]རི་རྩེའི་བསངས་ཀྱི་དུ་བ་སྔོན་པོར་ཕོག །
རྒྱང་ནས་ལྟ་དུས་རི་གཟར་འབབ་ཆུ་དར་གྱི་ཡོལ་བ་རི་ལ་གཡོག་པ་འདྲ། །
མཁའ་སྙེགས་རི་བོའི་རྩེ་ནས་འབབ་ཆུ་ལོང་ལོང་མཆོངས་པ་ལྟ་བུ་ཐུར་ལ་རྒྱུགས། །
ཨ་ཧོ་དེ་ནི་གནམ་གྱི་རྒྱལ་མོའི་སྐེ་རགས་རིང་མོ་ས་ལ་ལྷུང་བ་མིན་ནམ་སྙམ། །

མཆན་འགྲེལ།

①ཞང་ལུའུ་ནི་རི་ཞིག་གི་མིང་།

鸟鸣涧

王维

人闲桂花落，
夜静春山空。
月出惊山鸟，
时鸣春涧中。

བྱ་ཅིའུ་སྐད་སྒྲ་སྒྲོགས་པའི་གྲོག་རོང་།

ཝང་ཝེད།①

དབེན་པའི་རི་ཁྲོད་ལྷ་བུའི་ས་འདིར་མེ་ཏོག་འདབ་མ་ལྷུང་ལྷུང་གཟུག།
མུན་པའི་ཡོལ་བས་བསྒྲིབས་པའི་རོང་སའི་མཚན་མོ་ལྷག་པར་སྟོང་ལྷང་ལྷང་།།
ཟླ་བའི་ཟེར་མདའ་རི་ཁྲུལ་ཐོག་ཚེ་འདབ་ཆགས་བྱ་ཅིའུ་ཏོབ་སྐྱེ་འཇིགས།།
གྲོག་རོང་ཡོངས་རྫོགས་ཅི་ཅི་ཀྲ་ཀྲ་བྱ་སྐད་ཅིའུ་སྐད་བར་མི་ཆད།།

མཆན་འགྲེལ།

①ཝང་ཝེད།（ཕྱི་ལོ་༦༩༩ལོ། ཕྱི་ལོ་༦༩༨ལོ་དེ་མིན་ཕྱི་ལོ་༧༠༡ལོ་བཅས་འབྲུངས་ལོ་དེ་གསུམ་འཚོད་འདུག འདས་ལོ་ཕྱི་ལོ་༧༦༡ལོ་ཡིན།）ཧོ་ཏུང་ཕུ་ཀྲེའུ་ཡི་མི་ཡིན།（དེང་རྒྱན་ཤེ་ཞིང་ཆེན་ཡུང་ཅི།）

悯农二首（其一）

李绅

锄禾日当午，
汗滴禾下土。
谁知盘中餐，
粒粒皆辛苦。

ཞིང་པར་ཁ་ཚ་བ། （གཅིག）

ལི་ཧྲན།①

ཉིན་གུང་ཞིང་ཁའི་ནང་དུ་ཡུར་མ་ཡུར།།
རྔུལ་ཆུའི་ཐིགས་པ་ས་ལ་བར་མེད་ལྷུང་།།
སྡེར་མའི་ནང་གི་ཟས་རྫོག་རེ་རེ་ནི།།
དཀའ་བ་སྤྱད་པའི་འབྲས་བུ་ཤ་སྟག་ཡིན།།

མཆན་འགྲེལ།

①ལི་ཧྲན། （སྤྱི་ལོ་༧༧༢ནས་སྤྱི་ལོ་༨༤༦） ཐ་ཡུལ་པོ་ཀྲེའུ་ཙའོ་རྫོང་ནས་ཡིན། རྗེས་སུ་ཝུ་ཞི་ལ་གནས་སྤོས། （དེང་ཙང་སུའུ་ཞིང་ཆེན་གྱི་ཝུ་ཞི་གྲོང་ཁྱེར།）

悯农二首（其二）

李绅

春种一粒粟，
秋收万颗子。
四海无闲田，
农夫犹饿死。

ཞིང་པར་ཁ་ཆ་བ། （གཉིས།）

ལི་ཧྲན།

དཔྱིད་ཀ་འབྲུ་སོན་རྐང་གཅིག་བཏབས།།
སྟོན་ཁ་འབྲུ་རྡོག་ཁྲི་སྟོང་བསྡུ།།
ཞིང་ཁ་ཡོད་ཚད་སྟོན་ཐོག་བཏབས།།
ཞིང་པ་ད་དུང་ལྟོགས་རིད་ཤི།།

逢雪宿芙蓉山主人

刘长卿

日暮苍山远，
天寒白屋贫。
柴门闻犬吠，
风雪夜归人。

གངས་བབས་པའི་མཚན་མོར་ཧྥུ་རུང་རིའི་བདག་པོ་འཕྲད་པ།

ལིའུ་ཁྲང་ཆིན།①

མུན་པ་བསྒྲིབས་ཚེ་མདུན་གྱི་རི་ཡང་རྒྱང་ཐག་ལྷག་པར་རིང་བར་མཐོང་།།
གྲང་རླུང་ལྡང་དུས་ཁང་ཆུང་དེ་ཡང་དེ་བས་སྐྱོ་སྣང་ཆེ་བར་སྣང་།།
ར་སྒོར་ནང་ནས་ཁྱི་སྒྲ་སྒྲོགས་པའི་སྒྲ་ཞིག་རྣ་བར་ཐོས་སོང་བས།།
གངས་རླུང་འཚུབ་པའི་མཚན་འདིར་མི་ཞིག་ཕལ་ཆེར་ཁྱིམ་ལ་ལོག་པ་ཡོད།།

མཆན་འགྲེལ།

①ལིའུ་ཁྲང་ཆིན། ཐང་གི་འཁྲུངས་འདས་ལོ་མི་གསལ། ཧྲོན་ཁྲིང་གི་མི་ཡིན། （དེང་ཨན་ཧུའེ་ཞིང་ཆེན་ཁོངས་སུ་གཏོགས།）རྗེས་སུ་ལོ་ཡང་（ཧྲན་ཤི）ལ་གནས་སྤོས། ཧོ་ཅན་（དེང་ཧོ་པེ་ཞིང་ཆེན་ཁོངས་གཏོགས་）ལ་ཁོང་གི་ཕ་གཞིས་ཡོད།

回乡偶书

贺知章

少小离家老大回，
乡音未改鬓毛摧。
儿童相见不相识，
笑问客从何处来。

ཕ་ཡུལ་ལ་ལོག་པའི་སྐབས་ཀྱི་སྣང་ཚུལ་བྲིས་པ།

ཧྭ་ཀྲེ་ཀྲང་།①

ཆུང་དུས་ཡུལ་བྲེས་རྒན་དུས་ནང་ལ་ལོག །
ཡུལ་སྐད་མི་འགྱུར་སྐྲ་ལོ་ཉུང་དུར་འགྱུར། །
ཕ་ཡུལ་ཕྲུ་གུས་རྒད་པོ་ངོ་མ་ཤེས། །
བགྲེས་སོང་གང་ནས་ཕེབས་ཞེས་སྐད་ཆ་དྲིས། །

མཆན་འགྲེལ།

①ཧྭ་ཀྲེ་ཀྲང་།（སྤྱི་ལོ་༦༥༩ནས་སྤྱི་ལོ་༧༤༤）ཐང་རྒྱལ་རབས་དུས་ཀྱི་གཡོས་ཀྲེའུ་ཡུང་ཤིན་（དེང་ཀྲེ་ཅང་ཞིང་ཆེན་ཧང་ཀྲེའུ་སྦོངས་ཤའོ་ཧྲན་ཁུལ་）གྱི་མི་ཡིན། སྙན་ངག་དང་ཡིག་གཟུགས་ལ་མཁས་པ།

咏鹅

骆宾王

鹅，鹅，鹅，
曲项向天歌。
白毛浮绿水，
红掌拨清波。

ངང་པར་བསྔགས་པ།

ལོ་པིང་ཝང་།①

ངང་། ངང་། ངང་།
མགྲིན་པ་བཏེགས་ཏེ་གནམ་ལ་གླུ་དབྱངས་ལེན།།
བྱ་སྤུ་སེར་པོ་གཡུ་ཡི་ཆུ་སྟེང་གཡེང་།།
བྱ་རྐང་ཡུག་ཡུག་ཆུ་ཁར་གཉེར་རིས་བྲིས།།

མཆན་འགྲེལ།

①ལོ་པིང་ཝང་། （སྤྱི་ལོ་༦༣༨ནས་སྤྱི་ལོ་༦༨༤）འབྲུགས་ཡུལ་ཝུའུ་ཀྲིའུ་དབྱི་ཝུ་（དེང་ཀྲེ་ཙང་ཞིང་ཆེན་ཅིང་ཧྭ་དབྱི་ཝུ།）སྙན་ངག་མཁན་པོ་ཝང་པོ་དང་། ཡང་ཙུང་། ལུ་ཀྲའོ་ལིན། ལོ་པིང་ཝང་ཁོང་བཞི་པོར་ཐང་རྒྱལ་རབས་དུས་འགོའི་སྙན་ངག་མཁན་པོ་མི་བཞི་ཞེས་འབོད་སྲོལ་ཡོད།

咏柳

贺知章

碧玉妆成一树高，
万条垂下绿丝绦。
不知细叶谁裁出，
二月春风似剪刀。

རྒྱ་ལྕང་ལ་བསྟོད་པ།

ཧྲ་ཀྲི་ཀྲང་།

གཡུ་ཡི་ལོ་མས་སྡོང་པོའི་གཟུགས་ཀྱི་འགོ་མཇུག་བར་གསུམ་མཛེས་པར་བརྒྱན།།
འཇམ་མཉེན་ཡལ་གའི་ལྕུག་ཕྲན་རིང་པོ་སིང་སྐུད་ཐུར་དུ་འཕྱང་དང་འདྲ།།
དཔྱིད་ཟླ་གཉིས་པའི་དྲོད་ཀྱི་རླུང་བུ་ཛེམ་ཙེ་འདྲ་བའི་ལག་ཆ་འདིས།།
ལེགས་པར་འདྲས་པའི་ཕྲ་ལྷེམ་ཡལ་འདབ་ལུས་ཀྱི་མཛེས་པ་ལྟ་ན་སྡུག།

江雪

柳宗元

千山鸟飞绝，
万径人踪灭。
孤舟蓑笠翁，
独钓寒江雪。

ཆུ་ཁའི་ཁ་བ།

ལིའུ་ཙུང་ཡོན།①

གྲོག་རོང་གཟར་པོར་ནམ་མཁའི་འདབ་ཆགས་འཕུར་ཤུལ་ཙམ་ཡང་མཐོང་རྒྱུ་མེད།།
རི་ལམ་ཀུག་ཀྱོག་འཁྱིལ་བཞུད་བྱེད་མིའི་རྐང་རྗེས་ཙམ་ཡང་གསལ་མི་འགྱུར།།
རྩྭ་ཞྭ་རྩྭ་གོས་ལུས་ལ་གྱོན་པའི་ཉ་པ་རྒན་པོ་མི་ཧྲེང་གཅིག།
ཁ་བའི་འོག་གི་གཙང་ཆུ་སྟོན་པོར་གྲུ་ཆུང་བཏང་སྟེ་ཉ་མོ་འཛིན།།

མཆན་འགྲེལ།

①ལིའུ་ཙུང་ཡོན། （སྤྱི་ལོ་༧༧༣ནས་སྤྱི་ལོ་༨༡༩）ཕ་ཡུལ་ཧོ་ཏུང་ཙུན་（དེང་ཧྲན་ཤི་ཞིང་ཆེན་གཡུན་ཁྲིང་གྲོང་ཁྱེར་ཡུང་ཙི་དང་ཏུས་ཁྲིང་ས་ཁུལ།）ཁོང་ནི་ཐང་རྒྱལ་རབས་དུས་ཀྱི་སྙན་ངག་མཁན་པོ། མཚན་ཉིད་རིག་པ་མཁས་ཅན། ལྷུག་རྩོམ་རྩོམ་པ་པོ་མཁས་ཅན། བསམ་བློ་མཁས་ཅན་བཅས་ཡིན།

黄鹤楼送孟浩然之广陵

李白

故人西辞黄鹤楼，
烟花三月下扬州。
孤帆远影碧空尽，
惟见长江天际流。

ཁྲུང་ཁྲུང་སེར་པོའི་ཐོག་ཁང་ཆེན་མོ་ནས་གྲོགས་མཆོག་
མོང་ཧའོ་རན་ཡུལ་ཀོང་ལིན་དུ་
ཕེབས་པར་སྐྱེལ་མ་ཞུས།

ལི་དཔལ།

ཁྲུང་ཁྲུང་སེར་པོའི་ཐོག་ཁང་ཆེན་མོ་ནས། །
གྲོགས་མཆོག་དམ་པ་ནུབ་ཀྱི་ཕྱོགས་སུ་ཐོན། །
དཔྱིད་ཀའི་སྨུག་ཞག་ཡང་གྲོའོ་མཁའ་ལ་འཁྲིགས། །
གཡོར་གྲུ་ཆུང་ཆུང་ནམ་མཁའི་མཐའ་ནས་ཡལ། །
གཙང་ཆུ་རིང་པོ་བར་མེད་མདུན་དུ་རྒྱུགས། །

九月九日忆山东兄弟

王维

独在异乡为异客，
每逢佳节倍思亲。
遥知兄弟登高处，
遍插茱萸少一人。

ཟླ་བ་དགུ་པའི་ཚེས་དགུ་ཉིན་མོ་ཤུལ་ཧྲན་ཏུང་ལ་བཞུགས་པའི་སྤུ་བོ་ཡིད་ལ་དྲན་པ།

ཝང་ཝུད།

ང་རང་གཅིག་པུ་གཞན་གྱི་ཡུལ་དུ་སྡོད།།
དུས་ཆེན་ཤར་ཚེ་ཕ་ཡུལ་གཉེན་ཉེ་དྲན།།
ཀྲུའུ་ཡུས་ཡལ་གས་བཟོས་པའི་བསིལ་ཞྭ་གྱོན།།
དེ་ལ་འཛོགས་དུས་སྤུ་བོ་མེད་པས་སྐྱོ།།

渭城曲

王维

渭城朝雨浥轻尘，
客舍青青柳色新。
劝君更尽一杯酒，
西出阳关无故人。

ཝུད་ཁྲང་གི་རྟ་དབྱངས།

ཝང་ཝུད།

ཞོགས་ཚར་སིམ་པོས་ཝུད་གྲོང་ཐལ་རྡུལ་བརླན། །
མགྲོན་ཁང་གཙང་མ་ལྕང་ལོ་བཞིན་གསར་བརྗེ། །
ཐོན་ཆང་གཙང་བཞེས་གནང་དང་གྲོགས་པོ་ལགས། །
ཡང་ཀོན་ཀྲུབ་སྒོ་ཐོན་རྗེས་ངོ་ཤེས་མེད། །

春夜喜雨

杜甫

好雨知时节，
当春乃发生。
随风潜入夜，
润物细无声。
野径云俱黑，
江船火独明。
晓看红湿处，
花重锦官城。

དཔྱིད་ཀྱི་མཚན་མོར་བབས་པའི་སྤྲང་ཆར་སིལ་མ།

ཏུའུ་ཧྥུ།

ཆར་ཆུ་བཟང་པོ་ག་དུས་བབས་མིན་དུས་བདག་ཐུགས་ལ་མཁྱེན་གྱི་ཡོད་བཟོ་འདུག །
ནམ་དུས་དཔྱིད་ཀ་ཤར་དང་མཉམ་དུ་ཨ་སྔོན་མཐོངས་ནས་དལ་བུར་ས་ལ་བབས། །
མཚན་མོ་འཇམ་པོའི་རླུང་དང་འགྲོགས་ཏེ་ས་གཞི་ཡངས་པོའི་པང་ཁར་སིམ་བུར་ཉལ། །
ཐིག་སྤྲ་ཙམ་ཡང་ཐོས་རྒྱུ་མེད་པར་ཡུལ་ལུང་སྐམ་པོའི་ལུས་པོ་བརླན་པར་བྱས། །
ས་ཐོག་ལམ་དང་ནམ་མཁའི་སྤྲིན་པ་མུན་པའི་ཡོལ་བས་ཡོངས་སུ་བཀབ། །
ཉ་གྲུའི་སྟེང་གི་སྒྲོན་མེའི་འོད་སྣང་ཁེར་རྐྱང་གཅིག་པུ་གསལ་ལེར་སྣང་། །
ཉི་ཤར་དུས་སུ་བལྟ་བའི་དུས་ན་ཆར་ཆུས་བརླན་པའི་མེ་ཏོག་དག །
འདབ་མའི་ཁ་ལ་ཟིལ་པ་ཁྲིམ་ཁྲིམ་དར་གོས་གྲོང་ཁྱེར་ཡོངས་ལ་ཁྱབ། །

八阵图

杜甫

功盖三分国，
名成八阵图。
江流石不转，
遗恨失吞吴。

བརྒྱད་བསྒྲིགས་རི་མོ།

ཏུའུ་ཧྥུ།

སྙན་པའི་བ་དན་རྒྱལ་ཁབ་གསུམ་གྱི་མཁའ་ལ་གཡོ། །
གཡུལ་གྱི་ཇུས་ཐིག་བརྒྱད་བསྒྲིགས་རི་མོ་ཁྱེད་ཀྱིས་མཛད། །
གཙང་ཆུས་བཀབ་ཀྱང་རྡོ་བསྒྲིགས་རི་མོའི་གཟུགས་མི་འགྱུར། །
ཝུ་ཡི་རྒྱལ་ཁབ་དབང་འོག་བསྡུ་བའི་དགོངས་གཞི་ལ། །
སྲུས་ཀྱང་བཀག་འགོག་མི་ཐུབ་འགྱོད་པ་རྣམ་མི་ཟིན། །

积雨辋川庄作

王维

积雨空林烟火迟，
蒸藜炊黍饷东菑。
漠漠水田飞白鹭，
阴阴夏木啭黄鹂。
山中习静观朝槿，
松下清斋折露葵。
野老与人争席罢，
海鸥何事更相疑。

ཆར་པ་ཉིན་མཚན་བསྟུད་མར་བབས་པའི་དུས་སུ་ལྷང་ཁྲིན་སྟོད་ཤག་ཏུ་བརྩམས་པ།

ལྷང་ཡུད།

དབྱར་དུས་ཆར་པ་བསྟུད་མར་བབས་ཏེ་ཐབ་ཀྱི་དུ
བ་བར་སྣང་འཕྱིགས་ནས་ཡལ་བར་དཀའ།།
མེ་ཐབ་སྟེང་དུ་འབྲས་འཚོས་ཚལ་རྗེས་ཞིང་ནང་
ལས་མིའི་དགུང་ཟས་གྲ་སྒྲིག་ལས་ལ་བྲེལ།།
ཡངས་ཡངས་ཞིང་ཁའི་སྟེང་གི་ནམ་མཁར་བྱ་ཆེན་
དཀར་པོ་གྲལ་སྤར་བསྒྲིགས་ནས་རྒྱང་ལ་འཕུར།།
ངོག་ངོག་ལྗོན་པའི་ཡལ་གའི་གསེབ་ནས་
བྱིའུ་ཆུང་སེར་པོས་སྐད་སྙན་སྒྲོག།
དབེན་པའི་རི་གྲོང་དཀྱིལ་དུ་བསྡད་ནས་སེམས་པ་
མ་གཡེང་ལྷུ་ཅིན་མེ་ཏོག་བཞད་པར་བལྟ།།
ཤུག་པའི་འོག་ཏུ་ཆུ་རལ་འཛར་འཛར་ཁུ་ཚལ་གསེས་ཏེ་
དཀར་ཟས་ཟ་མའི་གྲོགས་སུ་བཏབས།།
འཁོར་བའི་འཐབ་རར་གོ་གནས་དོན་དུ་ཕྱིད་གསོད་
ང་གསོན་འཛིང་ཤར་སྤྱངས་པའི་རྒན་པོ་ང༌།།
མཚོ་བྱ་ཏའི་ཨོའོ་སློ་སེམས་མི་བདེ་ཕར་གཡོལ་
ཚུར་གཡོལ་དོགས་ཟློན་དེ་འདྲ་བྱེད་དགོས་ཅི།།

将敬酒

李白

君不见黄河之水天上来，奔流到海不复回。
君不见高堂明镜悲白发，朝如青丝暮成雪。
人生得意须尽欢，莫使金樽空对月。
天生我材必有用，千金散尽还复来。
烹羊宰牛且为乐，会须一饮三百杯。
岑夫子，丹丘生，将进酒，杯莫停。
与君歌一曲，请君为我倾耳听！
钟鼓馔玉不足贵，但愿长醉不愿醒！
古来圣贤皆寂寞，唯有饮者留其名。
陈王昔时宴平乐，斗酒十千恣欢谑。
主人何为言少钱，径须沽取对君酌！
五花马，千金裘，呼儿将出换美酒，
与尔同销万古愁！

མཆོད་ཆང་བཞེས།

ལི་དཔལ།

ཁྱེད་ཀྱིས་མཐོང་ཨེ་བྱུང་།
ཆུ་སེར་པོ་གནམ་གྱི་མཐོངས་ནས་ས་ལ་ཡོང་ཡོང་བབས།
ཕྱིར་མིག་ཙམ་ཡང་མ་བལྟས་ཤར་རྒྱ་མཚོར་ཤར་རེར་རྒྱུགས།
ཁྱེད་ཀྱིས་མཐོང་ཨེ་བྱུང་།
གཟིམ་ཚུང་སྐྱིད་པོ་བཀོད་ལེགས་འོད་སྣང་གི།
ཙག་ཙེའི་སྟེང་གི་མེ་ལོང་ལ་བལྟས་ཚེ།
སྔ་ཉི་ཤར་དུས་ཀྱི་གནག་སྨུམ་སྐྲའི་ལན་བུ།
ཕྱི་མུན་པ་རུབ་དུས་ཁ་བའི་མདོག་ལ་འགྱུར།
མིའི་མི་ཚེ་བསོད་ནམས་ལམ་འགྲོ་རྒྱུགས་པའི་དུས་འདི་ན།
སྐྱིད་ལོངས་སྤྱོད་དཔལ་ལ་ཚིམས་པར་རོལ་བར་ཞུ།
གནམ་ཟླ་བར་ཁ་གཏད་རང་གཅིག་པུ་ཆང་འཐུང་རྒྱག་མི་ཉན།
ཕོ་རྒོད་པོའི་རང་རང་འཛོན་ཐང་ལ་བརྟེན་ཏེ།
ཕར་ནམ་འཕང་གཙོད་པའི་དུས་ཤིག་ཤར་རྒྱུ་ཡོད་ངེས་རེད།
རིན་ཆེན་བང་མཛོད་སྟོང་ཡང་སྐྱར་དུ་བསགས་ཆོག་གོ།
ལུག་ཤ་གླང་ཤ་བཙོས་ཏེ་སྟོན་མོ་བཤམས་པ་སྐྱིད་པོ་ཁོ་ནའི་ཕྱིར།
དགའ་དགའ་སྤྲོ་སྤྲོའི་དུས་སུ་ཆང་ཕོར་སུམ་བརྒྱ་བཏུང་རྒྱུང་བཏུང་།
ཚན་ཧྲུ་ཙོ།①ཏན་ཆིའུ་ཧྲེ། མཆོད་ཆང་བཞེས་དང་། ཆང་ཕོར་མ་བཞག
ཁྱེད་རྣམ་གཉིས་ལ་ང་ཡིས་གླུ་ཞིག་ལེན་ཡོད།
ཐུགས་མ་གཡེང་ལན་གཅིག་གསན་པར་ཞུ།

ཪ་དྲིལ་བུའི་དབྱངས་སྙན་དཀྲོལ་བའི་ཁྲོད།
ཟས་རྒྱ་ཟས་སྟོན་མོ་བཤམས་པར་ཧ་མི་ལད།
ར་བཟི་བཟིའི་ངང་དུ་སྡོད་རྒྱུ་བྱུང་ན་འདི་སྐྱིད་དོ།།
སྔར་ནས་ད་བར་སྐྱེས་བུ་དམ་པའི་མི་ཚེ་འཇམ་ཐིང་ཐིང་།
ང་ཆང་པའི་མིང་དེ་ཚང་མས་བརྗེད་མི་སྲིད།
སྔོན་ཆད་ཁྲིན་ཡང་རྒྱལ་པོས་ཕིང་ལེ་གསོལ་ཚོགས་
ཁང་དུ་སྟོན་མོ་བཤམས།
མཆོད་ཆང་རྫ་མ་སྟོང་ཕྲག་བསྒྲིགས་ཏེ་མགྲོན་པོ་ཚོ་དང་
མཉམ་དུ་ཅི་དགར་རོལ།
ཆང་ཁང་བདག་པོ་བདག་ལ་ལག་དངུལ་མི་འདུག་མ་སེམས་ཤིག།
ཆང་བཙོང་རྐྱང་ཚོངས་དང་གྲོགས་པོ་ཚོ་དང་མཉམ་དུ་
བློ་ཚིམས་པ་ཞིག་བཏུང་ཐག་ཆོད་ཡིན།
བཞོན་རྟ་ཕ་ལ་ཁྲ་སིལ།
གྱོན་པ་ཕ་དཀར་པགས་ཚག
ཚང་མ་དངུལ་ལ་བརྗེས་ཏེ་ཆང་ཉོས་ཤོག
བདག་ཚོ་མཉམ་འཛོམས་དུས་འདིར་སྡུག་བསྔལ་མ་ལུས་
ཐིག་མེད་འཛོམས་གྱུར་ཅིག

མཆན་འགྲེལ།

①ཚན་ཟླུ་ཅོ། ཏན་ཆིའུ་ཧྲེང་ཡོང་རྣམ་གཉིས་ལི་དཔལ་གྱི་གྲོགས་པོ་ཡིན།

②ཁྲིང་ཡང་རྒྱལ་པོ་ནི་ལོ་རྒྱུས་ཐོག་རྒྱལ་ཁབ་གསུམ་གྱི་སྐབས་སུ་ཞུད་རྒྱལ་ཁབ་ཀྱི་ཚོའོ་
ཀྱི་ཞེས་པ་ཁྲིན་ཡང་རྒྱལ་པོར་བསྐོས།

游子吟

孟郊

慈母手中线，
游子身上衣。
临行密密缝，
意恐迟迟归。
谁言寸草心，
报得三春晖。

ཁྱིམ་ནས་ཐོན་པའི་བུ་ཆུང་གི་སྐད་ཆ།

མོང་ཅའོ།①

ཨ་མའི་ཕྱག་ལ་བསྣམས་པའི་འཚེམ་སྐུད།།
བུ་ཆུང་ལུས་ལ་གཡོག་པའི་གྱོན་གོས།།
ཐོན་ཁར་འཚེམ་བུ་ཞིབ་ཚགས་བརྒྱབ་པ།།
བུ་ཆུང་ཡུན་རིང་ལོག་དཀའ་སྙམ་པ།།
ཆུང་ཆུང་རྩྭ་དང་འདྲ་བའི་སེམས་པས།།
དཔྱིད་ཀའི་དྲིན་ལན་ག་ལ་འཇལ་ཐུབ།།

མཆན་འགྲེལ།

①མོང་ཅའོ།(སྤྱི་ལོ་༧༥༡ནས་སྤྱི་ལོ་༨༡༤)ཧུ་གྲེའུ་ཨུ་ཁང་གི་མི་ཡིན།(དེང་གྲེ་ཅང་ཞིང་ཆེན་ཧེ་ཆིང་།)

登幽州台歌

陈子昂

前不见古人，
后不见来者。
念天地之悠悠，
独怆然而涕下！

གཡུ་ཀྲེའུ་ཐེ་ལ་འཛེགས་ཏེ་གླངས་པའི་གླུ།

ཁྲིན་ཙེ་ཨང་།①

སྔར་གནའ་མིའི་ཁྲོད་ན་བྱུང་མ་མྱོང་།།
སླད་རྗེས་མིའི་ཁྲོད་ན་ཡོང་མི་སྲིད།།
ཕྱི་སྣོད་ཀྱི་འཇིག་རྟེན་སྟོང་སང་སང་།།
ཚུལ་དེ་ལ་བསམ་ཚེ་ཏུ་རེ་ཞོར།།

མཆན་འགྲེལ།

①ཁྲིན་ཙེ་ཨང་། ཁོང་གི་འཁྲུངས་འདས་ལོ་ལ་ཤོད་སྲོལ་གཉིས་འདུག གཅིག་ནི་སྤྱི་ལོ་༦༥༧ནས་སྤྱི་ལོ་༧༠༠དང་། གཅིག་ཤོས་ནི་སྤྱི་ལོ་༦༥༩ནས་སྤྱི་ལོ་༧༠༢ཡིན། ཁོང་ནི་ཞིན་ཀྲེའུ་ཧྲེ་ཧུང་（དེང་སི་ཁྲོན་ཞིང་ཆེན་གྱི་ཁོངས་）གི་མི་ཡིན། སྙན་གྲགས་ཆེ་བའི་ཐང་རྒྱལ་རབས་དུས་ཀྱི་རྩོམ་རིག་མཁས་ཅན། སྙན་ངག་མཁན་པོ། སྙན་ངག་གི་གཞུང་ལུགས་ལ་མཁས་པ་བཅས་ཡིན།

望月怀远

张九龄

海上生明月，
天涯共此时。
情人怨遥夜，
竟夕起相思。
灭烛怜光满，
披衣觉露滋。
不堪盈手赠，
还寝梦佳期。

ཟླ་བར་བལྟས་ཏེ་ཐག་རིང་གི་སྙིང་ཉེ་དྲན་པ།

ཀྲང་ཙུ་ལིང་།①

མཐའ་ཡས་རྒྱ་མཚོའི་ཁ་ནས་ཆུ་ཤེལ་དབང་པོ་འཁྲུངས།།
གནམ་གྱི་མཐའ་ནས་ང་གཉིས་གཉིས་པོ་ཕན་ཚུན་བལྟས།།
མཚན་གང་གཉིད་བྲལ་སྙིང་ཉེ་ཡིད་ལ་དྲན།།
ཟླ་བའི་འོད་ལ་ཡིད་མགུ་སྒྲོན་མེ་བཀྲོངས།།
མལ་ལས་ལངས་ཏེ་འཁྲུམ་པས་གྲང་ངར་ཚོར།།
ཡིད་དུ་འོང་བའི་འོད་སྣང་ཁྱོད་ལ་འབུལ་ཐུབ་མ་སོང་ཡང་།།
རྨི་ལམ་ནང་དུ་མཇལ་བའི་རེ་བ་བཅངས་ཏེ་བསྡད་ཡོད་དོ།།

མཆན་འགྲེལ།

①ཀྲང་ཙུ་ལིང་། （སྤྱི་ལོ་༦༧༣ལོའམ་༦༧༨ནས་སྤྱི་ལོ་༧༤༠）ཧྲའོ་ཀྲེའུ་ཆུས་ཅང་（དེང་གོང་ཏུང་ཞིང་ཆེན་ཧྲའོ་ཀོན་གྲོང་ཁྱེར་）གི་མི་ཡིན། ཐང་རྒྱལ་རབས་དར་རྒྱས་འགྲོ་བཞིན་པའི་དུས་ཀྱི་བློན་པོ་གྲགས་པ་ཅན་ཡིན།

山居秋暝

王维

空山新雨后，天气晚来秋。
明月松间照，清泉石上流。
竹喧归浣女，莲动下渔舟。
随意春芳歇，王孙自可留。

རི་ལ་བསྡད་དེ་སྟོན་ཁའི་ས་སྒྲོད་ལྗོངས་ལ་བལྟ་བ།

ཕང་ཨུད།

དབེན་ཞིང་སྟོང་བའི་སྟོ་ལྷོང་རི་ལ་སྤྲིན་གྱི་
མེ་ཏོག་ལྷུང་ལྷུང་བབས་བྱུང་བ།།
མུན་པ་ཏུབ་པའི་མཚམས་སུ་ནམ་དུས་སྟོན་ཁ་
ཤར་བ་གཞི་ནས་ཚོར་སོང་ངོ་།།
རྒྱ་སྐར་རྒྱལ་པོའི་འོད་སྣང་དཀར་པོ་ཤུག་སྟོང་
ཡལ་གའི་གསེབ་ནས་ས་ལ་འཕྲོས།།
དྭངས་ཤིང་བསིལ་བའི་ཆབ་རྒྱུན་བཟང་པོ་བྲག་རྫོའི་
སྟེང་ནས་ལྷོག་ལྷོག་བཞུད་དེ་འགྲོ།།
སྨྱུག་མའི་སྟོང་པོའི་གསེང་ནས་ཙ་ཙེའི་སྒྲ་སྒྲོག་
གོས་འཁྲུ་བུ་མོ་ཁྱིམ་ལ་ལོག་པ་ཤེས།།
པདྨའི་ལོ་འདབ་ཆུ་ཡི་ཁ་ལ་སིག་སིག་འགྲུག་པ་མིག་གིས་
མཐོང་བའི་དུས།།
ཆུ་སྟོད་ཉ་པའི་གྲུ་ཆུང་ཉེ་སར་བཅར་བ་ཡིན་ནོ་སྙམ།།
དྲི་ཞིམ་འཕྲུལ་བའི་དཔྱིད་ཀྱི་ཡུལ་ལྗོངས་དེ་མར་
ཡོལ་བར་སེམས་ཕངས་བྱེད་དོན་ཅི་ཡང་མེད།།
ནམ་དུས་སྟོན་ཁར་བློ་ལྡན་སྐྱེ་བོ་དབེན་པའི་རི་ལ་
རིང་ཙམ་སྡོད་རྒྱུ་བྱུང་ན་ད་གས་འགྲིག།

题破山寺后禅院

常建

清晨入古寺，初日照高林。
曲径通幽处，禅房花木深。
山光悦鸟性，潭影空人心。
万籁此俱寂，惟闻钟磬音。

ཕོ་ཧྲན་དགོན་པའི་རྒྱབ་ཀྱི་སྒྲུབ་ཁང་བཀོད་པ།

ཁྲིང་ཅན།[①]

ཞོགས་པ་དགོན་པའི་ནང་དུ་ཡོང་།།
ཉི་གཞོན་གསོམ་ཤིང་སྟོང་པོར་འཕྲོས།།
ལམ་ཕྲང་འཁྱོག་པོ་དབེན་གནས་གཏད།།
སྐྱིད་ཚལ་མེ་ཏོག་སྒྲུབ་ཁང་བཏུམས།།
རི་ལྗོངས་མཛེས་པས་འདབ་ཆགས་འཕོར།།
རྫིང་ཆུ་དྭངས་བ་སེམས་པ་སྐྱིད།།
དབེན་པའི་གནས་འདི་འཇམ་ཐིང་ཐིང་།།
ཅོང་གི་སྒྲ་ལས་ཐོས་རྒྱུ་མེད།།

གསལ་བཤད།

①ཁྲིང་ཅན། （སྤྱི་ལོ་༧༠༨ནས་སྤྱི་ལོ་༧༦༥） ཕ་ཡུལ་ཞིང་ཀྲེའོ་ནས་ཡིན། ཕལ་ཆེར་ཁྲང་ཨན་གྱི་མི་ཡིན་ཚོད། （དེང་ཧྲན་ཤི་ཞིང་ཆེན་ཤི་ཨན།） སྙན་ངག་མཁས་པ། ཁྲིང་ཅན་གྱི་སྙན་ངག་མང་པོ་མཇལ་རྒྱུ་མེད།

黄鹤楼

崔颢

昔人已乘黄鹤去，此地空余黄鹤楼。
黄鹤一去不复返，白云千载空悠悠。
晴川历历汉阳树，芳草萋萋鹦鹉洲。
日暮乡关何处是？烟波江上使人愁。

ལྷ་བྱ་སེར་པོ་ཐོག་ཁང་།

ཚུལ་ཧོ།[1]

དམ་པ་ཁྱེད་ནི་ཚེབས་ཆེན་ལྷ་བྱ་སེར་པོ་བཅིབས་ཏེ་ཐེབས་ཟིན་ཏོ།།
ས་ཕྱོགས་འདི་རུ་ཁྲུང་ཁྲུང་སེར་པོ་ཐོག་ཁང་[2]ཆེན་མོ་གཅིག་ལྷུར་ལུས།།
ལྷ་བྱ་སེར་པོ་གནམ་ལ་འཕུར་ཟིན་སླར་དུ་ལོག་ནི་ག་ལ་ཐེབས།།
བགྲང་བྱ་དུ་མར་ཆུ་འཛིན་དཀར་པོ་གནམ་ལ་ལྡིང་བ་དེ་རང་མཐོང་།།
ཉི་འོད་འོག་ཏུ་ཧན་ཡང་ཡུལ་[3]གྱི་ཚར་དུ་དངར་བའི་ལྗོན་ཤིང་སྔོན་པོ་གསལ་ལྷང་ལྷང་།།
ནེ་ཙོ་གླིང་གི་ནེ་ཙོའི་གཤོག་པ་བརྐྱངས་པ་ཇི་བཞིན་སྤང་རྩྭ་སྔོན་པོ་སྔོ་སིང་སིང་།།
ཉུན་པའི་ཡོལ་བས་ཚ་ཟེར་བཞིན་རས་རིམ་གྱིས་བསྒྲིབས་པའི་དུས་འདི་ན།།
ད་ནི་ཕ་ཡུལ་མཐོང་རྒྱུ་མི་འདུག་གང་དྲགས་ཅི་དྲགས་སྐྱམ་པའི་གཅིག་ཤོས་སུ།།
སྨུག་ཞགས་དུ་བས་བསྐུམས་པའི་གཙང་པོའི་ཁ་རུ་སྐྱོ་བའི་སྣང་བ་ཞིག།
དལ་བུ་དལ་བུས་ཡིད་ཀྱི་མཚོ་མོའི་ཁ་རུ་དབང་མེད་འཕྱུར་འོང་ངོ་།།

མཆན་འགྲེལ།

①ཚུལ་ཧོ། (སྤྱི་ལོ་༡༧༠༨ནས་སྤྱི་ལོ་༡༧༥༨) པན་ཀྱེའོ་ (དེང་ཧོ་ནན་ཞིང་ཆེན་ཁའི་ཕྱུང་) ཡི་མི་ཡིན། ཕ་ཡུལ་པོ་ལིང་ཨན་ཧྲིང་ (དེང་ཧོ་པེ་ཞིང་ཆེན་ཏང་ཧྲུད་གྲོང་ཁྱེར་ཨན་ཕིང་རྫོང་།) ཐང་རྒྱལ་རབས་དུས་ཀྱི་སྙན་གྲགས་ཆེ་བའི་སྙན་ངག་མཁན་པོ་ཡིན།

② ཁྲུང་ཁྲུང་སེར་པོ་ཐོག་ཁང་ནི་དེང་རུ་པེ་ཞིང་ཆེན་ཝུ་ཧྲན་གྲོང་ཁྱེར་དུ་ཡོད།

③ཧན་ཡང་དང་ཝུ་ཧྲན་གྲོང་ཁྱེར་བར་ལ་འབྲི་ཆུ་རྒྱུགས་འགྲོ་ཡི་ཡོད།

蜀相

杜甫

丞相祠堂何处寻？锦官城外柏森森。
映阶碧草自春色，隔叶黄鹂空好音。
三顾频烦天下计，两朝开济老臣心。
出师未捷身先死，长使英雄泪满襟。

ཐང་རྒྱལ་ཁབ་ཀྱི་གློག་ཆེན།

ཏུའུ་ཧྥུ།

གློག་ཆེན་རྟེན་ཁང་གང་དུ་གནས་ཡོད་དམ། །
དཔོན་པོའི་གྲོང་ཁྱེའི་ཤྲུག་སྟོང་ཆེན་པོའི་མདུན། །
རྗེ་གཅལ་སྲུབ་ཀྱི་སྡོ་རྩྭས་དཔྱིད་ཀ་ངོམས། །
ལོ་མའི་གསེབ་ནས་བྱ་ཁྱིའུ་སྐད་སྙན་སྒྲོགས། །
རྒྱལ་ཁམས་དབང་དུ་བསྡུ་བའི་ཧུས་ཆེན་ཞུ་བར་གང་གི་
གཟིམ་ཤག་ཐེངས་གསུམ་བཅར། །
རྒྱལ་ཐོག་གཉིས་ཀྱི་རྒྱལ་ཁབ་སྐྱོང་བར་རྒྱལ་སྲིད་བྱ་བར་
ཧུར་སེམས་རྣམ་དག་བཅངས། །
དམག་པོ་བརྟུལ་བའི་གཡུལ་གྱི་འགོ་ཁྲིད་རྒྱལ་ཁ་མ་ལོན་སྔོན་དུ་སྐུ་ཚེ་རྫོགས། །
མི་རབས་རྗེས་མའི་དཔའ་བོ་དཔའ་མོས་དོན་དེ་བསམ་ཚེ་
མཆི་མ་དབང་མེད་ཤོར། །

གསལ་བཤད།

སྙན་ངག་དེ་ནི་ལོ་རྒྱུས་ཐོག་རྒྱལ་ཁབ་གསུམ་གྱི་སྐབས་སུ་ཧྲུའུ་ཧན་རྒྱལ་ཁབ་ཀྱི་གློན་ཆེན་ཀྲུའུ་ཀོ་ལིན་གྱི་བྱས་རྗེས་ལ་བསྟགས་བརྗོད་བྱས་པ་ཡིན།

无题

李商隐

相见时难别亦难，东风无力百花残。
春蚕到死丝方尽，蜡炬成灰泪始干。
晓镜但愁云鬓改，夜吟应觉月光寒。
蓬莱此去无多路，青鸟殷勤为探看。

ཁ་བྱང་མ་བཀོད།

ལི་ཧྲང་ཡིན།①

འཕྲད་པ་དཀའ་ལ་བྲལ་བ་དེ་བས་དཀའ། །
ཤར་རླུང་དབུགས་ཆད་མེ་ཏོག་འདབ་མ་ཉིད། །
དར་འབུ་ཤི་ཚེ་གཞི་ནས་དར་སྐུད་སྐྱུགས་མཚམས་ཆད། །
བཞུ་མར་སྡུམ་ཟད་དུ་གཟོད་འོད་སྣང་མེད་པར་འགྱུར། །
ཞོགས་པ་ལངས་ཏེ་མེ་ལོང་བལྟས་ནས་སྐྲ་ཤད་རྒྱག་དུས་སྐྲ་སྤུ་
དཀར་པོ་མཐོང་བའི་ཚེ་ན་སེམས་པ་སྐྱོ། །
མཚན་མོ་མ་ཉལ་སྙན་ངག་གློག་སྐེ་གཉིད་ནི་མི་ཁུག་
ཟླ་འོད་ལྷག་པར་གྲང་སིལ་སིལ། །
ཕང་ལེ་②གནས་རི་ལམ་ཐག་རིང་པོ་དེ་ཙམ་མེད་ཀྱང་
འགྲོ་སའི་ལམ་ནི་གཅིག་ཀྱང་མེད། །
མཐིང་བྱ་③བོ་ཉས་བདག་གི་ཚབ་བྱས་གནས་རིར་འཕུར་ཏེ་
གནས་མཆོག་བཞིན་རས་མཇལ་བར་ཞུ། །

མཆན་འགྲེལ།

①ལི་ཧྲང་ཡིན། （སྤྱི་ལོ་༡༧༣ནས་སྤྱི་ལོ་༡༥༡）ཕ་ཡུལ་ཧོད་ཀྲེའོ་ཧ་ནི་（དེང་ཧོ་ནན་ཞིང་ཆེན་ཙའོ་ཙོ་ཆིང་ཡང་）ནས་ཡིན། ཐང་རྒྱལ་རབས་དུས་མཇུག་སྐབས་ཀྱི་སྙན་གྲགས་ཆེ་བའི་སྙན་ངག་མཁན་པོ་ཡིན།

② ཕང་ལེ། ཧན་གྱི་དཔེ་ཉིད་དུ་ཕང་ལེ་དང་། ཧྥང་ཀྲང་། དཀྱིང་ཀྲེའུ། དེ་གསུམ་པོ་ལྷ་

རི་ཡིན་ཞིང་། པོ་ཏད་རྒྱ་མཚོ་ཏུ་གནས་ཡོད་པའི་ཤོད་སྤྱོད་ཡོད།

③མཐིང་བྱ། ལོ་རྒྱུས་ཀྱི་དེབ་ཐེར་དུ་སེ་མ་ཤང་ཏུའི་རྣམ་ཐར་ནང་འཁོད་གསལ་ལ་རྐང་གསུམ་བྱ་ཡི་ཕོ་ཉ་མངགས་པ་ཡིན་ཞེས་པའི་རྐང་གསུམ་བྱ་དང་མཐིང་བྱ་གཉིས་དོན་གཅིག་མིང་གི་རྣམ་གྲངས་སོ། །

春晓

孟浩然

春眠不觉晓，处处闻啼鸟。
夜来风雨声，花落知多少？

དཔྱིད་ཀྱི་ཞོགས་པ།

མོང་ཧའོ་རན།①

དཔྱིད་ཀ་གཉིད་སྐྱིད་ནམ་ལངས་མ་ཚོར།།
བྱ་ཕྲུའུ་སྐད་སྙན་ཞོགས་པའི་རྣམ་པ།།
མདང་ནུབ་རླུང་དང་ཆར་པ་གཉིས་ཀྱིས།།
མེ་ཏོག་ག་ཚོད་གཏོར་མིན་མི་ཤེས།།

མཆན་འགྲེལ།

①མོང་ཧའོ་རན། （སྤྱི་ལོ་༦༨༩ནས་སྤྱི་ལོ་༧༤༠）ཞང་ཀྲིའོ་ཤང་ཡང་（དེང་ཧུ་པེ་ཞིང་ཆེན་ཤང་ཡང་）གི་མི་ཡིན། ཐང་རྒྱལ་རབས་དུས་སུ་འབྲུངས། སྙན་གྲགས་ཆེ་བའི་རི་ཆུ་ལྗོངས་ཐང་བརྗོད་བྱར་བཀོད་དེ་བརྩམས་པའི་སྙན་ངག་ལ་མཁས་པའི་སྙན་ངག་མཁས་ཅན།

登乐游原

李商隐

向晚意不适，驱车登古原。
夕阳无限好，只是近黄昏。

ལད་ཡུ་ཡོན་མཐོ་སར་འཛེགས་པ།

ལི་ཧྲང་ཡིན།

སྣང་ཁྲེད་ནུབ་པའི་དུས་སུ་སེམས་པ་མི་སྐྱིད་པས།།
ཤིང་རྟ་འཁོར་ལོར་བསྐྱད་དེ་ཀུ་ཡོན་མཐོ་སར་འཛེགས།།
ནམ་མཁའི་ནོར་བུ་ཆུ་ལྷའི་ཕང་པར་བཞུགས་པའི་
ཉམས་པ་ཤིན་ཏུ་མཛེས་གྱུར་ཀྱང་།།
རིང་པོ་མི་གནས་སྨུག་རུམ་མུན་པའི་ཡོལ་བས་
བསྒྲིབ་རྒྱུ་ཡིན་པ་གདོན་མི་ཟ།།

枫桥夜泊

张继

月落乌啼霜满天，江枫渔火对愁眠。
姑苏城外寒山寺，夜半钟声到客船。

ཕུང་ཤིང་ཟམ་པའི་འགྲམ་ལ་མཚན་མོ་བསྡད་པ།

ཀྲང་ཅི།[1]

ཟླ་བ་ནུབ་རིར་བཞུད་ཅིང་ཕོ་རོག་སྐད་སྒྲ་སྒྲོགས་པ་ཡངས་པའི་ས།།
ས་གཞི་ཆེན་པོའི་བཞིན་རས་དཀར་དཀར་བ་མོའི་ཡོལ་བས་ཡོངས་སུ་འགེབས།།
ཆུ་འགྲམ་ཕུང་ཤིང་སྔོན་པོ་ཆུ་སྐྱེང་ཉ་གྲུའི་བཞུ་འོད་ཕན་ཚུན་ཁ་གཏད་ཁ་ཁུ་སིམ་མེར་ཉལ།།
ཀུ་སུའུ་གྲོང་ཁྱེར་[2]ཕྱི་རུ་གནས་པའི་ཧན་ཧྲན་དགོན་པའི་སྒོ་ར་ནས།།
ནམ་ཕྱེད་གྲགས་པའི་ཐིང་ཐིང་ཅོང་སྒྲ་གྲུ་ནང་འགྲུལ་པའི་རྣ་བར་ལྷུང་།།
ཡང་ན། ཟླ་བ་ནུབ་རིར་བཞུད་ཅིང་ཕོ་རོག་སྐད་སྒྲ་གྲགས་པ།།
ཡངས་ཡངས་ས་གཞི་ཆེན་པོ་དཀར་དཀར་བ་མོས་བཀབ་འདུག།
ཆུ་འགྲམ་ཕུང་ཤིང་སྔོན་པོ་ཆུ་སྐྱེང་ཉ་གྲུའི་བཞུ་འོད།།
ཕན་ཚུན་གཅིག་ལ་གཅིག་གཏད་ཁ་ཁུ་སིམ་མེར་ཉལ་སོང་།།
ཀུ་སུའུ་གྲོང་ཁྱེར་ཕྱི་ཡི་ཧན་ཧྲན་དགོན་པའི་ནང་ནས།།
ནམ་ཕྱེད་ཅོང་སྒྲ་གྲགས་པ་གྲུ་ནང་འགྲུལ་པས་ཐོས་བྱུང་།།

མཆན་འགྲེལ།

①ཀྲང་ཅི། (སྤྱི་ལོ་༧༡༥ནས་སྤྱི་ལོ་༧༧༩) ཧུ་པེ་ཤང་གྲེའོ་ (དེང་ཧུ་པེ་ཞིང་ཆེན་ཤང་ཡང་) ཡི་མི་ཡིན། ཐང་རྒྱལ་རབས་དུས་ཀྱི་སྙན་ངག་མཁས་ཅན།

②ཀུ་སུའུ་གྲོང་ཁྱེར། (དེང་ཅང་སུའུ་ཞིང་ཆེན་སུའུ་ཀྲེའུ་གྲོང་ཁྱེར།)

出塞

王昌龄

秦时明月汉时关，
万里长征人未还。
但使龙城飞将在，
不教胡马度阴山。

མཐའ་མཚམས་སྲུང་བར་བསྐྱོད་པ།

ཝང་ཁྲང་ལིང་།[①]

ཛིང་[②]གི་ཟླ་དཀར་ཏན་[③]གྱི་འགག་སྒོ་སྟར་བཞིན་འགྱུར་མེད་གནས་མུས་རེད།།
ཐག་རིང་དམག་ལ་བསྐྱལ་བའི་ཕོ་གཞོན་ཁྲིམ་ལ་ད་དུང་ལོག་མ་བྱུང་།།
ལུང་ཁྲིང་[④]གྲོང་ཁྱེར་མངའ་འོག་བསྟུ་བའི་དམག་དཔོན་ཆེན་མོ་བཞུགས་ཡོད་ན།།
དགྲ་བོའི་དམག་རྟ་དབྱིན་ཧྲན་[⑤]རི་བོ་བརྒལ་བའི་རེ་བ་རི་བོང་རྭ།།

མཆན་འགྲེལ།

①ཝང་ཁྲང་ལིང་། (སྤྱི་ལོ་༦༩༨ནས་སྤྱི་ལོ་༧༥༧) ཐང་རྒྱལ་རབས་དུས་ཀྱི་སྙན་པོ་ཡིན། སྙན་གྲགས་ཆེ་བའི་མཐའ་ཁུལ་གྱི་བརྗོད་བྱས་བརྩམས་པའི་སྙན་ངག་ལ་མཁས་པའི་སྙན་ངག་མཁན་པོ་ཡིན།

②ཛིང་། ད་ལྟ་ནས་ལོ་ངོ་༢༢༠༠སྔོན་གྱི་རྒྱལ་རབས་ཀྱི་མིང་།

③ཏན། ཛིང་རྒྱལ་རབས་རྗེས་ལ་ཏན་རྒྱལ་རབས་ཟེར།

④ལུང་ཁྲིང་། ལུང་ཁྲིང་ནི་ཐང་རྒྱལ་རབས་དུས་ཀྱི་ལུ་ལུང་ཁྲིང་ལ་ཟེར།

⑤དབྱིན་ཧྲན་རི་བོ། དབྱིན་ཧྲན་རི་བོ་ནི་ནང་སོག་གི་དབུས་དང་ཧོ་པེ་ཞིང་ཆེན་གྱི་བྱང་དུ་གནས།

赐萧瑀

李世明

疾风知劲草，
板荡识诚臣。
勇夫安识义，
智者必怀仁。

ཤའོ་ཡུད་①ལ་བསྟུལ་བ།

ལི་ཧྲི་མིན།②

རྩ་སྟོན་པོ་རྩ་བ་ཚུགས་དང་མི་ཚུགས་རླུང་དྲག་པོའི་ཁྲོད་ནས་མཐོང་།།
བློན་ཆེན་པོ་བློ་དཀར་དང་མི་དཀར་དུས་ཡ་འཁྲུགས་ཀྱི་དཀྱིལ་ནས་ཤེས།།
དཔའ་རྩལ་ཡོད་ཅན་གྱིས་དྲང་ཞིང་ཚུགས་ཆེ་བའི་གཤིས་བཟང་ག་ནས་རྟོགས།།
མི་ཤེས་རབ་ཅན་གྱི་བློ་ལ་བྱམས་སྙིང་རྗེ་ཏན་ཏན་ཡོད་ངེས་རེད།།

མཆན་འགྲེལ།

①ཤའོ་ཡུད་ནི།（ཕྱི་ལོ་༥༧༥ནས་ཕྱི་ལོ་༦༤༨）ཐང་རྒྱལ་རབས་དུས་སུ་རྒྱལ་པོ་ཐང་ཐད་ཙུང་གི་བློན་པོ་གཙོ་གྲས་ཡིན།

②ལི་ཧྲི་མིན་ནི།（ཕྱི་ལོ་༥༩༨ནས་ཕྱི་ལོ་༦༤༩）ཐང་རྒྱལ་རབས་དུས་ཀྱི་རྒྱལ་པོ་ཡིན། རྒྱལ་པོ་ཐང་ཐད་ཙུང་ཞེས་འབོད། རྒྱལ་པོ་འདི་ཁྲི་ལ་ཕེབས་པ་ནས་རྒྱལ་ཁབ་ལེགས་པར་བསྐྱངས་ཏེ་ལོ་རྒྱུས་ཐོག"ཀྲེང་ཀོན་བཙོས་སྐྱོང"ཞེས་པའི་སྙན་གྲགས་ཐོབ། རྒྱལ་པོ་དེས་ཐང་རྒྱལ་རབས་དུས་སུ་རིག་གནས་དར་རྒྱས་གོང་འཕེལ་སོང་བའི་རྣམ་པ་བཟང་པོ་གཏོད་རྒྱུར་དགེ་མཚན་ལྡན་པའི་ནུས་པ་ཐོན་ཡོད། རྒྱལ་པོ་ཐང་ཐད་ཙུང་གི་སྙན་ངག་དེ་བློན་ཆེན་ཤའོ་ཡུད་ཀྱིས་རྒྱལ་ཁབ་ཟང་ཟིང་ནས་ཞི་འཇག་བརྟན་ལྷིང་དུ་འགྱུར་བའི་བྱ་གཞག་ནང་བྱས་རྗེས་ཆེན་པོ་བཞག་པར་གདེང་འཇོག་བསྔགས་བརྗོད་གནང་བའི་སྙན་ངག་ཡིན།

芙蓉楼送辛渐

王昌龄

寒雨连江夜入吴，
平明送客楚山孤。
洛阳亲友如相问，
一片冰心在玉壶。

ཧྥུ་རུང་ཐོག་ཁང་①ནས་ཤིན་ཙན་②ལ་སྐྱེལ་མ་ཞུ་བ།

ཝང་ཁྲང་ལིང་།③

ཆར་པ་སིམ་སིམ་བབས་པའི་མཚན་མོ་ཝུ་ཡི་ཡུལ་④ལ་གཞི་ནས་འཁྱོར།།

སང་ཉིན་ཞོགས་པ་ཉེ་ཤར་དུས་སུ་གྲོགས་མཆོག་དམ་པར་ཕེབས་སྐྱེལ་ཞུས།།

ང་རང་གཅིག་པུ་བྲིའུ་རི་⑤ལྟ་བུ་ས་དེར་གྲོགས་མེད་གཅིག་པུར་ལུས།།

ལོ་ཡང་གྲོང་⑥གི་གཉེན་ཉེ་གྲོགས་པོས་ཁོ་བོའི་སྐོར་ལ་དྲི་ཙ་ན།།

དཀར་གཙང་སེམས་ཀྱི་བདུད་རྩི་གསེར་བུམ་ལུས་ལ་བཅུག་ནས་བཤད་འདུག་གསུངས།།

མཆན་འགྲེལ།

①ཧྥུ་རུང་ཐོག་ཁང་། ཐང་རྒྱལ་རབས་དུས་སུ་རུན་ཀྲེའོ་（དེང་ཅང་སུའུ་ཞིང་ཆེན་གྱི་ཀྲེན་ཅང་གྲོང་ཁྱེར་）གྲོང་གི་ནང་དུ་གནས་པའི་གསོལ་ཚོགས་ཆེན་མོ་བཤམས་སའི་ཐོག་ཁང་ཞིག

②ཤིན་ཅན། ཝང་ཁྲང་ལིང་གི་གྲོགས་པོ།

③ཝང་ཁྲང་ལིང་གི་ལོ་རྒྱུས་མདོར་བསྡུས་གོང་དུ་ངོ་སྤྲོད་ཞུས་ཟིན།

④ཝུ་ཡི་ཡུལ་ཞེས་པ་ནི་རུན་ཀྲེའོ་ས་ཁུལ་ལ་ཟེར།

⑤བྲིའུ་རི་ཞེས་པ་ནི་ཝུ་ཡི་ཡུལ་གྱི་རིའི་མིང་།

⑥ལོ་ཡང་ནི་ཐང་རྒྱལ་རབས་དུས་ཀྱི་གྲོང་ཁྱེར་ཞིག དེང་ཧྲན་ཤི་（陕西）ཞིང་ཆེན་ལོ་ཡང་（洛阳）གྲོང་ཁྱེར་ལ་ཟེར།

出塞

王之涣

黄沙直上白云间，
一片孤城万仞山。
羌笛何须怨杨柳，
春风不度玉门关。

མཐའ་ཁུལ་ལ་ཐོན་པ།

ཝང་ཀྲེ་ཧྲོན།

བྱེ་མ་གསེར་པོ་རླུང་ཤུགས་དྲག་པོས་གནམ་གྱི་སྤྲིན་པའི་གསེབ་ལ་འདེད།།
ཡུལ་གྲོང་ཆུང་ཆུང་ས་འཛིན་ཕྲེང་བས་དམ་པོར་བསྐོར་ཏེ་ཧྲེང་ངེར་ལུས།།
ཕྲེད་གླིང་[①]བཏང་སྟེ་ཡང་ལིའུ་[②]སྒྱུ་གླུ་ལེན་ནས་འཁང་ར་མ་བྱེད་ཅིག།
དཔྱིད་ཀྱི་དྲོད་རླུང་ཐར་ནས་ད་བར་གཡུས་མེས་ཀོན་[③]ལ་སླེབས་མྱོང་མེད།།

མཆན་འགྲེལ།

①ཕྲེང་གླིང་ཞེས་པ་རོལ་ཆ་གླིང་བུ། གནའ་དུས་ཆང་མི་རིགས་ཀྱི་རོལ་ཆ་ཞིག་ཡིན། ཕྱིས་སུ་དམག་མིའི་རོལ་དབྱངས་ནང་བེད་སྤྱོད་གཏོང་སྲོལ་ཡོད།

②ཡང་ལིའུ་ཞེས་པ་རྒྱ་སྐད་སྒྲ་འགྱུར། རྒྱ་ལྕང་ལ་ཟེར། ཐང་རྒྱལ་རབས་དུས་ཀྱི་རོལ་ཆ་འབུད་དཀྲོལ་གླུ་དབྱངས་ཁག་ཉེར་བརྒྱད་ཀྱི་ནང་གསེས་བདུན་པའི་མིང་ལ་ཡང་ལིའུ་གདངས་ཞེས་བརྗོད།

③གཡུས་མེན་ཀོན་ཞེས་པ་ནི་ས་ཆ་ཞིག་གི་མིང་། དེང་སྐབས་ཀན་སུའུ་ཞིང་ཆེན་ཏུན་ཧོང་གྲོང་ཁྱེར་གྱི་ནུབ་བྱང་ངོས་སུ་སྤྱི་ལེ་༡༠ལ་གནས་པའི་གནའ་བོའི་མཁར་གྲོང་ཞིག་ཡིན།

凉州词

王翰

葡萄美酒夜光杯，
欲饮琵琶马上催。
醉卧沙场君莫笑，
古来征战几人回。

ལིང་ཀྲེའུ་གཞས་ཚིག①

ཝང་ཧན།②

གཡུ་ཡི་པི་ཅིར་རྒྱན་འབྲུམ་ཨ་རག་ཞིམ་པོ་བླུགས་ནས་བློ་ཡིད་ཚིམས་ཚིམས་བཏུང་།།
ཕི་ཕྭ་③རོལ་དབྱངས་སྙན་པོའི་གདངས་ཀྱིས་ཡིད་ལ་སྤྲོ་སྣང་དཔག་ཏུ་མེད་པ་བྱིན།།
དེ་འདྲའི་ལོངས་སྤྱོད་བྱེད་རྒྱུ་བྱུང་ན་གཡུལ་གྱི་འཐབ་སར་སྲོག་ཤོར་འགྱོད་པ་མེད།།
སྔར་ནས་ད་བར་དམག་ནས་གསོན་པོར་ལོག་མཁན་དམག་མི་ག་ཚོད་བྱུང་ཡོད་དམ།།

མཆན་འགྲེལ།

①ལིང་ཀྲེའུ་གཞས་ཚིག་ཅེས་པ་གླུ་གཞས་ཞིག་གི་མིང་ཡིན།

②ཝང་ཧན།（སྤྱི་ལོ་༦༨༧ནས་སྤྱི་ལོ་༧༢༦）ཅིན་ཡང་（དེང་རབས་ཤེ་ཞིང་ཆེན་ཐེ་ཡོན་གྲོང་ཁྱེར་）གི་མི་ཡིན། སྙན་ངག་མཁན་པོ་ཝང་ཁྲང་ལིང་དང་དུས་གཅིག་གི་མི་ཡིན།

③ཕི་ཕྭ། རོལ་ཆ་ཞིག་གི་མིང་ཡིན།

瑶池

李商隐

瑶池阿母绮窗开，
黄竹歌声动地哀。
八骏日行三万里，
穆王何事不重来？

ཡའོ་ཁྲི①ལྷ་ཡུལ་རྩ་རྫིང་།

ལི་ཧྲང་ཡིན།

ལྷ་ཡུལ་རྩ་རྫིང་བདག་མོ་ཤིའི་ཝང་མུ།།②
སེའུ་ཁྲུང་ཁྲ་མ་ཕྱེ་སྒོ་ཕྱི་ལ་གཟིགས།།
སྐྱོ་ཤས་ཆེ་བའི་ཧོང་ཀྲུའུ་③གླུ་དབྱངས་སྒྲ།།
རྣ་བར་ལྷུང་བས་ཐུགས་སེམས་སྐྱོ་ལྷང་ལྷང་།།
རྟ་བརྒྱད་འདྲུད་པའི་ཤིང་རྟ་འཁོར་ལོ་ཡིས།།
ཉིན་གཅིག་ལི་དབར་སུམ་ཁྲི་བསྐོར་ཐུབ་བཤད།།
འཁོར་ལོའི་བདག་པོ་རྒྱལ་པོ་རྨུ་ཝང་ཁོང་།།
ད་དུང་མ་ཕེབས་རྒྱུ་མཚན་ཅི་ཡིན་ནམ།།

མཆན་འགྲེལ།

①ཡའོ་ཁྲི་ཞེས་པ་ལྷ་ཡུལ་གྱི་རྫིང་བུའི་མིང་། ལྷ་སྲུང་ནང་ཤིའི་ཝང་མུ་རྒྱལ་མོའི་བཞུགས་ས་ཡིན།

②ཤིའི་ཝང་མུ། རྒྱ་སྐད་ཀྱི་སྒྲ་འགྱུར་ཚིག ནུབ་ཀྱི་རྒྱལ་མོ་ཞེས་པར་གོ།

③ཧོང་ཀྲུའུ་ཞེས་པ་གཞས་ཞིག་གི་མིང་ཡིན།

西施咏

王维

艳色天下重，西施宁久微？
朝为越溪女，暮作吴宫妃。
贱日岂殊众，贵来方悟稀。
邀人傅香粉，不自著罗衣。
君宠益娇态，君怜无是非。
当时浣纱伴，莫得同车归。
持谢邻家子，效颦安可希？

མཛེས་མ་ཞིའི་ཧྲེར་①བསྔགས་པ།

ཝང་ཝུད།

མཛེས་མའི་ཉམས་ལ་ཡིད་སྨོན་མི་བྱེད་སྐྱེ་བོ་སུ། །
མཛེས་མ་ཞིའི་ཧྲེ་ནམ་ཡང་སྐྱོ་པོའི་གནས་ལ་སྡོད་དོན་མེད། །
སྔ་དྲོ་ཡོས་ཞིའི་②ཆུ་ཁའི་བུ་མོ་ཕལ་པ་ཞིག །
ཕྱི་དྲོ་ཝུ་ཡི་ཕོ་བྲང་རྒྱལ་པོའི་བཙུན་མོར་འགྱུར། །
ཕལ་པའི་ཁྱིམ་ལ་སྡོད་དུས་དོ་ཟླ་བྲལ་བའི་མཛེས་ཉམས་མི་མཐོང་ཅི། །
བཙུན་མོའི་ཁྲི་ལ་བཞག་དུས་མཛེས་མའི་སྐྱེག་ཉམས་ད་ལྟད་ཧངས་སངས་བྱེད། །
ཕོ་བྲང་གཡོག་མོས་ཞིའི་ཧྲེར་བསྐོར་ཏེ་བྲན་གཡོག་རྒྱུགས། །

མཛེས་མའི་སྐུ་ལ་གཡོག་མོས་དར་གོས་གྱོན་པ་སྣ་ཚོགས་བསྒྲོན།།
རྒྱལ་པོའི་[3]སྤྱན་དུ་ཤིའི་ཧྲིའི་སྒེག་ཉམས་བལྟ་བས་ངོམས་པ་མེད།།
རྒྱལ་པོའི་ཐུགས་ལ་ཤིའི་ཧྲིའི་བྱས་པ་ཐ་དག་དགེ་ལ་མངོན།།
དེ་སྲིད་ཆུ་ཁར་མཉམ་དུ་བསྐྱོད་དེ་གྱོན་པ་བཀྲུ་མཁན་གྲོགས་མོ་ཚོ།།
མཉམ་འཛོམས་མཉམ་དུ་ལོག་པའི་གོ་སྐབས་ད་ནི་ཡོང་མི་སྲིད།།
ཁྲིམ་མཆོས་བུ་མོས་[4]ཤིའི་ཧྲིའི་ལད་མོ་བྱས་ཙམ་གྱིས།།
ཕོ་གཞོན་སེམས་པ་འགུག་རེ་བརྒྱབ་པ་གླེན་པའི་རྟགས།།

མཆན་འགྲེལ།

①མཛེས་མ་ཤིའི་ཧྲི། གཡོད་རྒྱལ་ཁབ་ཀྱི་མཛེས་མ། ཕལ་པའི་ཁྲིམ་ཚང་གི་བུ་མོ་ཞིག་ཡིན་པ་ནས་གཡོས་ཀྱི་རྒྱལ་པོ་ཀོ་ཙན་གྱིས་བུ་མོ་ཤིའི་ཧྲི་ཝུ་ཡི་རྒྱལ་པོར་ཕུལ། ཝུ་རྒྱལ་པོས་མཛེས་མ་ཤིའི་ཧྲི་ལ་ཤིན་ཏུ་དགའ་པོ་བྱས། མཐའ་མཇུག་ཝུ་རྒྱལ་ཁབ་གཡོད་རྒྱལ་ཁབ་ཀྱིས་བརླག་པར་བྱས།

②ཡོས་ཤིའི་ཞེས་པ་ནི་ཀྲེ་ཅང་ཀྲུའུ་ཅི་རྫོང་ཉིང་ལོ་རི་གཤམ་གྱི་ཆུ་བོའི་མིང་། ཤོད་སྲོལ་ལ་སྔར་ཤིའི་ཧྲི་གོས་བཀྲུ་སའི་ཆུ་ཡིན་ཟེར། དུས་ད་ལྟ་ཡང་ཆུ་ཁའི་གོས་བཀྲུ་རྡོ་འདི་མཐོང་རྒྱུ་ཡོད།

③རྒྱལ་པོ། ཝུ་རྒྱལ་ཁབ་ཀྱི་རྒྱལ་པོ་ལ་ཟེར།

④ཁྲིམ་མཆོས་བུ་མོ། ཞེས་པ་ནི་ཏུང་ཧྲི་ལ་ཟེར། བུ་མོ་ཏུང་ཧྲིས་ཤིའི་ཧྲིའི་སྨིན་མ་བསྡུས་པའི་རྣམ་འགྱུར་དང་། ལག་གཡོན་མས་སྙིང་ཁ་བཀབ་པའི་བྱེད་སྟངས་ལ་ལད་མོ་བྱས་ཏེ་མཛེས་ཉམས་སྟོན་ཁུལ་བྱས་པས་ཏུང་ཧྲི་དེ་བས་མདོག་ཉེས་པར་འགྱུར་བའི་གཏམ་རྒྱུད་ཐུང་ཐུང་ཞིག་ཡོད།

送别

王维

山中相送罢，
日暮掩柴扉。
春草明年绿，
王孙归不归。

སྐྱེལ་མ་ཞུས།

ཝང་ཝེད།

རི་བོའི་དཀྱིལ་ནས་ཁྱེད་ལ་ཕེབས་སྐྱེལ་ཞུས།།
ཉི་མ་བཞུད་ཚེ་ར་སྐྱོར་སྒོ་ཆུང་མནན།།
ཕྱི་ལོ་དཔྱིད་ཀ་སྤང་རྩ་སྔོན་པོར་འགྱུར།།
གྲོགས་མཆོག་དམ་པ་ཕྱིར་ལོག་གནང་ཨེ་ཡོང་།།

སྒྱུར་བ་པོའི་གསལ་བཤད།

ལོ་རྒྱུས་ཐོག་སྤྱི་ལོའི་དུས་རབས་བདུན་པ་བརྒྱད་པའི་སྐབས་སུ་བྱུང་བའི་ཐང་རྒྱལ་རབས་ནི་ཆབ་སྲིད་དང་། དཔལ་འབྱོར། དམག་དོན་དང་། ལྷག་པར་རིག་གནས་ཐད་གྲུབ་འབྲས་གཟིངས་སུ་ཐོན་པའི་དུས་རབས་ཤིག་ཡིན། དེའི་དུས་སུ་སྙན་ངག་ཤིན་ཏུ་དར་པོ་བྱུང་སྟེ་སྙན་ངག་མཁན་པོ་གྲངས་ལས་འདས་པ་ཕོན་རྣམ་པའི་བརྩམས་ཆོས་ཁྲི་ལྔ་ལྷག་ཙམ་བྱུང་ཡོད། དེ་ནས་ལོ་ཇོ་ཆིག་སྟོང་ལྷག་ཙམ་འདས་པའི་རྗེས་ཀྱི་ཆིང་རྒྱལ་རབས་ཆན་ལུང་གོང་མའི་དུས་སུ（སྤྱི་ལོ1764ལོ་）སུན་ཀྲུའུ་（孙洙）ཞེས་པའི་དཔོན་ཆུང་ཞིག་གིས་ཐང་རྒྱལ་རབས་ཀྱི་སྙན་ངག་བརྩམས་ཆོས་ཁྲི་ལྔ་ཙམ་ཡོད་པའི་ཁྲོད་ནས་སྙན་ངག་བརྩམས་ཆོས་སུམ་བརྒྱ་གདམས་གསེས་བྱས་ཏེ་ཕྱོགས་བསྒྲིགས་བྱས་པའི་སྙན་ངག་དཔེ་དེབ《ཐང་གི་སྙན་ངག་བརྩམས་ཆོས་སུམ་བརྒྱ》ཞེས་པ་དེ་ད་ལྟ་ང་ཚོ་མི་མང་ཆེ་བའི་འདྲིན་ལམ་དུ་མཐོང་ཆོས་སུ་གྱུར་བའི་སྙན་ངག་དཔེ་དེབ་དེ་ཡིན།

ཐང་རྒྱལ་རབས་དུས་སུ་སྙན་ངག་མཁན་པོ་ནམ་མཁའི་སྐར་ཚོགས་ལྟ་བུ་བྱུང་ཡོད་པའི་ཁྲོད་དུ་རྒྱ་སྐར་གྱི་རྒྱལ་པོ་ལྟ་བུ་ནི་སྙན་ངག་མཁས་པ་ལི་དཔལ་དང་། ཏུའུ་ཧྲུ། པེ་ཅུད་ཡི། ཝང་འུད་ལ་སོགས་པ་བྱུང་ཡོད། ཐང་གི་སྙན་ངག་ལ་ལུས་ཀྱི་ཐོག་ནས་ཞུས་ན་ལྔ་ཚིག་དང་བདུན་ཚིག་མང་ཆེ་བ་ཡིན་འདུག །ཚིག་གི་ཚྭི་ཡང་གི་སྡེབས་སྦྱོར་སྲོལ་ཚུལ་ཐད་ལ་ཡང་དང་དོད་ཆེན་པོ་ཡོད་པ་ཡིན། བོད་ཡིག་ཏུ་བསྒྱུར་སྐབས་ལུས་དེ་རང་ལྟ་བུ་ བོད་ཡིག་ཏུ་ཕབ་ན་མ་ཡིག་སྙན་ངག་གི་གོ་དོན་རྩིས་སྲིད་བྱེད་ཐབས་མེད་པས་མ་ཡིག་གི་ནང་དོན་གང་ཐུབ་ཅི་ཐུབ་ཀྱིས་བྱུ་ཡིག་ཏུ་འགྱུར་བའི་ཕྱིར་བྱུ་ཡིག་བོད་ཡིག་སྙན་ངག་གི་ལྔ་ཚིག་ནས་ཚིག་ཉི་ཤུ་རྩ་གསུམ་བར་གང་དགར་སྦྱོད་ཆོག་པའི་ཁྱད་པར་གྱི་ཡོན་ཏན་ལེགས་པར་སྤྱད་དེ་བྱུ་ཡིག་ཏུ་བདུན་ཚིག་དགུ་ཚིག་བཅུ་གཅིག་ཚིག་ལ་སོགས་པའི་ལུས་སྤྱད་ཡོད། དེ་བཞིན་བྱུ་ཡིག་བོད་

ཡིག་ལ་ཚིག་རྐང་རེ་རེར་ཚིག་སྟོན་བརྒྱབ་ཏེ་ཚིག་རྐང་དང་པོར་བདུན་ཚིག་དང་། གཉིས་པར་དགུ་ཚིག །གསུམ་པར་བཅུ་གཅིག་ཚིག བཞི་པར་བཅུ་གསུམ་ཚིག་སྡུད་དེ་ཤོ་ལོ་ཀ་གཅིག་ལེགས་གྲུབ་ཡོང་བའི་བསྒྱུར་གྱི་རྩལ་ལག་སྟོན་ཁུལ་བྱས་ཡོད་པ་དེ་ཡང་ལེགས་ཉེས་ཅི་བྱུང་རང་གི་བློ་ལ་གཏིང་མེད་པས་རྣམ་དཔྱོད་ཡངས་པའི་སློག་པ་པོ་ཚོས་དབྱིངས་དཔྱད་ཡོད་པ་ཞུ།

ཐང་གི་སྨན་དཔག་ནི་རྒྱ་རིགས་ཀྱི་རིག་གནས་ཡོངས་ཀྱི་ཁྲོད་དུ་གལ་ཆེའི་གནས་བབས་བཟུང་ཡོད་པ་དེ་ནི་མཁས་པ་ཚོའི་བཞེད་པ་གཅིག་མཐུན་ཡིན་སྐབས་རང་ཅག་བོད་ཀྱི་རིག་གནས་ལ་ཕན་པའི་ཆེད་དུ་གུས་པས་འདིར་སྨན་དཔག་བཙམས་ཚོས་40དང་སྨན་དཔག་མཁན་པོ་22ལོ་རྒྱུས་མདོར་བསྡུས་ངོ་སྤྲོད་བྱས་ཡོད་པས་ཚང་མས་དགྱེས་གཟིགས་གནང་རྒྱུའི་རེ་བ་ཡོད།

宋词

སུང་རྒྱལ་རབས་དུས་སུ་བྱུང་བའི་གཞས་ཚིག

汉文原文选自《古代词曲名篇选读》，
刘福源选编，河北人民出版社出版，1983 出版。

ཚན་པ་འདི་ལིའུ་ཧྲུ་ཡོན་གྱིས་བསྒྲིགས་པས་（1983ལོར་ཧོ་པེ་མི་
དམངས་དཔེ་སྐྲུན་ཁང་ནས་དཔར་བཏབ་）《གནའ་རབས་
ཀྱི་གྲགས་ཅན་གཞས་ཚིག་བདམས་བཀོད་》ཅེས་པའི་
དཔེ་དེབ་ལས་བདམས་ཏེ་བོད་ཡིག་ཏུ་བསྒྱུར།

摊破浣溪沙

五里滩头风欲平

敦煌曲子词

五里滩头风欲平，张帆举棹觉船轻。
柔橹不施停却棹，是船行。
满眼风波多闪灼，看山恰似走来迎。
仔细看山山不动，是船行。

ཐེན་ཕོ་ཧོན་ཤི་ཧྲ།①

ཨུ་ལེ་ཐེན་ལ་འཁོར་དུས་རླུང་ཆེན་གཞི་ནས་འཛགས།

ཧུན་ཧོང་གཞས་ཚིག②

ཨུ་ལི་ཐེན་ལ་འཁོར་དུས་རླུང་ཆེན་གཞི་ནས་འཛགས་སོང་། གྲུ་དར་བསྒྲེངས། སྐྱ་བ་གཡུགས་མཚམས་བཞག གྲུ་གཟིངས་མུ་མཐུད་འཛམ་པར་བསྐྱོད། སྐྱ་བ་འཐེན་ནས་གྲུ་གཟིངས་ནང་དུ་བཞག གྲུ་གཟིངས་མུ་མཐུད་གཙང་པོའི་སྟེང་དུ་འགྲོ། རླུང་བུས་འདེད་པའི་ཆུ་ཡི་ཐ་རླབས་འོད་ཆིལ་ཆིལ། རི་བོ་འགྲུལ་ཏེ་གྲུ་ལ་བསུ་བ་ལྟ། ཞིབ་པར་བལྟས་ཙ་ན། རི་བོ་འགྲུལ་མེད་ཙོག་གེར་བསྡད། དེ་ནི་གྲུ་གཟིངས་ཆུ་སྟེང་བསྐྱོད་པས་ཡིན།

མཆན་འགྲེལ།

① ཐེན་ཕོ་ཧོན་ཤི་ཧྲ་ཞེས་པ་གཞས་མིང་ཡིན།

② ཧུན་ཧོང་གཞས་ཚིག་ཅེས་པ་དེ་ཀན་སུའུ་ཞིང་ཆེན་ཧུན་ཧོང་རྫོང་ནས་སྐྱེད་པའི་ཐང་དང་། ཝུ་ཏེ་རྒྱལ་རབས་དུས་སུ་བྱུང་བའི་དམངས་ཁྲོད་གཞས་ཚིག་ལ་བརྗོད། ཧུན་ཧོང་གཞས་ཚིག་ནི་གཞས་ཚིག་རྩོམ་ལུས་ཀྱི་འབྱུང་རྩའམ་འགོ་མ་ཡིན་ནོ།།

鹊踏枝

叵耐灵鹊多谩语

敦煌曲子词

叵耐灵鹊多谩语，送喜何曾有凭据！
几度飞来活捉取，锁上金笼休共语。
“比拟好心来送喜，谁知锁我在金笼里。
欲他征夫早归来，腾身却放我向青云里。”

ཞི་ཐག་ཀྲེ།①
ཁྲིའུ་ཆུང་སྒྱུ་ཀ་②རྫུན་གཏམ་མ་སྨྲ་ཅིག

ཏུན་ཧོང་གཞས་ཚིག

ཁྲིའུ་ཆུང་སྒྱུ་ཀ་རྫུན་གཏམ་མ་སྨྲ་ཅིག །གཏམ་བཟང་ཡོད་ཅེས་སྔོང་སྐད་ལན་མང་བརྒྱབ། །ཕོང་ཁྲོ་ཟ་སྡེ་སྒྱུ་ཀ་ཚུར་ཟིན་ནས། །ནླུང་ཅོའི་ནང་དུ་བཙུག་ཏེ་ཡ་མ་བྱས། །གྲུས་མོས་"སེམས་བཟང་བཅངས་ཏེ་གཏམ་བཟང་བསྐྱལ་བར་འོང་། །དེ་ལ་ཛ་ལན་ཆུ་འཛལ་ཁྲིའུ་ཆུང་ནླུང་ཅོར་བཙུག །ཁྱེད་ཀྱི་ཟླ་བོ་དམག་ནས་གང་མགྱོགས་ལོག་པ་སྨོག །ང་ནི་བཙོན་ནས་ཐར་ཏེ་གནམ་ལ་གང་འདོད་འཕུར་རྒྱུ་འོང་བ་འདུག །"

མཆན་འགྲེལ།

①ཞི་ཐག་ཀྲེ་ཞེས་པ་གཞས་མིང་ཡིན།

②སྒྱུ་ཀ་ནི་རྒྱ་རིགས་ཀྱི་སྲོད་སྲོལ་ལ་གཏམ་བཟང་སྐྱེལ་མཁན་བྱ་ཞིག་ཡིན། འོན་ཀྱང་གཞས་ཚིག་འདིའི་ནང་བུད་མེད་གཅིག་གིས་བཟའ་ཟླ་དམག་ནས་ལོག་རྒྱུའི་རེ་སྒུག་ཐེངས་མང་བྱས་ཀྱང་ཚང་མ་འབྲས་བུ་མེད་པར་འགྱུར་དུས་སྒྱུ་ཀ་ལ་ཕོང་ཁྲོ་ཟ་སྡེ་ནླུང་ཅོར་བཙུག མཇུག་གི་ཚིག་བཞི་པོ་དེ་སྒྱུ་ཀས་མི་སྐད་བརྒྱབ་པའི་ཚུལ་ལས་བཟའ་ཟླ་དམག་ནས་ལོག་རྒྱུའི་རེ་བ་བྱེད་མཁན་བུད་མེད་དེར་སྒྱུ་ཀའི་གདུང་སེམས་མཉམ་བསྐྱེད་ཀྱི་སེམས་མཚོན་པར་བྱས་ཡོད།

酒泉子

每见惶惶

敦煌曲子词

每见惶惶：队队雄军惊御辇，
蓦街穿巷犯皇宫，只拟夺九重。
长枪短剑如麻乱，争奈失计无投窜。
金箱玉印自携将，任他乱芬芳！

ཅིའུ་ཛོན་ཅེ།①

དཔའ་ངར་ལྡན་པའི་དམག་དཔུང་།

ཏུན་ཧོང་གཞས་ཚིག

དཔའ་ངར་ལྡན་པའི་དམག་དཔུང་།།
ཁྲོམ་གཞུང་རྒྱུད་དེ་རྒྱལ་ཁང་ནང་དུ་རྒྱུགས།།
རྒྱལ་པོའི་དབང་བསྒྱུར་མགོ་རྙིང་སློག་རྒྱུའི་ཐེལ་ཙམས་ནམ་མཁའ་དབྱལ།།
མདའ་གྲི་མདུང་གསུམ་ལག་ནས་ཤོར་ཏེ་དམག་སའི་ཐོག་ལ་གཡུགས།།
ཨུ་ཐུག་ཐབས་ཟད་སློག་འགོ་ཐོན་ཕྱིར་ཕྱོགས་བཞི་མཚམས་བརྒྱད་བྲོས།།
གསེར་དངུལ་རྒྱན་ཆ་རྒྱལ་པོའི་ཐམ་ག་སོགས།།
རིན་ཆེན་ནོར་བུ་ཁུར་ཏེ་བྲོས་རྐྱང་བྲོས།།
རྒྱལ་པོའི་ཕོ་བྲང་སྟོང་པར་འགྱུར་ཀྱང་ཐབས་ཟད་དོ།།

མཆན་འགྲེལ།

①ཅིའུ་ཛོན་ཅེ་ཞེས་པ་གཞས་ཚིག་གི་མིང་།

གསལ་བཤད། གཞས་ཚིག་དེ་ནི་ཐང་རྒྱལ་རབས་ཀྱི་དུས་མཇུག་ཏུ་ཧོང་ཁྲའོ་ཞིང་པའི་འོས་ལངས་དམག་དཔུང་ལ་བསྟོད་བརྗོད་བྱས་པའི་གཞས་ཚིག་ཅིག་ཡིན། གཞས་ཚིག་གི་སྔོན་གྱི་ཚིག་གསུམ་དེ་འོས་ལངས་དམག་དཔུང་གི་དཔའ་ཉམས་མཚོན་པ་དང་། རྗེས་ཀྱི་ཚིག་དེ་དག་རྒྱལ་ཁང་སྲུང་མཁན་དམག་མི་རྣམས་དམག་ཤོར་ཏེ་བྲོས་འགྲོ་བའི་རྣམ་པ་དང་། རྒྱལ་བློན་ཚང་མ་རྒྱལ་ཁང་ནས་ཕྱིར་བྲོས་པའི་རྣམ་པ་མཚོན་པའི་ཚིག་ཡིན། གཞས་ཚིག་འདིས་ཞིང་པའི་འོས་ལངས་དམག་ལ་བསྟོད་བརྗོད་བྱས་ཡོད་པ་དེ་ནི་སྐབས་དེའི་དུས་ནས་བཤད་ན་ལས་སླ་པོ་མ་ཡིན།

菩萨蛮

平林漠漠烟如织

李白

平林漠漠烟如织，寒山一带伤心碧。
暝色入高楼，有人楼上愁。
玉阶空伫立，宿鸟归飞急。
何处是归程，长亭更短亭。

ཕུ་སྒྲ་མེན།

མུ་མཐའ་མེད་པའི་ནགས་ཚལ་ཁ་ཏུ་དུ་ཞགས་འཁྲིགས།

ལི་དཔལ།

མུ་མཐའ་མེད་པའི་ནགས་ཀྱི་ཁ་ཏུ་དུ་ཞགས་འཁྲིགས་པ་དར་རས་བཀྲམས་པ་འདྲ།།
སྔོན་མཇུག་དུས་ཀྱི་མུ་འབྲེལ་རི་བོར་སྐྱེས་པའི་རྩ་ཤིང་ཚོན་མདོག་ལྗང་ནག་འགྱུར།།
ཐོག་ཁང་མཐོ་པོ་སྨག་ཏུམ་མུན་པས་བསྒྲིབས་པའི་དུས་འདི་ན།།
མི་གཅིག་ཁེར་རྐྱང་ཁང་སྟོང་ནང་དུ་སྐྱོ་སྡེ་བསྡད་དགོས་བྱུང་།།
རྒྱ་རྫོའི་རྫོ་བཀྲུག་སྟེང་དུ་ཡུན་རིང་ལངས་ནས་བལྟ་བའི་ཚེ།།
བྱིའུ་ཕྲོ་ཤུག་གཉིས་པོ་རྒྱུད་ནས་འཕུར་ཏེ་ཚང་ལ་ལོག་པ་མཐོང་།།
ང་ཡུལ་ཕྱོགས་ལ་ལོག་པའི་ལམ་ཐག་རིང་མོའི་སྟེང་།།
ལམ་ཁའི་ངལ་གསོ་ཁང་བུ་གཅིག་མཇུག་ཉིས་མཐུད་རྫོགས་རྒྱུ་མེད།།

忆秦娥

萧声咽

李白

箫声咽，秦娥梦断秦楼月。
秦楼月，年年柳色，灞陵伤别。
乐游原上清秋节，咸阳古道音尘绝。
音尘绝，西风残照，汉家陵阙。

དབྱིག་རྫིང་འོ།①
གླིང་བུའི་སྒྲ་སྙོ་པོ་ཞིག་གྲགས།

ལི་དཔལ།

གླིང་བུའི་སྒྲ་སྙོ་པོ་ཞིག་གྲགས། རྫིང་འོ་②གཉིད་ལས་སད་དེ་བལྟ་དུས། རྫིང་ཚང་གི་ཐོག་ཁང་སྟེང་དུ་སྒོར་ཕྱེད་ཟླ་བ་ཞིག་ཡོད་པ་མཐོང་། མར་ངོའི་ཟླ་ཟེར་འཕྲོས་པའི་རྫིང་ཚང་གི་ཐོག་ཁར། ཆུ་ཟམ་འགྲམ་གྱི་རྒྱ་ལྕང་སྔོང་པོ། སྔོ་ལྗང་ནས་སེར་པོར་གྱུར། པཱ་ལིན་③ཟམ་སྟེང་ནས་ཁོང་དང་ཁ་གྱེས་པའི་བྲལ་གདུང་ལྷི་པོས་མནར། ལི་ཡུ་ཡོན་④མཛེས་ལྡོངས་ནི་སྟོན་ཁའི་གྲང་རླུང་གིས་བཏུམས། ཞན་ཡང་⑤ལམ་སྟེང་གི་འཕྲིན་སྐྱེལ་བང་ཆེན་རིག་རྒྱུ་མི་འདུག ད་ནི་འཕྲིན་ལམ་ཆད་སོང་། ནུབ་ཁའི་ཉི་འོད་སེར་པོ་སིལ་སིལ་རླུང་བུའི་ཁྲོད་དུ་འདར། གནའ་བོའི་ཧན་རྒྱལ་རབས་⑥དུས་ཀྱི་བང་སོའི་རྩིག་པ་རོག་གེར་བསྡད།

མཆན་འགྲེལ།

①དབྱིག་རྫིང་འོ་ཞེས་པ་གཞས་མིང་ཡིན། གཞས་ཀྱི་མིང་དེ་ཐོག་མར་ལི་དཔལ་གྱིས་བཏགས་ཏེ་དར་བ་ཡིན། རྫིང་འོ་ཞེས་པ་དེ་ནི་རྫིང་མུ་ཀུང་གི་བུ་མོ་ནུང་ཡུས་ལ་ཟེར། ཏུང་ཏན་རྒྱལ་རབས་དུས་ཀྱི་མིས་བསྒྲིགས་པའི་《གྲུབ་ཐོབ་རྣམ་ཐར་》ཞེས་པའི་དེབ་ཏུ་འཁོད་གསལ། རྫིང་མུ་ཀུང་གིས་ཁོའི་བུ་མོ་ནུང་ཡུས་གླིང་བུ་མཁས་པ་ཤའོ་ཧྲེ་ཡི་མནའ་མར་སྟེར། ཤའོ་ཧྲེས་རང་གི་བཟའ་ཟླ་ནུང་ཡུས་ལ་ལྷ་བྱའི་སྐད་སྦྱོང་དུ་བཅུག ལོ་ཤས་སོང་དུས་ནུང་ཡུས་ཀྱིས་གླིང་བུའི་ནང་ནས་ལྷ་བྱའི་སྒྲ་གཏོང་ཤེས། ནུང་ཡུས་ཀྱིས་གླིང་བུ་བཏང་བ་དང་། ལྷ་བྱ་ཕོ་མོ་གཉིས་ཁང་སྟེང་དུ་འཕོར། ཕ་རྫིང་མུ་ཀུང་གིས་བཟོ་པོ་བསྐོང་སྟེ་ལྷ་བྱ་བབས་སྟེགས་

བསྐུན། ཤའོ་ཧྲེ་བཟའ་ཚང་གཉིས་པོ་དེའི་སྟེང་དུ་བསྟད། ཉིན་ཞིག་ཕོ་གཉིས་ལྷ་བྱ་མཉམ་དུ་ནམ་མཁར་འཕུར་ཏེ་སོང་། ཞེས་སྒྲོ་སྣང་ལྡན་པའི་གཏམ་རྒྱུད་དེ་འདྲ་ཞིག་གི་མིང་གཡར་ཏེ་ལི་དཔལ་གྱིས་བྲལ་གདུང་གི་སྡུག་བསྔལ་གྱིས་མནར་བའི་བུད་མེད་གཅིག་གི་སྡུག་བསྔལ་བརྗོད་བྱ་བཀོད་དེ་གཞས་ཚིག་དེ་འདྲ་ཞིག་བརྩམས་པ་ལ་རྩོམ་པ་པོའི་རིག་པའི་རྩལ་ལ་ཚང་མ་ཧ་ལད་དོ།།

②ཛིང་འོ་ཞེས་པའི་མིང་དེ་སྐབས་དེར་ཐང་གི་རྒྱལ་ས་ཁྲང་ཨན་དུ་སྡོད་པའི་གཞོན་ནུ་མ་ཞིག་གིས་ཕོ་མོའི་བཟའ་ཟླ་དྲན་པའི་བུ་མོ་འདིའི་མིང་ལ་གཡར་ཏེ་བཏགས་པ་ཡིན།

③པླ་ལིན་ཞེས་པ་དེ་ཏན་གྱི་རྒྱལ་པོ་ལིའུ་ཏང་གི་བང་སོ་ཡོད་ས་དེ་དང་ཁྲང་ཨན་གྲོང་ཁྱེར་བར་རྒྱང་ཐག་ལི་དབར་ཉི་ཤུ་ཙམ་ཡོད། བང་སོའི་ཉེ་འགྲམ་དུ་པླ་ཛའོ་ཞེས་པའི་ཟམ་པ་ཞིག་ཡོད། ཐང་རྒྱལ་རབས་དུས་ཀྱི་མི་ཚོ་ཕྱི་ལ་ཐོན་དུས་ཟམ་པ་དེ་ནས་ཞལ་གྱིས་ཞུ་སྤྲོལ་ཡོད།

④ལེ་ཡུ་ཡོན་ཞེས་པ་ནི་ཐང་རྒྱལ་རབས་དུས་སུ་མཛེས་ལྗོངས་སྐད་གྲགས་ལྡན་པ་ཞིག་ཡིན།

⑤ཞན་ཡང་ཞེས་པ་ནི་དེང་ཧྲན་ཤི་ཞིང་ཆེན་ཤི་ཨན་གྲོང་ཁྱེར་དང་ཐག་ཉེ་བའི་གྲོང་ཁྱེར་ཞིག་ཡིན། ཏན་རྒྱལ་རབས་སྐབས་སུ་རྒྱལ་ས་ཡིན་ཞིང་། ཐང་རྒྱལ་རབས་དུས་སུ་ཡི་གེ་མང་པོའི་ནང་ཁྲང་ཨན་གྲོང་ཁྱེར་གྱི་མིང་གི་ཚབ་ཏུ་འབོད་པ་མཐོང་རྒྱུ་ཡོད།

⑥ཏན་རྒྱལ་རབས་ཞེས་པ་དེ་འདིར་ཤིའི་ཏན་རྒྱལ་རབས་ལ་བརྗོད་པ་ཡིན།

渔歌子

西塞山前白鹭飞

张志和

西塞山前白鹭飞，桃花流水鳜鱼肥。
青箬笠，绿蓑衣，斜风细雨不须归。

ཡུས་ཀོ་ཙེ།①

ཤི་སེ་རི་བོའི་མདུན་ནས་ཁྲུང་ཁྲུང་སྐྱེ་རིང་འཕུར།

ཀྲང་ཀྲི་ཧོ།②

ཤི་སེ་③རི་བོའི་མདུན་ནས་ཁྲུང་ཁྲུང་སྐྱེ་རིང་འཕུར།
ཁམ་བུའི་མེ་ཏོག་ཤར། ཆུ་མོ་ཤང་ཤང་རྒྱུགས། ཉ་མོ་ཤ་ཤེད་རྒྱས།
སྨུག་མས་ལྷས་པའི་ཉི་སྒྲིབ་ཞྭ་མོ་སྔོ་སང་སང་།
རྩྭ་ཡིས་ལྷས་པའི་ཆུ་ལེན་སྟོད་ཁེབས་ལྗང་ཐིང་ཐིང་།
རླུང་བུ་ལྷང་ཞིང་ཆར་དྲག་བབས་ཀྱང་ཉ་པ་ཁྱིམ་ལ་ལོག་སེམས་མི་སྐྱེའོ། །

མཆན་འགྲེལ།

①ཡུས་ཀོ་ཙེ་ཞེས་པ་གཞས་མིང་།

②ཀྲང་ཀྲི་ཧོ་ནི་(སྤྱི་ལོ་༧༣༢ནས་སྤྱི་ལོ་༧༧༤)ཐང་ཡུལ་ཐེ་ཡོན་(དེང་ཧྲུན་ཤི་ཞིང་ཆེན་ཁོངས་ནས་ཡིན།)ཁོང་ནི་ཐང་རྒྱལ་རབས་དུས་ཀྱི་སྙན་གྲགས་ཆེ་བའི་སྙན་ངག་མཁན་པོ་ཡིན།

③ཤི་སེ་རི་བོ་ནི་དེང་གི་ཙང་ཞིང་ཆེན་ཁོངས་སུ་ཡོད།

忆江南
江南好

白居易

江南好，风景旧曾谙。
日出江花红胜火，春来江水绿如蓝。
能不忆江南？

དབྱིས་ཅང་ནན།[1]

ལྷོ་ཁྲུལ་ཤིན་ཏུ་ཡག

པེ་ཙུས་ཡིས།

ལྷོ་ཁྲུལ་[2]ཤིན་ཏུ་ཡག ཡུལ་ལྗོངས་མཛེས་པོ་སྔར་ནས་འབྲེལ་འདྲིས་ཆེན་པོ་ཡོད། གཙང་པོའི་ཁ་ནས་ཉི་མ་ཤར་དུས་རླབས་ཀྱི་ཕྲེང་བ་དམར་མདངས་བཀྲ། དཔྱིད་ཀའི་དུས་སུ་གཙང་ཆུ་སྔོན་པོ་མཐིང་རྡོའི་[3]མདོག་ལ་འགྱུར། དེ་ལྟའི་ལྷོ་ཁྲུལ་ཡིད་ལ་མི་དྲན་ག་ལ་སྲིད།

མཆན་འགྲེལ།

①དབྱིས་ཅང་ནན་ཞེས་པ་གཞས་མིང་།

②ལྷོ་ཁྲུལ་ཞེས་པ་འབྲི་ཆུ་ལྷོ་ཕྱོགས་ལ་གནས་པའི་ས་ཆར་བཤད་པ་ཡིན་ཏེ་འདིར་སུའུ་ཀྲིའུ་དང་ཧང་ཀྲིའུ་ཁྲུལ་ལ་བཤད་པ་ཡིན།

③མཐིང་རྡོ་ཞེས་པ་རྡོ་ལྗང་མདོག་ལ་སྔོན་པོའི་མདངས་ལྡན་པ་ཞིག་ལ་ཟེར་ཏེ་རྡོ་དེ་ནས་རས་ཚོས་སྔོན་པོ་བླངས་ཀྱི་ཡོད།

长相思

汴水流

白居易

汴水流，泗水流，流到瓜州古渡头。
吴山点点愁。
思悠悠，恨悠悠，恨到归时方始休。
月明人倚楼。

ཏྲང་ཤང་སེ།①

པན་ཆུ་ཐག་རིང་རྒྱུགས།

པེ་ཙུས་ཡིས།

པན་ཆུ②ཐག་རིང་རྒྱུགས། སེ་ཆུ③ཐག་རིང་རྒྱུགས། རྒྱུགས་རྒྱུགས་མཐའ་མ་ཀོ་ཀྲིའུ④གྲུ་ཁར་ཐུག ཝུ་ཧྲན་⑤རི་བོ་གཅིག་ནས་གཅིག་ལ་མཐུད། དྲན་པའི་སྡུག་བསྔལ། བྲལ་བའི་སྡུག་བསྔལ། དེ་དག་ཚང་མ་ང་གཉིས་ཀྱིས་ཐུག་སྐབས་སུ་གཞི་ནས་མཚམས་ཆོད་དོ། །ཟླ་བའི་འོད་སྣང་འཕྲོ་བའི་མཚན་མོ་འདིར། ང་རང་གཅིག་པུ་སྒོའུ་ཁྱིང་ཁྲ་མར་བསྙེས་ནས་ཕྱི་ལ་བལྟས་ཏེ་བསྡད་ཡོད་དོ། །

མཆན་འགྲེལ།

①ཏྲང་ཤང་སེ་ཞེས་པ་གཞས་མིང་ཡིན།

②པན་ཆུ་ཞེས་པའི་གཙང་ཆུ་དེ་འབྱུང་རྩ་ཧོ་ནན་ཞིང་ཆེན་གྱི་ཡང་རྫོང་ནས་ཡིན། ཅང་སུའུ་ཞིང་ཆེན་གྱི་ཞུད་ཀྲིའུ་གྲོང་ཁྱེར་རྒྱུད་དེ་སེ་ཆུ་དང་འདྲེས་ནས་རྩོས་ཏ་གཙང་པོར་བསྒྱིལ།

③སེ་ཆུ་ཞེས་པའི་གཙང་པོ་དེ་ཧྲན་ཏུང་ཞིང་ཆེན་སེ་ཧྲུའི་རྫོང་ནས་བྱུང་ཞིང་། ཅང་སུའུ་ཞིང་ཆེན་གྱི་ཞུད་ཀྲིའོ་གྲོང་ཁྱེར་རྒྱུད་དེ་པན་ཆུ་དང་འདྲེས། དེ་ནས་རྩོས་ཏ་གཙང་པོར་བསྒྱིལ།

④ཀོ་ཀྲིའོ་ཞེས་པ་ནི་འབྲི་ཆུའི་རྒྱུགས་ཁུལ་གྲོང་ཁྱེར་ཞིག་གི་མིང་། དེང་ཅང་སུའུ་ཞིང་ཆེན་ཡང་ཀྲིའུ་གྲོང་ཁྱེར་ལྷོ་ཕྱོགས་ཀྱི་གྲུ་ཁ་ཞིག་ཡིན།

⑤ཝུ་ཧྲན་རི་བོ་ནི་འབྲི་ཆུའི་སྨད་ཁུལ་ཅང་སུའུ་དང་ཀྲེ་ཅང་ཞིང་ཆེན་གྱི་ཁོངས་སུ་གནས་པའི་རི་བོ་ཞིག་ཡིན། ལོ་རྒྱུས་ཐོག་ཀྲིན་གོའི་རྒྱལ་རབས་ཀྱི་དུས་སུ་ཝུ་རྒྱལ་ཁབ་ཀྱི་ས་ཁོངས་ཡིན་པས་ཝུ་ཧྲན་རི་བོ་ཞེས་པའི་མིང་ཐོབ།

梦江南

梳洗罢

温庭筠

梳洗罢，独倚望江楼。过尽千帆皆不是。斜晖脉脉水悠悠。肠断白苹洲！

མོང་ཅང་ནན།①

གདོང་བཀྲ་སྐྲ་ཤད་བྱས་ཚར།

ཙུན་ཐིང་ཅུན།②

གདོང་བཀྲ་སྐྲ་ཤད་བྱས་ཚར། ཐོག་ཁའི་སྐེའུ་ཁུང་ཕྱེ་སྟེ་གཙང་པོར་བཀྲུས། ཀླུང་གྲུ་ཕར་འགྲོ་ཚུར་འོང་ཟམ་མི་ཆད། བདག་གི་མཛལ་འདོད་མི་ནི་རིག་རྒྱུ་མེད། ནུབ་ཁའི་ཉི་འོད་སེར་ལྷང་ལྷང་འཕྲོས་པའི་གཙང་ཆུ་དལ་པོར་རྒྱུགས། པེ་ཕིང་③མེ་ཏོག་དཀར་པོ་མཐོང་དུས་སེམས་པ་ལྷག་པར་སྐྱོ།

མཆན་འགྲེལ།

①མོང་ཅང་ནན་ཞེས་པ་གཞས་མིང་།

②ཙུན་ཐིང་ཅུན་ནི་(སྤྱི་ལོ་༡༧༢ནས་སྤྱི་ལོ་༡༨༨)ཛེ་ཡུལ་གྱི་མི་ཡིན།(དེང་རྟན་ཤེ་ཞིང་ཆེན་ཛེ་ཛོང་)ཁོང་ནི་ཐང་རྒྱལ་རབས་དུས་མཇུག་ཏུ་འབྱུངས་པའི་གཞས་ཚིག་མང་ཤོས་བརྩམས་མཁན་རྩོམ་པ་པོ་ཞིག་ཡིན།

③པེ་ཕིང་ནི་ཆུ་རྩ་ཞིག་ཡིན། དབྱར་མཇུག་སྟོན་འགོའི་དུས་སུ་མེ་ཏོག་དཀར་པོ་བཞད།

乌夜啼

无言独上西楼

李煜

无言独上西楼，月如钩。
寂寞梧桐深院锁清秋。
剪不断，理还乱，是离愁。
别是一般滋味在心头。

ཨུ་ཡེ་ཏིས།①
སྐད་ཆ་མེད་ཡུལ་མི་འདུག

ལི་ཡུས།②

སྐད་ཆ་མེད་ཡུལ་ནི་མི་འདུག ང་རང་གཅིག་པུ་ཐོག་ཁང་ནུབ་མའི་སྐད་གདངས་སྟེང་དུ་འཛེགས། མགོ་ཡར་བཀུག་སྟེ་ལྟ་དུས། ཉ་ཕྱེད་གང་ཟླ་བ་གཅིག་ཕྱུར་གནམ་ལ་བཞུགས། འོག་ལ་ལྟ་དུས། ཨུ་དུང་སྡོང་པོ་③རྫང་ངེར་སྒོ་རའི་ནང་དུ་འདུག སྟོན་མཇུག་གི་ལྷག་བསིལ་ཚ་པོས་སྒོ་ར་ཆ་ཚང་གྲང་ངེར་འགྱུར། བཅད་ནི་ཆོད་མི་ཐུབ། བསངས་ནི་བསང་མི་ཚར། རྒྱས་གཞིས་ཤོར་བའི་སེམས་སྡུག གཟུགས་དང་གྲིབ་མ་ལྟ་བུ་སེམས་ནས་བྲལ་མི་ཐུབ། དེ་ནི་སྨྲ་བས་བཤམས་མི་ཤེས་པའི་ཡིད་ཀྱི་སྨྱོང་ཚོར་ཞིག་གོ།

མཆན་འགྲེལ།

①ཨུ་ཡེ་ཏིས་ཞེས་པ་གཞས་མིང་།

②ལི་ཡུས་ནི་(སྤྱི་ལོ་༩༣༧ནས་སྤྱི་ལོ་༩༧༨)ཞུད་ཀྲིའུ་ཡི་མི་ཡིན། ཨུ་ཏད་རྒྱལ་རབས་(五代)དུས་ནན་ཐང་(南唐)གི་མཐའ་མཇུག་རྒྱལ་པོ་ཡིན། ལོ་བཞི་བཅུར་སོན་དུས་སུང་རྒྱལ་རབས་ཀྱི་རྒྱལ་ས་པན་ཅིན་(དེང་རྗེ་ནན་ཞིང་ཆེན་ཁེ་ཧྲུང་གྲོང་ཁྱེར་)དུ་བཟང་བཙོན་བཅུག ལོ་གཉིས་འདས་རྗེས་སུ་སུང་གི་རྒྱལ་པོ་ཀྲའོ་ཀོང་དབྱིས་མི་བཏང་སྟེ་ལི་ཡུས་ལ་དུག་སྦྱར་ཏེ་བསད། ལི་ཡུས་ནི་ཨུ་ཏེ་དུས་ཀྱི་གཞས་ཚིག་རྩོམ་པ་པོའི་ཁྲོད་དུ་གྲུབ་འབྲས་ཆེ་ཤོས་ཀྱི་རྩོམ་པ་པོ་ཡིན།

③ཨུ་དུང་སྡོང་པོ་ནི་ཤིང་གི་རིགས་ཤིག་གི་མིང་།

虞美人

春花秋月何时了

李煜

春花秋月何时了？往事知多少！小楼昨夜又东风，故国不堪回首月明中。雕栏玉砌应犹在，只是朱颜改。问君能有几多愁？恰似一江春水向东流！

ཡུས་མེ་རེན།①

དཔྱིད་ཀའི་མེ་ཏོག་སྟོན་ཀའི་ཟླ་བ།

ལི་ཡུས།

དཔྱིད་ཀའི་མེ་ཏོག་སྟོན་ཀའི་ཟླ་བ་གཅིག་མཇུག་ཉིས་མཐུད་ཤར་ཏེ་མཇུག་མི་བསྡོགས།།
ལོ་མང་འདས་པའི་བྱ་བ་ཚུ་ཡི་གཉེར་མ་ཡིད་ལ་དྲན་ཏེ་མཚམས་མི་ཆད།།
མདང་ནུབ་ཐོག་ཁང་ཆུང་ཆུང་དེའི་ནང་དཔྱིད་ཀྱི་རྡོད་ལྷག་སླར་ཡང་ལྷང་།།
ཟླ་འོད་འོག་ཏུ་ཐོར་ཞིག་ཟིན་པའི་རྒྱལ་ཁབ་དྲན་དུས་སེམས་ལ་བཟོད་སླགས་ག་ལ་མཆིས།།
གཡང་ཏིའི་ལན་ཀན་དཀྲོལ་མ་དེ་དག་སྔར་བཞིན་འགྱུར་མེད་གནས་འདུག་ཀྱང་།།
ཁོ་བོའི་གཞོན་ཉམས་དོད་པའི་གདོང་པ་དམར་པོ་ད་ནི་ལྷ་བས་མི་བཟོད་པ་ལ་འགྱུར་ཟིན་ཏོ།།
ཁྱེད་ཀྱིས་ང་ལ་སེམས་ལ་སྡུག་བསྔལ་ཇི་ཙམ་འདུག་ཅེས་བཀའ་དྲི་གནང་བྱུང་ན།།
དེ་ཡི་ལན་དུ་ཤར་ལ་རྒྱུགས་པའི་གཙང་ཆུ་དེ་ལ་གཟིགས་ན་མཁྱེན་ནོ་ཞེས་ཞུའོ།།

མཆན་འགྲེལ།

①ཡུས་མེ་རེན་གཞས་མིང་།

གསལ་བཤད།

གཞས་ཚིག་འདི་ནི་རྩོམ་པ་པོ་ལི་ཡུས་ཁོང་ཤུང་རྒྱལ་ཁབ་ལ་མགོ་བཏགས་ཞུས་ཏེ་པན་ཅིན་དེང་སྐབས་ཏོ་ནན་ཞིང་ཆེན་ཁེ་ཧྥུང་གྲོང་ཁྱེར་ལ་བཟང་བརྩོན་དུ་བཙུག་པའི་སྐབས་སུ་བརྩམས་པ་ཡིན། གཞས་ཚིག་འདིའི་ནང་རྩོམ་པ་པོས་སྔར་རང་ཉིད་ལོངས་སྤྱོད་ཕུན་སུམ་

ཚོགས་པའི་འཚོ་བར་རོལ་བ་ནས་ད་ཆ་ཁང་ཆུང་ཞིག་ནང་རང་དབང་བྲལ་ཏེ་སྡོད་དགོས་པས་ཡིད་ལ་སྡུག་བསྔལ་བཟོད་མི་ཐུབ་པ་སྐྱེར་བ་དེ་དག་རང་བྱུང་ཁམས་ཀྱི་འགྱུར་བ་དང་ཡུལ་གྱི་བཀོད་པ་རྩོམ་ལ་བཀོད་པའི་ཐབས་ལ་བརྟེན་ཏེ་བརྗོད་པ་དེ་ལ་རིག་རྩོམ་གྱི་སྒྱུ་མའི་རྩལ་གྱིས་ཕྱུག་འདུག ལྷག་པར་གཞས་ཚིག་གི་མཇུག་མཐའི་ཚིག་གཉིས་པོ་ཕྱི་རབས་ཀྱི་རྩོམ་པ་པོའི་རྩོམ་དུ་དྲངས་མཁན་མང་པོ་བྱུང་སྟེ་ཁྱབ་ཆེན་པོ་ཡོད་པ་ཡིན།

渔家傲

塞下秋来风景异

范仲淹

塞下秋来风景异，衡阳雁去无留意。四面边声连角起。千嶂里，长烟落日孤城闭。浊酒一杯家万里，燕然未勒归无计。羌管悠悠霜满地。人不寐，将军白发征夫泪。

ཞུས་རྒྱ་ཨ་ཧོ།①

མཐའ་མཚམས་ལ་སྟོན་ཀ་ཤར།

རྫུན་ཀྲུང་ཡན།②

མཐའ་མཚམས་སྟོན་ཀ་ཤར་ཚེ་ལྗོངས་ཀྱི་རྣམ་པ་འགྱུར།།
འདབ་ཆགས་ཁྲུང་ཁྲུང་དེ་ཧེ་སྟོད་པའི་སེམས་པ་
མེད་པར་ཧེང་ཡང་③ཕྱོགས་ལ་འཕུར།།
དམག་སྐར་དུང་སྒྲ་བསྒྲགས་པ་ཆབས་ཅིག་ཕྱོགས་བཞིའི་
རྟ་སྐད་ཀླུང་སྒྲ་སྒྲོགས།།
གཡང་གཟར་རི་བོ་གཅིག་ལ་གཅིག་འཁྲུད་རྒྱང་ལ་
བསྐྱངས་ནས་མཐའ་མི་མངོན།།
ནུབ་མཁའི་ཉི་འོད་ཐལ་ཞགས་ཁྲིད་ནས་ར་རིས་གསལ་
ཞིང་མཁར་གྱི་རྒྱལ་སྒོ་བཙན་པོ་བརྒྱབ།།
ཨ་རག་བཏུང་གིན་སེམས་པ་སྐྱོ་སྡེ་ས་ཐག་རྒྱང་པའི་ཕ་
ཡུལ་དྲན།།
མཐའ་མཚམས་ཟིང་ཆ་ཞི་ཞིང་འཇགས་མེད་དུས་སུ་
དམག་ལས་འགན་བསྒྲུབ་རྒྱུར་ལུས།།
གླིང་བུ་འབུད་སྒྲ་སྒྲོ་པོ་རྒྱང་ནས་གྲགས།།
བ་མོ་དཀར་པོ་རི་ཀླུང་ཀུན་ལ་ཁྱབ། །
གྲང་ཀླུང་ལྷང་བའི་མཚན་མོ་རིང་པོ་འདིར།།

དཔོན་དམག་ཚང་མ་ཉལ་བའི་གཉིད་དང་བྲལ། །
མགོ་ལ་བ་མོ་དཀར་པོས་བཀབ། །
མིག་གཉིས་ཡིད་སྐྱོའི་མཆི་མ་ཤོར། །

མཆན་འགྲེལ།

①ཡུས་ཙྭ་ཨའོ་ཞེས་པ་གཞས་མིང་།

②སྦྲན་ཀྲུང་ཡན་ནི་(སྤྱི་ལོ་༩༨༩ནས་སྤྱི་ལོ་༡༠༥༢)འུ་རྫོང་གི་(དེང་ཙང་སུའུ་ཞིང་ཆེན་སུའུ་ཀྲིའུ་གྲོང་ཁྱེར་)མི་ཡིན། ཁོང་ནི་སུང་བྱུང་མའི་དུས་འགོར་བྱུང་བའི་སྙན་གྲགས་ཆེ་བའི་ཆབ་སྲིད་མཁས་པ་དང་། ལྷུག་རྩོམ་དང་སྙན་ཚིག་བརྩམས་རྒྱུར་ཤིན་ཏུ་མཁས་པའི་རྩོམ་པ་པོ་ཡིན།

③ཧེང་ཡང་ཞེས་པ་ནི་དེང་ཧུ་ནན་ཞིང་ཆེན་གྱི་ཧེང་ཡང་གྲོང་ཁྱེར་ཡིན།

天仙子

《水调》数声持酒听

时为嘉禾小倅，以病眠，不赴府会。

张先

《水调》数声持酒听，午醉醒来愁未醒。送春春去几时回？临晚镜，伤流景，往事后期空记省。沙上并禽池上暝，云破月来花弄影。重重帘幕密遮灯，风不定，人初静，明日落红应满径。

ཐེན་ཤན་ཅེ།[1]

རྣ་བར་གཞས་ཉན།

སྐབས་དེར་ཟླ་ཏོ་རྫོང་གི་ཁྲིམས་དཔོན་ཟུར་པ་ཞིག་ཡིན། ནད་མནར་རྐྱེན་གྱིས་ལས་ཁུངས་ལ་ཕྱིན་མེད།

ཀྲང་ཤན།[2]

ཨུ་དབྱངས་ཉན་བཞིན་ཨ་རག་བཏུང་། །སེམས་ཀྱི་སྐྱོ་སྣང་ཡལ་ན་བསམ། །གཉིད་ཐེངས་གཅིག་ལ་ནམ་ཕྱེད་ཡོལ་ཟིན་འདུག །ཆང་གིས་བཟི་བ་དྭངས་འདུག་སྟེ། །སེམས་ཀྱི་སྐྱོ་ནང་དེ་རང་རེད། །ལང་ཚོའི་དཔལ་གྱིས་ཕྱུག་པའི་དུས་དེ་ག་དུས་ལོག་ཡོང་ངམ། ན་སོ་རྒས་པའི་དུས་ལ་སླེབས་ཚར་དུས། དུས་ཚོད་བཟང་པོ་སྐད་ཅིག་འཇིག་པར་ཡིད་རེ་སྐྱོ། དེ་དག་སླར་ཡང་དྲན་གསོ་བྱ་རྒྱུ་ལས་ཇི་མི་སླམ། དུར་པ་ཁྲོ་ཤུག་ཆུ་ཁའི་ཚང་ལ་ཉལ། ཆུ་ཤེལ་དབང་པོ་ཆུ་འཛིན་རྩེད་འཛོར་རོལ། མེ་ཏོག་ཡལ་འདབ་རླུང་དང་འགྲོགས་ཏེ་འཁྱམ། ཁྲ་ཡོལ་བརྒྱབ་ཀྲང་སྒྲོན་མེའི་མེ་ལྕེ་སྟར། རླུང་མི་འཇགས། མི་རྣམས་ཉལ། སང་ཉིན་ཉིན་མོ་མེ་ཏོག་འདབ་མ་ས་ལ་ལྷུང་སྟེ་སྐྱིད་མོས་ཚལ་གྱི་ལམ་ཆུང་བཀབ་རྒྱུ་ཡིན་པ་ཐག་གིས་ཆོད།

མཆན་འགྲེལ།

①ཐེན་ཤན་ཅེ་ཞེས་པ་གཞས་མིང་།

②ཟླ་ཏོ་ཞེས་པ་དེང་གྱི་ཅང་ཞིང་ཆེན་གྱི་ཟླ་ཤན་གྲོང་ཁྱེར་ཡིན།

③ཀྲང་ཤན་ནི་(སྤྱི་ལོ་༡༩༠ནས་སྤྱི་ལོ་༢༠༧༥)ཨུ་ཁྲིང་གི(དེང་གྱི་ཅང་ཞིང་ཆེན་ཨུ་ཤིན་གྲོང་ཁྱེར་)མི་ཡིན། ཁོང་ནི་སུང་བྱང་མའི་རྒྱལ་རབས་ཀྱི་དུས་འགོར་གཞས་ཚིག་རྩོམ་པ་པོའི་ཁྲོད་ཀྱི་གྲགས་ཅན་མི་སྣ་ཡིན།

浣溪沙

一曲新词酒一杯

晏殊

一曲新词酒一杯，去年天气旧亭台。夕阳西下几时回？无可奈何花落去，似曾相识燕归来。小园香径独徘徊。

རྡོན་ཤི་ཏྲ།①

སྒྲ་གསར་པ་རྣ་བས་ཉན།

ཡན་སྟུའུ།②

སྒྲ་གསར་པ་རྣ་བས་ཉན། །ཆང་ཞིམ་པོ་རྡུབ་གང་འཐུང་། །
ན་ཉིང་གི་ནམ་དུས་དེ་རང་དུ་ལྷིང་ཁང་རྙིང་པ་འདི་རུ་བསྡད། །
ཉུབ་ཀྱི་ཉི་མ་ལ་ནས་བཞུད་དེ་ག་དུས་ལོག་ཕེབས་སམ། །
མེ་ཏོག་འདབ་མ་ས་ལ་ལྷུང་པ་མཐུ་ཆེན་སུ་ཡིས་བཀག་ཐུབ་བམ། །
ཚང་ལ་ལོག་མཁན་ཁུག་རྟ་ཁྱིད་རང་དེ་སྔ་ང་གཉིས་མཇལ་སྐྱོང་འདུག །
སྐྱིད་མོས་ཚལ་གྱི་དྲི་ཞིམ་ཁྲིད་དུ་ང་རང་གཅིག་པུ་འཁྱམས་སྐོ་བསྡད། །

མཆན་འགྲེལ།

①རྡོན་ཤི་ཏྲ་ཞེས་པ་གཞན་མིང་།

②ཡན་སྟུའུ་ནི་(སྤྱི་ལོ་༩༩༡ནས་སྤྱི་ལོ་༡༠༥༥)ཞིན་ཁྲོན་(དེང་ཅང་ཤི་ཞིང་ཆེན་གྱི་ས་ཡིན་)གྱི་མི་ཡིན། ཁོང་ནི་སུང་བྱང་མའི་རྒྱལ་རབས་ཀྱི་དུས་འགོར་ཐོན་པའི་གཞས་ཚིག་རྩོམ་པ་པོ་སྙན་གྲགས་ཅན་ཡིན།

蝶恋花

庭院深深深几许

欧阳修

庭院深深深几许？杨柳堆烟，帘幕无重数。
玉勒雕鞍游冶处，楼高不见章台路。
雨横风狂三月暮，门掩黄昏，无计留春住。
泪眼问花花不语，乱红飞过秋千去。

ཏེ་ལེན་ཧྭ།①

སྒོ་ར་བཅན་པོ།

ཨོ་ཡང་ཤིའུ།②

སྒོ་ར་བཅན་པོ་ཇི་ཙམ་བཅན་འདུག་གམ། ཤིང་སྡོང་སྤར་པ་བསྒྲིགས། ཤིང་བལ་བན་བུན་ལྡང་། ཡོལ་བས་ཁྲ་མ་དམ་པོར་བཀབ། ཉམས་དགའི་སྒྲོ་སྐྱིད་ཁང་བཟང་མདུན་དུ་ཤིང་རྟ་རྗེག་པོ་གྲལ་སྤར་བསྒྲིགས། ཐོག་ཁར་འཛེགས་ཏེ་ལྟ་དུས་ཀྲང་ཐེ་③གཞུང་ལམ་མཐོང་རྒྱུ་མི་འདུག ནམ་དུས་དཔྱིད་ཀྱི་ཟླ་མར་དྲག་ཆར་རླུང་འཚུབ་བར་མི་ཆད། རྒྱལ་སྒོ་བཅན་པོར་བརྒྱབ་སྐྱེ་ནུབ་ཁའི་རྣམ་པ་བཙུག་བསམ་ཡང་། མཛེས་ལྡན་དཔྱིད་ཀྱི་དཔལ་ཡོན་ཉམ་པར་ལྡོག་ཐབས་ག་ལ་ཡོད། མིག་གཉིས་མཆི་མས་བཀང་སྟེ་མེ་ཏོག་ལ་དྲིས་པས། ཉམ་ཆུང་མེ་ཏོག་རླུང་བུས་འདེད་དེ་ཐག་འཕྱུར་ཟུར་ནས་མཐོང་རྒྱུ་མེད་པར་ཡལ།

མཆན་འགྲེལ།

①ཏེ་ལེན་ཧྭ་ཞེས་པ་གཞས་མིང་།

②ཨོ་ཡང་ཤིའུ་ནི་(སྤྱི་ལོ་༡༠༠༧ནས་སྤྱི་ལོ་༡༠༧༢)ལུ་ལིན་གྱི་ (དེང་ཙང་ཤི་ཞིང་ཆེན་ཅི་ཨན་གྲོང་ཁྱེར་)མི་ཡིན། ཁོང་ནི་སུང་བྱང་མའི་དུས་སུ་སྙན་ཚིག་རྩོམ་སྒྲོལ་གསར་གཏོད་བྱ་རྒྱུའི་ལས་འགུལ་གྱི་འབོད་སྐུལ་གནང་མཁན་གྲས་ཡིན། སྐད་གྲགས་ཆེ་བའི་གཞས་ཚིག་རྩོམ་པ་པོ་ཡིན།

③ཀྲང་ཐེ་ནི་ཁྲང་ཨན་གྲོང་ཁྱེར་གྱི་ཁྲོམ་གཞུང་ཞིག་གི་མིང་ཡིན། སྔད་མོར་རོལ་སའི་ཁུལ་ཞིག་གི་མིང་ཚབ་བྱེད་ཀྱི་ཡོད།

采桑子

轻舟短棹西湖好

欧阳修

轻舟短棹西湖好：绿水逶迤，芳草长堤，隐隐笙歌处处随。
无风水面琉璃滑，不觉船移，微动涟漪，惊起沙禽掠岸飞。

ཚད་སང་ཅེ།[1]
ཤི་ཧུ་ཡུལ་ལྗོངས་མཛེས་པ་ལ།

ཨོ་ཡང་ཤིའུ།

ཤི་ཧུ་[2]མཚོའུ་ཡུལ་ལྗོངས་མཛེས་པ་ལ།།
སྐྱ་བ་གཡུགས་ཏེ་གྲུ་ཆུང་དལ་བུར་བསྐྱོད།།
མཚོའུ་ཡི་ངོར་གཞོང་གཡུ་མདོག་ཆུ་མོས་བཀང་།།
ཆུ་ཟམ་སྟེང་དུ་སྤོ་རྩའི་ཁ་གདན་བཏིངས།།
དཔྱིད་རླུང་བསིལ་བུས་གླིང་བུའི་དབྱངས་སྙན་སྐྱེལ།།
ཆུ་ཡི་ཁ་ནི་འཇམ་པོའི་ཤེལ་དང་འདྲ།།
གྲུ་ཆུང་ཆུ་ནང་བསྐྱོད་པའི་ཚོར་སྣང་མེད།།
གྲུ་ཡི་འགྲམ་པ་ཆུ་གཉེར་སྲུབ་པོས་འདར།།
གྲུ་ལ་འཛོགས་པའི་འདབ་ཆགས་གནམ་ལ་འཕུར།།

མཆན་འགྲེལ།

[1]ཚད་སང་ཅེ་ཞེས་པ་གཞས་མིང་།

[2]ཤི་ཧུ་ཞེས་པ་ཡིན་ཀྲོའོ་ཡི་ཤི་ཧུ་ལ་ཟེར། དེ་ནི་ཨན་ཧུའི་ཞིང་ཆེན་ཧྥུ་ཡང་རྫོང་གི་ནུབ་བྱང་དུ་གནས་ཡོད། སུང་རྒྱལ་རབས་དུས་སུ་ཤི་ཧུ་མཚོའུ་འདི་དང་ཧང་ཀྲེའུ་ཡི་ཤི་ཧུ་མཚོའུ་གཉིས་སྐད་གྲགས་ལྡན་པའི་མཛེས་ལྗོངས་གཉིས་ལ་ཟེར།

桂枝香

金陵怀古

王安石

登临送目。正故国晚秋，天气初肃。千里澄江似练，翠峰如簇。归帆去棹残阳里，背西风，酒旗斜矗。彩舟云淡，星河鹭起，画图难足。念往昔豪华竞逐。叹门外楼头，悲恨相续。千古凭高对此，漫嗟荣辱。六朝旧事随流水，但寒烟，衰草凝绿。至今商女，时时犹唱，《后庭》遗曲。

ཀུད་ཀྲེ་ཤང་།[1]

ཅིན་ཡིན་[2]གྲོང་ཁྱེར་ནང་དུ་སྔ་མོའི་བྱ་བར་རྗེས་དྲན་བྱས་པ།

ཡང་ཨན་ཧྲེ།[3]

མཛོ་སར་ལངས་ཏེ་རྒྱང་རིང་ལ་བལྟས། རྒྱལ་སཾ་ཉིང་པར་[4]སྔོན་མཛུག་གི་ནམ་དུས་ཤར་འདུག གནམ་གཤིས་སིལ་འགོ་ཚུགས། གཙང་ཆུ་རིང་མོ་དར་རས་དཀར་པོ་ཡུག་ཅིག་བཀྲམས་པ་འདྲ། རི་རྩེ་སྔོན་པོ་མདའ་མོའི་ཁ་རྩེ་གནམ་ལ་ཕྱོགས་དང་མཚུངས། ནུབ་ཁའི་ཉི་མའི་འོད་ཟེར་ཁྲིད་དུ་དར་གྱུ་ཕར་འགྲོ་ཚུར་འོང་བྲེལ། ཁྲོམ་གཞུང་ཨར་ཁང་སྔོ་མོའི་སྟེང་གི་རས་དར་འཁྱོག་པོ་ནུབ་ཀྱི་ལྷགས་པས་གཡོས། སྣ་ཚོགས་ཚོན་གྱིས་བསྐུ་པའི་རྣམ་བཀྲ་བྲ་གཟིངས་སྐྱུགས་ཞགས་སྲབ་པོའི་དཀྱིལ་ནས་ཐོན། མཛེས་པའི་ཡུལ་ལྗོངས་པར་གྱིས་བྲིས་ཀྱང་དེ་ཡི་ངོ་མཚར་དོ་ཟླ་བྲལ། སྔར་གྱི་དུས་ལ་བསམ་ཚེ། ལོངས་སྤྱོད་ཕུན་སུམ་ཚོགས་པའི་རྒྱལ་ས།[5]ཕྱི་སྣོའི་འཁྲམ་དང་ཐོག་ཁང་[6]ནང་གི་བྱ་བ། ཡིད་ལ་འཁོར་དུས་སྐྱོ་སྣང་དབང་མེད་སྐྱེད། རྒྱས་གཞིས་དགྲ་ལ་ཤོར་བའི་བྱ་ངན་གཅིག་མཛུག་ཉིས་མཐུད་བྱུང་། སྐེའུ་ཁུང་མདུན་ལ་ལངས་ཏེ་རྒྱང་ལ་བལྟ་བའི་སྐབས་སུ། འདས་པའི་བགྲང་བྱ་དུ་མའི་ནང་དུ་བྱུང་བའི་བྱ་བ་མང་པོ་དེ་འདྲ་ཡིན་གྱི་རེད། དེ་ལ་རྒྱལ་ཕམ་ཐོབ་ཤོར་གླེང་སྟེ་ཅི་ཞིག་བྱ། རྒྱལ་རབས་དྲུག་གི་[7]བྱ་བྱེད་ཉིང་པ་ཆུ་མོའི་གཞུང་གིས་ཁུར་ཟིན། ཤུལ་དུ་བཞག་པ་དེ་ནི་སྔོ་མདངས་མ་ཡལ་སྐམ་རྩས་ཁེངས་པའི་སླུང་ཐང་སྐྱ་པོ་ཞིག དུས་ད་ལྟའི་ཆ་ལ་ཡང་། ཨར་ཁང་ནང་གི་གཞིས་མ་ཚོས། 《གཡུ་ཡི་སྔོང་པོའི་》[8]གླུ་གཞས་དེ། མགྲིན་པ་གསང་སྟེ་ལེན་མུས་རེད།

མཆན་འགྲེལ།

①ཀུད་ཀྱི་ཤང་ཞེས་པ་གཞིས་མིང་།

②ཅིན་ལིན་གྲོང་ཁྱེར་ནི་དེང་གི་ཙང་ཞིང་ཆེན་ནན་ཅིན་གྲོང་ཁྱེར་ཡིན། ལོ་རྒྱུས་ཐོག་རྒྱལ་ཁབ་གསུམ་གྱི་དུས་སུ་སུན་ཝུ་རྒྱལ་ཁབ་ཀྱིས་དེ་ལ་རྒྱལ་ས་ཟིན་ཏེ་ཅན་ཡེ་(建业)ཟེར། ཏུང་ཅིན་དང་རྒྱལ་རབས་ལྷོ་རྒྱལ་ཁབ་བཅུའི་དུས་སུ་དེར་རྒྱལ་ས་ཟིན་ཏེ་མིང་ལ་ཅན་ཁང་(建康)ཟེར། རྒྱལ་རབས་ལྷོ་དང་རྒྱལ་ཁབ་བཅུའི་དུས་སུ་ཡང་ཝུ་སྲིད་དབང་སྐྱར་གསོ་བྱས་ཏེ་ས་དེ་ལ་ཅིན་ལིན་(金陵)ཞེས་ཟེར།

③ཝང་ཨན་ཧྲི་ནི་(ཕྱི་ལོ་༡༠༢༡ནས་ཕྱི་ལོ་༡༠༨༦)ལིན་ཁྲིན་(དེང་ཙང་ཤི་ཞིང་ཆེན་ཁོངས་ཀྱི་ས་ཆ་)ཀྱི་མི་ཡིན། ཁོང་ནི་སུང་རྒྱལ་རབས་བྱུང་མའི་དུས་ཀྱི་སྙན་གྲགས་ཤིན་ཏུ་ཆེ་བའི་ཆབ་སྲིད་མཁས་པ། བསམ་བློ་མཁས་པ་ཡིན་པ་མ་ཟད་རྒྱ་རིགས་ཀྱི་རྩོམ་རིག་ལོ་རྒྱུས་ཐོག་ཕུལ་དུ་བྱུང་བའི་ལྷུག་རྩོམ་མཁས་པ། སྙན་ངག་མཁན་པོ་བཅས་ཡིན།

④རྒྱལ་ས་རྙིང་པ་ནི་ཅིན་ལིན་ལ་ཟེར།

⑤ལོངས་སྤྱོད་ཕུན་སུམ་ཚོགས་པའི་རྒྱལ་ས་ཞེས་པའི་ཚིག་དེ་ཅིན་ལིན་ལ་ཟེར་ཞིང་། དེ་ནི་ཅིན་ལིན་སུང་རྒྱལ་རབས་ཀྱི་རྒྱལ་ས་ཡིན་པའི་སྐབས་སུ་གྲོང་ཁྱེར་དེ་ནི་གྲ་རྒྱས་ཕུན་སུམ་ཚོགས་ཤིང་། ལོངས་སྤྱོད་འཛད་མཐའ་མེད་པའི་གྲོང་ཁྱེར་ཡིན།

⑥ཕྱི་སྒོའི་འགྲམ་དང་ཐོག་ཁང་ནང་གི་བྱ་བ་ཞེས་པའི་ཚིག་དེ་ནི་ཏུའུ་མུག་གི་སྙན་ངག《ཐེ་ཁྲང་ཆུས་》ཞེས་པའི་ནང་གི་ཚིག"སྒོ་ཕྱིར་ཧན་ཆིན་ཧུ། ཐོག་ཁར་ཀྲང་ལི་ཧྭ"ནས་བྱུང་བ་ཡིན། ལོ་རྒྱུས་དེབ་ཐེར་ལ་འཁོད་གསལ། ཟུད་ཝུན་ཏིས་རྒྱལ་ཐོག་ལ་(ཕྱི་ལོ་༥༨༩ལོ་)ཟུད་རྒྱལ་ཁབ་ཀྱི་དམག་དཔོན་ཧན་ཆིན་ཧུས་དཔུང་བཤམས་ཏེ་ཁྲིན་རྒྱལ་ཁབ་ལ་རྒོལ། དམག་དཔུང་ཅན་ཁང་གྲོང་ཁྱེར་(ཁྲིན་རྒྱལ་ཁབ་ཀྱི་རྒྱལ་ས་)ནང་དུ་འཛུལ་ནས་ཨར་ཁང་ཀྲུའུ་ཚོད་མེན་གྱི་སྒོ་འགྲམ་དུ་སླེབས་དུས་ཐོག་ཁང་ནང་ཁྲིན་གྱི་རྒྱལ་པོ་ཁྲིན་ཧྲུའུ་པའོ་དང་མཛེས་མ་ཀྲང་ལི་ཧྭ་གཉིས་གཞས་ཞབས་བྲོའི་ལོངས་སྤྱོད་ལ་རོལ་ནས་བསྡད་ཡོད། དེ་ནས་ལོ་རྗེས་མའི་ཟླ་བ་དང་པོར་ཅན་ཁང་གྲོང་ཁྱེར་ཟུད་རྒྱལ་ཁབ་ཀྱི་དབང་དུ་བསྡུས། མཛེས་མ་ཀྲང་ལི་

ཧྭ་སྒྲོག་བཅད། ཁྲིན་རྒྱལ་པོ་བཙོན་དུ་བཟུག

⑦རྒྱལ་རབས་དྲུག་ཅེས་པ་ནི་རྒྱ་རིགས་ལོ་རྒྱུས་ཐོག་སྤྱི་ལོའི་དུས་རབས་བཞི་པའི་མཇུག་ནས་སྤྱི་ལོའི་དུས་རབས་དྲུག་པའི་མཇུག་བར་བྱུང་བའི་རྒྱལ་རབས་ལ་ཟེར།

⑧གཡུ་ཡི་སྔོན་པོ་ཞེས་པ་ནི་ཁྲིན་རྒྱལ་ཁབ་ཀྱི་རྒྱལ་པོ་ཁྲིན་ཧྲུའུ་པའོ་ཡིས་བརྩམས་པའི་གཞས་ཚིག་ཡིན། གཞས་ཚིག་ནང་དུ"གཡུ་ཡི་སྔོན་པོའི་སྒོ་རའི་ནང་། །མི་ཏོག་ཁྲ་ཐིང་བཞད་འདུག་ཀྱང་། །རིང་པོ་མི་གནས་འཛིག་པར་གྱུར"འཁོད་ཡོད། རྗེས་རབས་མིས་གཞས་འདི་རྒྱལ་ཁབ་ཤོར་བའི་གཞས་ལ་རྩི་ཡི་ཡོད།

水调歌头

明月几时有

丙辰中秋，欢饮达旦，大醉，作此篇兼怀子由。

苏轼

明月几时有？把酒问青天。不知天上宫阙，今夕是何年？我欲乘风归去，又恐琼楼玉宇，高处不胜寒。起舞弄清影，何似在人间。转朱阁，低绮户，照无眠。不应有恨，何事长向别时圆？人有悲欢离合，月有阴晴圆缺，此事古难全。但愿人长久，千里共婵娟。

ཙུད་ཀེའོ་ཀཱ་ཏོ། ①

དཀར་གསལ་ཟླ་བ་ག་དུས་འཆར་མིན་སྐོར།

སྤྱི་ལོ་༡༠༧༨ལོའི་སྟོན་ཟླ་འབྲིང་པོའི་ཚེས་ཆེན་བཅོ་ལྔའི་མཚན་མོ་མཚན་གང་ཆང་བཏུང་། ར་ཐད་དེ་བཟི་བའི་སྐབས་སྙན་ཚིག་འདི་བརྩམས་ཏེ་ང་ཡི་ས་ཐག་རྒྱང་བའི་གཅུང་པོ་ཙི་ཡུའུ་དྲན་གསོ་བྱས་པ་ཡིན།

ཤུའུ་ཏོ། ②

དཀར་གསལ་ཟླ་བ་ག་དུས་འཆར་མིན་སྐོར། །
ཆང་དཀར་བཏེགས་ཏེ་དགུང་སྔོན་མཐོན་པོར་འདྲི། །
ཟླ་བའི་ཁྱིམ་གྱི་དུས་བཞིའི་ནམ་ཟླ་དེ། །
གང་དུ་སླེབས་མིན་ཁོ་ཡིས་ག་ལ་རྟོགས། །
མཐོ་རིས་གནས་ཀྱི་གཞལ་མེད་ཁང་བཟང་དེར། །
རླུང་ལ་བཞོན་ཏེ་འགྲོ་འདོད་ཡོད་ན་ཡང་། །
བར་སྣང་མཐོན་པོའི་བསིལ་ཟེར་གྲང་དད་དག །
བཟོད་པར་དཀའ་བས་དེ་ཙ་ཆས་མི་ཕོད། །
ཟླ་བའི་ལྷ་མོས་འཁྲིད་ཉམས་ལྡན་པའི་ངང་། །
ནམ་མཐོངས་གར་གྱི་རྩེད་འཛོར་རོལ་ན་ཡང་། །
གྲོགས་སུ་གྲིབ་མ་ཉིད་ལས་མེད་པ་ན། །
འཇིག་རྟེན་མི་ཡི་ཡུལ་དེའི་དོ་ཟླ་བྲལ། །
རྫི་མར་གོས་པའི་གཉིད་ཀྱང་ཡེར་བའི་མིར། །

བསིལ་ཟེར་ཟླ་བའི་འོད་སྣང་རབ་ཏུ་འཕྲོས། །
ས་སྟེང་སྐྱེ་བོའི་ཁྲིད་ཀྱི་གཉེན་དང་གྲོགས། །
ཁ་གྱེས་གདུང་བས་མནར་དུས་ནམ་ཡིན་ལ། །
ཟླ་བ་ཁྱོད་ཉིད་གདུང་སེམས་མི་འཆར་བར། །
རབ་དཀར་ཉ་གང་བཞིན་རས་ངོམས་པ་ཅི། །
མི་ལ་དགའ་སྐྱོ་འདུ་བྲལ་ཟླ་བ་ལའང་། །
འཆར་ནུབ་འཕེལ་འགྲིབ་ཡོང་བ་བཟློག་ཏུ་མེད། །
ཨེ་མ་མི་རྣམས་ནད་མེད་ཚེ་རིང་དུ། །
ཟླ་བའི་འོད་སྣང་དཔལ་ལ་རོལ་བར་སྨོན། །

མཆན་འགྲེལ།

①རྟུད་ཏེའོ་ཀོ་ཏོ་གཞས་ཀྱི་མིང་།

②སུའུ་རྟེ་ (སྤྱི་ལོ་༡༠༣༧ནས་སྤྱི་ལོ་༡༡༠༡)མཚན་གཞན་ལ་སུའུ་ཏུང་ཕོ་ཟེར། མེ་ཀྲེའོ་མེ་ཧྲན་ (དེང་ཟེ་ཁྲིན་ཞིང་ཆེན་གྱི་མེ་ཧྲན་གྲོང་ཁྱེར་)གྱི་མི་ཡིན། སུང་རྒྱལ་རབས་བྱུང་མའི་དུས་ཀྱི་རྩོམ་རིག་མཁས་པ། ཡིག་གཟུགས་མཁས་པ། ཟས་གཡོས་སྦྱོར་མཁས་པ། རི་མོ་མཁས་པ་བཅས་ཡིན།

གསལ་བཤད།

གཞས་ཚིག་འདི་ནི་སྐད་གྲགས་ཤིན་ཏུ་ཆེ་བའི་གཞས་ཚིག་ཅིག་ཡིན་སྐབས་དུས་ད་ལྟ་ཡང་ལོ་རེའི་ཟླ་མཚོད་དུས་ཆེན་གྱི་མཚན་མོ་གནམ་ལ་དཀར་གསལ་ཟླ་བ་ཤར་བ་དང་ནང་མི་ལྷན་འཛོམས་ཐོག་རོ་བརྒྱའི་ཟས་དང་ལྡོས་བྱེད་བཏུང་བར་རོལ་ཏེ་དགའ་བདེའི་དཔལ་ལ་རོལ་བ་དང་ཆབས་ཅིག་གཞས་ཚིག་དེ་ངག་ནས་སྐྱོར་བའི་སྲོལ་བཟང་དེ་འདྲ་ཞིག་ཡོད། ཕྲན་གྱིས་ཆེད་མངགས་བོད་ཡིག་ལ་བསྒྱུར་བའི《ཚུ་ངོགས་གཏམ་རྒྱུད་》ཀྱི་ལེའུ་སུམ་ཅུར་འཁོད་པ་ལས་འདིར་བཤུས་ཏེ་ལྷན་རྒྱས་ཀྱི་སྤྱན་ལམ་དུ་འབུལ་བ་ལགས།

浣溪沙

簌簌衣巾落枣花

徐门石潭谢雨道上作五首。潭在城东二十里，常与泗水增减，清浊相应。

苏轼

簌簌衣巾落枣花，村南村北响缫车，牛衣古柳卖黄瓜。

酒困路长惟欲睡，日高人渴漫思茶，敲门试问野人家。

ཧོན་ཤི་ཧྲ།①
ཞྭ་གོས་སྟེང་དུ་ཛའོ་ཧྭ་②མེ་ཏོག་འདབ་མ་དལ་བུར་ལྷུང་།

ཞུད་མོན་③རྗེ་གཅལ་ཆུ་རྫིང་གི་ཆར་འབེབས་④ལམ་ཆུང་ཐོག་བསྐྱོད་པའི་སྙན་རྩོམ་ལྔ། ཆུ་རྫིང་ནི་གྲོང་གི་ཤར་ཕྱོགས་རྒྱང་གྲུག་ཉི་ཤུའི་མཚམས་སུ་གནས་ཤིང་། སི་ཧུད་གཙང་པོའི་⑤ཆུ་དང་། ཁོ་གཉིས་ཆུ་ཁ་མཐོ་དམའ་ཕན་ཚུན་འགྲན། ཆུ་གཉིས་རྙོགས་དྭངས་རྣམ་པ་རེས་མོས་བསྟན།

སུའུ་ཧྲི།

ཞྭ་གོས་སྟེང་དུ་ཛའོ་ཧྭ་མེ་ཏོག་འདབ་མ་དལ་བུར་ལྷུང་།།
སྐྱ་བྱང་གྲོང་ཁྱིམ་སྔོ་རའི་ནང་ནས་སི་སྐྱུད་⑥འཕོར་སྒྲ་སིག་སིག་གྲགས།།
སྤོང་ཐན་འོག་ཏུ་རྩྭ་གོས་གྱོན་པའི་ཉེ་འཁོར་ཞིང་པས་ཧོང་ཀྭ་བཙོང་།།
ཆང་གིས་མྱོས་ཤིང་ལམ་ཐག་རིང་བས་ངལ་དུབ་མ་བཟོད་ཉལ་རྒྱུ་བྱུང་ན་བསམ།།
ཉེ་མ་ཉིན་གུང་ཚ་བས་གདུང་སྐྱེ་སྐོམ་སེལ་ཛ་ཞིག་འཐུང་འདོད་སེམས་སུ་ལངས།།
ཞིང་པའི་ཁྱིམ་གྱི་སྒོ་རྩར་སོང་སྟེ་སྒོ་བརྡུང་རེ་བ་ཞུས་ན་དེ་རང་དྲགས།།

མཆན་འགྲེལ།

①ཧོན་ཤི་ཧྲ་ཞེས་པ་གཞས་མིང་།

②ཛའོ་ཧྭ། ཆེ་བ་ཁ་སྟོང་པོའི་སྟེང་དུ་བཞད་པའི་མེ་ཏོག་ལ་ཛའོ་ཧྭ་ཞེས་བྱ།

③ཞུད་མོན། གྲོང་ཁྱེར་གྱི་མིང་། དེང་སང་ཞུད་ཀྲིའུ་(徐州)ཟེར།

④ཆར་འབེབས། དེ་ནི་རྒྱ་རིགས་ཀྱི་སྔ་མོའི་ལུགས་སྲོལ་ཞིག་སྟེ་ཐན་པ་བསྐྱན་པའི་ནམ་དུས་སུ་ལྷ་གསོལ་ཏེ་ལྷ་ལ་ཆར་པ་འབེབས་རྒྱུའི་རེ་བ་ཞུས། ཆར་པ་བབས་པའི་རྗེས་ལ་ལྷ་ལ་བཀའ་དྲིན་དྲན་པའི་གསོལ་ཁ་བཏང་བའི་ཡུལ་སྲོལ་ཞིག་ཡིན།

⑤སེ་ཧྲུད་གཙང་པོ། དེའི་ཆུ་རྩ་ཧྲན་ཐུང་ཞིང་ཆེན་སེ་ཧྲུད་རྫོང་ལྷོ་ཕྱོགས་རི་ནས་ཡིན། ཆུ་བོ་དེ་ཅང་སུའུ་ཞིང་ཆེན་ཞུད་ཀྲིའུ་གྲོང་ཁྱེར་རྒྱུད་ཏད་ཧོ་གཙང་པོའི་ཆུ་དང་འདྲེས།

⑥སི་སྐྱུད། དར་གྱི་རྒྱུ་སི་ཡིན་པས་དེའི་སྐྱུད་པ་ཡོ་བའི་འཕོར་པོ།

念奴娇

赤壁怀古

苏轼

大江东去，浪淘尽，千古风流人物。故垒西边，人道是，三国周郎赤壁。乱石穿空，惊涛拍岸，卷起千堆雪。江山如画，一时多少豪杰。遥想公瑾当年，小乔初嫁了，雄姿英发。羽扇纶巾，谈笑间，樯橹灰飞烟灭。故国神游，多情应笑我，早生华发。人生如梦，一尊还酹江月。

སྐད་རྣ་ཙཪོ།[1]

ཁྲུལ་ཁྲེ་ཕི་[2]ལ་འཁོར་ཏེ་སྒར་སོང་བྱ་བ་ཡིད་ལ་དྲན་པ།

སུའུ་ཏེ།

གཙང་པོའི་ཆུ་ཆེན་ཤར་དུ་རྒྱུགས། །སྨན་དྲུགས་ཆེ་བའི་སྐྱེ་བོ་དམ་པ་རྣམས། །

ཆུ་བོའི་རླབས་ཀྱིས་ཚང་མ་འདེད་ཟིན་ཏོ། །ཚང་མ་འདེད་ཟིན་ཏོ། །

གནའ་བོའི་མཁར་ཤུལ་ནུབ་ཏུ། ཤོད་རྩལ་ལ་རྒྱལ་ཁབ་གསུམ་གྱི་དུས་ཀྱི་དམག་དཔོན་ཀྲེའུ་ཡང་[3]གི་འཐབ་ར་ཁྲི་པི་ཡིན་ཟེར། རི་སྟེང་རྗོ་ཡི་རྩེ་མོ་གནམ་ལ་གཟེངས། རི་ཞབས་ཆུ་བོའི་ཐ་རླབས་གཙང་པོའི་འགྲམ་པར་བརྡབས། རླབས་ཀྱི་ཟེགས་མ་མཁའ་ལ་འཕྱུར་བ་ཁ་བའི་ཕུང་པོ་འདྲ། རི་ཆུའི་ལྗོངས་ཀྱི་གནས་སྟངས་རི་མོ་ལྟར། སྐབས་དེའི་དཔའ་བོའི་དཔའ་ཉམས་ཟིལ་ཆེ་ཨང་། ཕྱིར་འདང་ཞིག་བརྒྱབ་ཙ་ན། སྐབས་དེར་ཀུང་ཆིང་[4]ཡང་ཚོ་དར་ལ་བབས། མཛེས་མ་ཞའོ་ཆའོ་[5]ཁོང་གི་མནའ་མར་བསུས། གཟུགས་བཟང་བློ་རིག་རྣམ་པར་བཀྲ། ཕྱག་ལ་བྱ་སྒྲོའི་རླུང་གཡབ་འཆང་། དབུ་ལ་གྲུ་ལུ་སྔོན་པོ་དཀྲིངས་པའི་དབུ་ཞྭ་བཞེས། འཛུམ་དམུལ་དམུལ་ངང་དུ་གླིང་མོལ་གནང་ཙོར་ལ། དགྲ་བོའི་དམག་གྲུ་མི་ལྟའི་ཞལ་ལ་བཏབས། ཁོ་བོའི་བློ་ཡི་རྣ་ཕོ་སྲབ་དང་བྲལ་ཏེ་རྒྱུགས་ཤོར་དུས། སྒྲ་ལོ་དུང་ལ་འགྱུར་བའི་དུས་ལ་སླེབས་པ་དགོད་རེ་ཤོར། ཨ་ཧོ་མིའི་མི་ཚེ་རྨི་ལམ་འདྲ་བྱུང་ངོ་། །དེ་ལས་ཆང་ཕོར་བཏེགས་ཏེ་ཆུ་ཟླེལ་དབང་པོར་གསོལ་ན་དེ་དྲགས་སོ། །

མཆན་འགྲེལ།

①སྙད་ནུ་ཅའོ་གཞས་མིང་།

②ཁྲི་ཕི། དེ་ནི་ས་ཆའི་མིང་ཡིན། སྔར་ལོ་རྒྱུས་ཐོག་རྒྱལ་ཁབ་གསུམ་གྱི་དུས་སུ་རྒྱལ་པོ་སུན་དང་། རྒྱལ་པོ་ལིའུ་ཡི་དམག་དཔུང་མཉམ་ཊུབ་ཏུ་རྒྱལ་པོ་ཚའོ་ཡི་དམག་དཔུང་གཏོར་ཕམ་བཏང་སའི་ས་ཆ་དེ་ཡིན། རྩོམ་པ་པོ་སུའུ་ཧྲི་འཁྱོར་སའི་ས་ཆ་ཁྲི་པི་ཞེས་པ་དེ་དེང་སང་ཧུའུ་པེ་ཞིང་ཆེན་གྱི་ཧོང་ཀང་རྫོང་གི་ནུབ་ཏུ་ཡོད།

③དམག་དཔོན་ཆེན་མོ་ཀྲེའོ་ལང་གི་མིང་ངོ་མ་ཀྲེའུ་ཡུས་ཟེར། ཧོང་ལོ་ཉི་ཤུ་རྩ་བཞི་སོན་དུས་འུ་རྒྱལ་ཁབ་ཀྱི་དམག་དཔོན་ཆེན་མོའི་གོ་གནས་ཐོབ། ཀྲེའུ་ལང་ཞེས་པ་ནི་ཧོང་ལ་མཚོན་བསྟོད་བྱས་པ་ཡིན།

④ཀུང་ཆིན། ཀྲེའུ་ཡུས་ཀྱི་མིང་གཞན་ཞིག

⑤མཛེས་མ་ཞའོ་ཆའོ། ཀྲེའུ་ཡུས་ཀྱི་བཟའ་ཟླ། ཆའོ་ཞོན་གྱི་བུ་མོ་ཆུང་བ། བུ་མོ་ཆེན་པ་དྷ་ཆའོ་དང་བུ་མོ་ཆུང་བ་ཞའོ་ཆའོ་གཉིས་པོ་སུན་འུ་རྒྱལ་ཁབ་ཀྱི་མཛེས་མ་འགྲན་ཟླ་བྲལ་བ་གཉིས་ཡིན།

清平乐

春归何处

黄庭坚

春归何处？寂寞无行路。若有人知春去处，唤取归来同住。
春无踪迹谁知？除非问取黄鹂。百啭无人能解，因风飞过蔷薇。

ཚིན་ཕིང་ཡོས།①

དཔྱིད་ཀ་གང་དུ་ཕེབས་སམ།

ཧོང་ཐིང་ཅན།②

དཔྱིད་ཀ་གང་དུ་ཕེབས་སམ། ཕྱོགས་བཞིར་ཤིན་ཏུ་དབེན་པས་དཔྱིད་ཀ་གར་ཕེབས་དྲི་ས་མི་རྙེད། གལ་ཏེ་དཔྱིད་ཀ་ཕེབས་པ་ཤེས་མཁན་འདུག་ན། ཁོང་ལ་དཔྱིད་ཀ་ཚུར་གདན་དྲངས་ཏེ་ང་ཚོ་མཉམ་དུ་བཞུགས་ཞེས་གསུངས་རོགས་གནང་། སུས་ཀྱང་དཔྱིད་ཀ་གང་དུ་ཕེབས་མིན་མི་ཤེས། ཁྲུ་བྱུག་ལ་བཀའ་དྲི་ཞུས་ན་ཕལ་ཆེར་མཁྱེན་གྱི་རེད། ཁྲུ་བྱུག་གིས་གསུང་སྐད་ལན་མང་བསྐྱོན་སོང་ཡང་བྱ་སྐད་ཤེས་མཁན་ནི་མི་གཅིག་མི་འདུག ལྷགས་པ་རྒྱུག་འགོ་ཚུགས་པ་དང་ཁྲུ་བྱུག་མེ་ཏོག་ལྕུམ་རྣའི་ཕྱོགས་སུ་འཕུར་སོང་།

མཆན་འགྲེལ།

①ཚིན་ཕིན་ཡོས་ཞེས་པ་གཞས་མིང་།

②ཧོང་ཐིང་ཅན་ནི། (སྤྱི་ལོ་༡༠༤༥ནས་སྤྱི་ལོ་༡༡༠༥)ཧྲིན་ཉིང་(དེང་ཅང་ཤི་ཞིང་ཆེན་ཤིའུ་ཧྲུའི་རྫོང་)གི་མི་ཡིན། ཁོང་ནི་སུང་བྱུང་མའི་རྒྱལ་རབས་དུས་མཇུག་གི་སྙན་རྩོམ་མཁས་པའི་དབུ་འཛིན་གྲས་ཡིན། གཞས་ཚིག་རྩོམ་མཁན་གྲགས་ཅན་མི་སྣ་ཡིན།

鹊桥仙

纤云弄巧

秦观

纤云弄巧，飞星传恨，银汉迢迢暗渡。金风玉露一相逢，便胜却，人间无数。柔情似水，佳期如梦，忍顾鹊桥归路。两情若是久长时，又岂在，朝朝暮暮?

ཚིས་ཧྲོའོ་ཕན།①

ཆུ་འཛིན་སྐེག་ཉམས་ངོམས།

ཆིང་ཀོན།②

ཆུ་འཛིན་སྐེག་ཉམས་ངོམས། སྐར་མདའ་རིངས་པར་རྒྱུ།
ཟླ་མེད་ལྷ་ལམ་ཡངས་པོར་སིམ་མེར་འཆམ།
བསིལ་བའི་རླུང་བུ། དཀར་དཀར་བ་མོ།
ཁོ་གཉིས་འཕྲད་པ་དུས་གཅིག་ཡིན་ནའང་།
མགོ་ནག་མི་ཚོ་ཡང་ཡང་འཕྲད་ལས་ལྷག།
དུང་དུང་བརྩེ་བའི་ལ་རྒྱ་ཆུ་ལས་ཟབ།།
ངོ་འཕྲད་དུས་གཅིག་མཚན་མོའི་རྨི་ལམ་འདྲ།།
སྐྱ་ཁའི་ཟམ་ཐོག་བྲལ་བའི་དུས་འདི་ཡིད་ལ་དྲན་མི་བཟོད།།
ངེད་གཉིས་བརྩེ་སེམས་ཡུན་རིང་མི་ཆད་གནས་གྱུར་ན།།
ཉིན་གཅིག་མཚན་གཅིག་བྲལ་མེད་མཉམ་འཛོམས་རེ་ལ་ཅི།།

མཆན་འགྲེལ།

①ཚིས་ཧྲོའོ་ཕན་གཞས་མིང་།

②ཆིང་ཀོན། (སྤྱི་ལོ་༡༠༥༩ནས་སྤྱི་ལོ་༡༡༠༠) ཀའོ་ཡུའུ་ (དེང་ཅང་སུའུ་ཞིང་ཆེན་ཁོངས་) ཡི་མི་ཡིན། ཁོང་ནི་སུང་བྱུང་མའི་དུས་ཀྱི་སྙན་གྲགས་ཆེ་བའི་གཞས་ཚིག་རྩོམ་པ་པོ་ཡིན།

གསལ་བཤད།

རྒྱ་རིགས་ཀྱི་ལྷ་སྒྲུང་ནང་རྒྱ་ཟླ་བདུན་པའི་ཚེས་བདུན་ཉིན་གྱི་མཚན་མོ་ནམ་མཁའ་རུ་མཛའ་གཙུགས་བརྩེ་སེམས་ཀྱིས་བཅིངས་པའི་འཐག་མཁན་ན་ཆུང་མ་དང་། བ་གླང་རྫི་བོ་གཉིས་སྐྱ་ཀ་ཟམ་པའི་ཐོག་ནས་ཕན་ཚུན་ཐུག་འཕྲད་བྱེད་ཀྱི་ཡོད་སྐོར་བརྗོད་སྲོལ་ཡོད། བརྗོད་གཞི་དེ་ལ་བརྟེན་ནས་བརྩམས་པའི་སྙན་རྩོམ་མང་པོ་བྱུང་ཡོད་ཀྱང་སུང་རྒྱལ་རབས་དུས་ཀྱི་སྙན་ངག་མཁན་པོ་ཆིང་ཀོན་གྱིས་བརྩམས་པའི་གཞས་ཚིག《ཚེས་ཛའོ་ཤན་》ལས་ལྷག་པ་བྱུང་མེད། འདིར་ཐྲན་གྱིས་ཆེད་མངགས་བོད་ཡིག་ཏུ་བསྒྱུར་ཏེ་ཀློག་པ་པོ་ཚོའི་སྤྱན་ལམ་དུ་འབུལ་བ་ལགས།

捣练子

砧面莹

贺铸

砧面莹，杵声齐，捣就征衣泪墨题。寄到玉关应万里，戍人犹在玉关西。

ཏའོ་ལན་ཅེ།①

གོས་བཀྲུའི་གདན་རྡོ་འོད་རིལ་རིལ།

ཧོ་ཀྲུ།②

གོས་བཀྲུའི་གདན་རྡོ་འོད་རིལ་རིལ། །
གོས་བཀྲུའི་དབྱུག་པ་ལན་མང་གཡུགས། །
མཐའ་སྲུང་དམག་མིའི་གྱོན་ཆས་བཀྲུས། །
མིག་ཆུ་སྣག་ཚར་འདྲེས་ཏེ་འཕྲིན་ཡིག་བྲིས། །
ལེ་དབར་ཁྲི་ཡི་རྒྱང་ཁད་ཆོད་པའི་ཡུད་མེ་མཁར་③ལ་བསྐུར། །
མཐའ་སྲུང་དམག་མི་མཁར་ནས་ནུབ་ལ་ཐག་རིང་ཕྱོགས་སུ་ཡོད། །

མཆན་འགྲེལ།

①ཏའོ་ལན་ཅེ་ཞེས་པ་གཞས་མིང་།

②ཧོ་ཀྲུ་(贺铸) ནི་(སྤྱི་ལོ་༡༠༥༢ནས་སྤྱི་ལོ་༡༡༢༥) པ་ཡུལ་ཧྲན་དབྱིན་(དེང་གི་ཙང་ཞིང་ཆེན་ཧྲའོ་ཤིན་གྲོང་ཁྱེར་) སྐྱེས་ཡུལ་ཝུད་ཀྲེའོ་(དེང་ཧོ་ནན་ཞིང་ཆེན་ཙི་རྫོང་) སྲུང་རྒྱལ་རབས་བྱུང་མའི་དུས་མཇུག་གི་གཞས་ཚིག་རྩོམ་པ་པོ་སྐད་གྲགས་ཅན་ཞིག་ཡིན།

③ཡུད་མེ་མཁར་(玉门关) ནི་དེང་གན་སུའུ་ཞིང་ཆེན་ཏུན་ཧོང་རྫོང་གི་ནུབ་ལ་གནས།

玉楼春

咏刘阮事

周邦彦

桃溪不作从容住，秋藕绝来无续处。当时相候赤栏桥，今日独寻黄叶路。烟中列岫青无数，雁背夕阳红欲暮。人如风后入江云，情似雨余粘地絮。

ཡུས་ལུའུ་ཁྲིན།①

ལིའུ་དང་རོན་གྱི་གཏམ་རྒྱུད་②ལ་བསྟུགས་པ།

ཀྲའུ་པང་ཡན།③

ཐའོ་ཤིའི་ཆུ་མོ་④སྔོད་པོར་ག་ནས་སྔོད།།
ཆུའུ་ཤོའི་⑤ཡན་ལག་ཆད་ན་མཐུད་མི་ཐུབ།།
དེ་དུས་ཁྱེད་གཉིས་ལག་འཇུ་དམར་པོའི་ཟམ་སྟེང་སྒུག་མཁན་མི་གཉིས།།
ད་ནི་ལོ་མ་སེར་པོར་བཀབ་པའི་ལམ་ཆུང་སྟེང་དུ་ཕར་འཕྱམ་ཚུར་འཕྱམ་བྱས།།
དུ་ཞགས་སྲབ་པོས་གྲལ་སྟར་བསྒྲིགས་པའི་རི་བོ་བཀབ།།
ཕྱི་དྲོའི་མཚམས་སྤྲིན་དམར་མདངས་རྒྱས་པའི་དཀྱིལ་དུ་ཁྲུང་ཁྲུང་གཤོག་པ་
བསྐྱངས་ཏེ་འཕུར་ནས་འགྲོ།།
མི་ཡི་མི་ཚེ་རླུང་བུས་འདེད་པའི་གནམ་གྱི་སྤྲིན་པ་འདྲ།།
བྲལ་བའི་ཡིད་གདུང་ཆར་རྗེས་ས་ལ་སྦྱར་བའི་ཤིང་བལ་བཞིན།།

མཆན་འགྲེལ།

①ཡུས་ལུའུ་ཁྲིན་ཞེས་པ་གཞས་མིང་།

②ལིའུ་དང་རོན་གྱི་གཏམ་རྒྱུད་ནི་ནན་ཤུང་གི་མི་ལིའུ་ཡི་ཆིང་གི་བརྩམས་པའི་དེབ་《ཡུའུ་མིན་ལུ་》(幽明录)ཅེས་པར་འཀོད་གསལ་ལིའུ་དང་རོན་ཞེས་པ་ཕོ་གཉིས་ཧན་རྒྱལ་རབས་ཀྱི་རྒྱལ་པོ་མིན་ཏིས་སྐབས་ཀྱི་མི་ཡིན། ཐེན་ཐེ་རི་བོར་ཕོ་གཉིས་གནམ་གྱི་ལྷ་མོ་འཕྲད། ལྷ་མོའི་དྲུང་དུ་ལོ་ཕྱེད་བསྡད། ཕ་ཡུལ་དྲན་ཏེ་ལོག་དུས་མི་ཡུལ་ལ་ལོ་མང་པོ་འདས

ཟིན། ངོ་ཤེས་ཚང་མ་གྲོངས་ཚར། མི་རབས་བདུན་རྗེས་ཀྱི་མི་ཞིག་རྙེད། དེ་ནས་ལྷ་ཡུལ་ལ་ལོག་དུས་ལྷ་མོ་མཇལ་རྒྱུ་མེད་པར་སོང་།

③ཀྱེའུ་པང་ཡན་ནི་(སྤྱི་ལོ་༡༠༧༤ནས་སྤྱི་ལོ་༡༡༢༡)ཆན་ཐང་(དེང་གི་ཅང་ཞིང་ཆེན་ཏང་ཀྲེའོ་གྲོང་ཁྱེར་གྱི་)མི་ཡིན། ཁོང་ནི་སུང་བྱུང་མའི་རྒྱལ་རབས་དུས་མཇུག་གི་གཞས་ཚིག་རྩོམ་པ་པོ་གྲགས་ཅན་ཡིན།

④ཐའོ་ཤིའི་ཆུ་ནི་ཁམ་སྔོང་སྐྱེས་པའི་ཆུ་ཕྲན། དེ་ནི་ལྷ་མོའི་བཞུགས་ས་དང་ཐག་ཉེ་པོ་ཡོད།

⑤ཆུའུ་ཨོ་ཞེས་པ་རྒྱ་སྐད་སྒྲ་བསྒྱུར། སྐྱེ་དངོས་དེ་ཆུའི་ནང་དུ་སྐྱེས་ཏེ་འབྲས་བུ་ཆུ་རྙིང་དུ་བཏགས།

一剪梅

红藕香残玉簟秋

李清照

红藕香残玉簟秋。轻解罗裳，独上兰舟。云中谁寄锦书来？雁字回时，月满西楼。花自飘零水自流。一种相思，两处闲愁。此情无计可消除，才下眉头，却上心头。

ཡི་ཙན་མིན།[1]
བརྣའི་དྲི་ཞིམ་ཡལ་ཞིང་སྨྱུག་གདན་གྲང་མོའི་ཚོར་བ་སྐྱེར།

ལི་ཆིང་ཀྲའོ།[2]

བརྣའི་དྲི་ཞིམ་ཡལ་ཞིང་སྨྱུག་གདན་གྲང་མོའི་ཚོར་བ་སྐྱེར།
དར་གོས་དལ་བུས་འཕུད།
གཅིག་པུར་གྲུ་ལ་བཞུགས།
གནམ་ནས་ཕྲིན་ཡིག་ག་ནས་འཁྱེར་སྲིད་དམ།
ཁྲུང་ཁྲུང་བྱང་ལ་ཕྱོན།
གཟིམ་ཆུང་ནུབ་ལ་ཟླ་འོད་དཀར་པོས་བཀང་།
མེ་ཏོག་འདབ་མ་ལྷུང་པ་ཆུ་ཆུང་རྒྱུགས་ཏེ་འཁྱེར།
དྲན་སེམས་གཅིག་གིས་གཞོགས་གཉིས་དྲན་གདུང་བཏང་།
དྲན་པའི་གདུང་བ་ཞི་བའི་ཐབས་མ་རྙེད།
བསྒུས་པའི་སྨིན་མ་གཉིས་པོ་ལྷོད་མ་ཐག
ཐལ་གདུང་སྙིང་སྟེང་དེ་མར་ཡིད་ལ་འཁོར།

མཆན་འགྲེལ།

①ཡི་ཙན་མིན་ཞེས་པ་གཞས་མིང་།

②ལི་ཆིང་ཀྲའོ། (སྤྱི་ལོ་༡༠༨༤ནས་སྤྱི་ལོ་༡༡༥༡) ཕ་ཡུལ་ལི་ཁྲིང་ནས་ཡིན། ལི་ཁྲིང་ནི་དེང་ཧྲན་ཏུང་ཞིང་ཆེན་ཛི་ནན་གྲོང་ཁྱེར་ཡིན། ཁོང་ནི་སུང་རྒྱལ་རབས་སྔོ་མ་དང་ཕྱི་མའི་མཐུད་མཚམས་སུ་བྱུང་བའི་སྐད་གྲགས་ཤིན་ཏུ་ཆེ་བའི་གཞས་ཚིག་རྩོམ་པ་པོ་ཞིག་ཡིན་ཞིང་། ཀྲུང་གོའི་རྩོམ་རིག་ལོ་རྒྱུས་ཐོག་ཕུལ་དུ་བྱུང་བའི་བུད་མེད་རྩོམ་པ་པོ་ཞིག་ཡིན།

གསལ་བཤད།

གཞས་ཚིག་དེ་ནི་རྩོམ་པ་པོས་རང་གི་ཟླ་བོ་དང་བྲལ་བའི་དུས་སུ་རང་ཉིད་གཅིག་པུར་སྡོད་པའི་སྐྱོ་སྣང་དང་ཟླ་བོ་ཡིད་ལ་དྲན་པའི་དུང་སེམས་མཚོན་པའི་གཞས་ཚིག་ཅིག་ཡིན།

渔家傲

天接云涛连晓雾

李清照

天接云涛连晓雾，星河欲转千帆舞。仿佛梦魂归帝所，闻天语，殷勤问我归何处？我报路长嗟日暮，学诗谩有惊人句。九万里风鹏正举。风休住，蓬舟吹取三山去！

ཡུས་ཅྭ་ཨའོ།①

ཞོགས་པའི་སྨུག་པ་སྲབ་པོ་ཨ་སྔོན་དབྱིངས་ཀྱི་ཡོང་ཡོང་སྤྲིན་དང་འདྲེས།

ལི་ཆིང་ཀྲའོ།

ཞོགས་པའི་སྨུག་པ་སྲབ་པོ་ཨ་སྔོན་དབྱིངས་ཀྱི་ཡོང་ཡོང་སྤྲིན་དང་འདྲེས།།
གྲངས་མེད་རྒྱུ་སྐར་མུ་ཁ་སྤྲེལ་ཏེ་ཆུ་རྒྱུན་ལྷོར་བ་ཇི་བཞིན་འོད་སྣང་ཆེམ་ཆེམ་འཕྲོ།།
རྨི་ལམ་ནང་དུ་གནམ་གྱི་རྒྱལ་པོའི་ཕོ་བྲང་ནང་དུ་ཡོག་པ་རྨིས།།
རྒྱལ་པོའི་གསུང་སྐད་ཐོས་བྱུང་།
གསུང་ངག་འཇམ་པོས་ཁོ་མོར་ག་འགྲོ་བཀའ་དྲི་གནང་།
ལམ་ཐག་རིང་ལ་ཉི་མ་འགྲོ་མགྱོགས་པས།
བདག་གིས་སྙན་ངག་སྦྱངས་ཀྱང་གྲུབ་འབྲས་ཐོབ་མ་སོང་།
རྒྱལ་པོར་དེ་ལྟར་བཀའ་ལན་ཞུས་པ་ཡིན།
ཁྱུང་ཆེན་ལེ་དབར་ཁྲི་དགུའི་ས་ལ་འཕུར་འགོ་ཚུགས་བཞིན་ཡོད།
རླུང་མ་འཛགས།
རྒྱ་མཚོའི་དཀྱིལ་ལ་བཞུགས་པའི་གནས་རི་གསུམ་②ལ་རླུང་གྲུས་སྐྱེལ་བར་ཞུ།

མཆན་འགྲེལ།

①ཡུས་ཅྭ་ཨའོ་ཞེས་པ་གཞས་མིང་།

②གནས་རི་གསུམ། རྒྱ་རིགས་ཀྱི་གནའ་བོའི་ལྷ་སྒྲུང་ནང་རྒྱ་མཚོ་ཆེན་པོའི་ནང་ལྷ་རི་

གསུམ་ཡོད་དེ་གཅིག་ནི་ཕེང་ལེ་（蓬莱）དང་། གཅིག་ནི་ཧྥང་ཀྲང་།（方丈）གཅིག་ནི་དབྱིང་ཀྲོའོ་（瀛洲）ཡིན།

གསལ་བཤད།

གཞས་ཚིག་དེ་ནི་རྩོམ་པ་པོ་སྐུ་ཚེའི་སྨད་དུས་སུ་དམག་འཁྲུག་གིས་རྐྱེན་པས་སྒྲི་ཚོགས་ཟང་ཟིང་དུ་གྱུར། མི་ཚེའི་ནང་བར་ཆད་ཆེན་པོ་འཕྲད་གྱུར་ཀྱང་ཕྱུགས་རེ་མ་དོར་བར་མུ་མཐུད་བརྩོན་ལེན་བྱེད་པའི་བསམ་པ་ལྷ་རི་གསུམ་པོའི་ཕྱོགས་སུ་ཀླུང་གྱི་བསྐྱོད་པ་ལས་མཚོན་པར་བྱས་ཡོད།

秋波媚

七月十六日晚，登高兴亭，望长安南山。

陆游

秋到边城角声哀，烽火照高台。悲歌击筑，凭高酹酒，此兴悠哉。多情谁似南山月，特地暮云开。灞桥烟柳，曲江池馆，应待人来。

རྒྱ་པོ་རྒྱིས།①

ཟླ་བ་བདུན་པའི་ཚེས་བཅུ་དྲུག་མཚན་མོ་ཀོ་ཤིན་②གླིང་ཁང་ནས་ཁྲང་ཨན་③ནན་ཧྲུན་ལ་བལྟས་པ།

ལུ་ཡུའུ།④

མཐའ་ཁུལ་གྲོང་དུ་སྟོན་ཁའི་ཉམ་མདངས་བསྟན།།
དུང་སྒྲ་སྐྱོ་པོ་ཞིག་གྲགས།
མེ་འོད་མཁར་གྱི་ཐོག་ཁར་འཕྲོས།
ཇ་སྒྲ་མཉམ་དུ་སྐྱོ་གླུ་ལེན།
ས་མཐོར་ལངས་ནས་ཨ་རག་ཕྱོགས་བཞིར་སྟོར་དུས།
ཀོན་ཀྲུང་⑤དགྲ་ལ་ཤོར་བ་སྐྱར་དུ་རང་ལོག་ཡོང་བའི་རྟེན་འབྲེལ་བསྒྲིགས།
ནན་ཧྲུན་རི་ལ་ཤར་བའི་ཟླ་འོད་དཀར་པོའི་དུང་དུང་ལ་རྒྱུར་སུས་འགྲུན་ཐོད།
ནག་ནག་སྤྲིན་པའི་གསེབ་ནས་དཀར་དཀར་ཞལ་རས་ངོམས་པ།
པ་ཇོ་ཐམ་པའི་⑥འགྲམ་གྱི་ཚར་དུ་དངར་བའི་ལྗོན་ཤིང་།
ཆུས་ཅང་⑦རྫིང་བུའི་ཁ་རུ་གྲལ་སྟར་བསྒྲིགས་པའི་ཐོག་ཁང་།
ཁྱེད་ཚོ་ཟླ་འོད་འོག་ཏུ་ལངས་ཏེ་དགྲ་བོའི་ལག་ནས་རྒྱལ་ཁབ་ས་ཆ་སྐྱར་དུ་
ཚུར་ལ་བླངས་བའི་དཔུང་དམག་ཚོ་ལ་བསུ་བ་ཞུས་ཤིག།

མཆན་འགྲེལ།

①རྒྱ་པོ་རྒྱིས་ནི་གཞས་མིང་།

②ཀོ་ཤིན་ཤིང་ཁང་། （高兴亭）ཞེས་པ་དེ་དེང་ཧྲན་ཤི་ཞིང་ཆེན་（陕西）ཧན་ཀྲུང་གྲོང་ཁྱེར་དུ་ཡོད།

③ཁྲང་ཨན་ནན་ཧྲན་ཞེས་པ་དེ་ཁྲང་ཨན་གྲོང་ཁྱེར་གྱི་ལྷོ་རུ་གནས་པའི་རི་བོའི་མིང་ཡིན།

④ལུ་ཡུའུ་ནི་སྤྱི་ལོ་༡༡༢༥ལོར་འཁྲུངས། སྤྱི་ལོ་༡༢༡༠ལོར་འདས། ཡོས་ཀྲེའོ་ཧྲན་དབྱིན་（越州山阴）དེང་གི་ཅང་ཞིང་ཆེན་ཧྲའོ་ཤིན་（浙江省绍兴）གྱི་མི་ཡིན། ཁོང་ནི་སུང་ལྷོ་མའི་（南宋）རྒྱལ་རབས་ཀྱི་རྩོམ་རིག་མཁས་པ། ལོ་རྒྱུས་མཁས་པ། རྒྱལ་གཅེས་སྙན་ངག་མཁན་པོ་བཅས་ཡིན།

⑤ཀོན་ཀྲུང་ནི་关中ཧྲན་ཤི་ཞིང་ཆེན་ཀོན་ཀྲུང་གྲོང་ཁྱེར་ལ་ཟེར།

⑥པ་ཛོ་ཟམ་པ་ནི་ཁྲང་ཨན་གྲོང་ཁྱེར་ཤར་ཕྱོགས་སུ་པ་ཧྲུའི་གཙང་པོའི་སྟེང་གི་ཟམ་པའི་མིང་།

⑦ཆུས་ཅང་ནི་ཁྲང་ཨན་གྲོང་ཁྱེར་གྱི་ཤར་ལྷོའི་མཚམས་སུ་གནས་པའི་སྐྱིད་ཚལ་ར་བའི་རྫིང་གི་མིང་ཡིན།

诉衷情

当年万里觅封侯

陆游

当年万里觅封侯，匹马戍梁州。关河梦断何处？尘暗旧貂裘。胡未灭，鬓先秋，泪空流。此生谁料，心在天山，身老沧洲！

སྨུག་ཀྲུང་ཆིང་།①

སྟར་སོང་བྱ་བར་བསམ་དུས་ཐག་རིང་དམག་ལ་བཞུགས་ཏེ་བྱས་རྗེས་བཞག་ན་བསམ།

ལུ་ཡུའུ།

སྟར་སོང་བྱ་བར་བསམ་དུས། ཐག་རིང་དམག་ལ་བཞུགས་ཏེ་བྱས་རྗེས་བཞག་ན་བསམ། དམག་རྟ་བཞོན་ཏེ་མཐའ་ཁུལ་ལེང་ཀྲེའུ་②སྲུང་།

ཉལ་བའི་གཉིད་ལས་བསངས་དུས། རྨི་ལམ་ནང་གི་ཀོན་ཧོ་③གང་དུ་སོང་ངམ།

པགས་པའི་གྱོན་པ་རྙིང་པ་མིག་ལ་མཐོང་། དགྲ་བོ་ད་དུང་ཚར་མི་ཆོད།

མགོ་སྐྲ་དུང་ལ་འགྱུར་སོང་ངོ་། །མཆི་མ་དབང་མེད་ཤོར། མི་ཚེ་འདི་ལ།

སེམས་པ་མཐའ་སྲུང་གཡུལ་སར་སོང་། ལུས་པོ་ཚང་ཀྲེའོ་④ཡུལ་ལ་བསྡད།

ཐབས་སྡུག་དེ་འདྲ་ཡོང་རྒྱུ་བསམ་པའི་ཡུལ་ལ་མེད།

མཆན་འགྲེལ།

①སྨུག་ཀྲུང་ཆིང་ཞེས་པ་གཞས་མིང་།

②ལེང་ཀྲེའོ་ཞེས་པ་སྔ་མོ་གླིང་དགུའི་ཡ་གྱལ། དེང་རབ་ཤེ་（陕西）ལྷོ་ནུབ་ཕྱོགས་དང་ཟེ་ཁྲིན་ཁུལ་ལ་གནས།

③ཀོན་ཧོ་ཞེས་པ་སྐབས་དེའི་ཅིང་ལ་འགོག་རྒོལ་བྱེད་ས་འཐབ་ས་མདུན་མ་ཀོན་ཁོ་དང་ཧོ་ཧྲང་གི་ས་ཆའི་བསྡུས་མིང་།

④ཚང་ཀྲེའུ་ཞེས་པ་ཆུ་ཁའམ་སྡོད་གནས་ལ་གོ །འདིར་རྫོམ་པ་པོ་ཚེ་མཇུག་གི་སྡོད་གནས་ཧྲའོ་ཤིན་ཆུ་ཁའི་སན་ཧྲན་རི་ལ་ཟེར།

卜算子

咏梅

陆游

驿外断桥边，寂寞开无主。已是黄昏独自愁，更著风和雨！无意苦争春，一任群芳妒。零落成泥碾作尘，只有香如故。

ཕུ་སོན་ཙེ།①

མེ་ཧྭ་②མེ་ཏོག་ལ་བསྟོད་པ།

ལུ་ཡུའུ།

གྲོང་མཐའི་ཆུ་ཟམ་གོག་རྡུལ་ཉེ་འགྲམ་དུ།།
ཁེ་རེར་བཞད་པར་སུས་ཀྱང་སྣང་མི་བཞག།
ཉི་མ་ནུབ་ཁར་གྲོགས་མེད་ཁེར་རྐྱང་སྐྱོ་བའི་སྐད་།།
རླུང་དང་ཆར་པ་དེ་བས་ཁྲིད་ལ་སྣང་དུ་འགྱུར།།
དཔྱིད་ཀའི་ཉམས་ལ་འགྲན་ནོ་སྙམ་པའི་སེམས་པ་ཁྲིད་ལ་མེད།།
མེ་ཏོག་གཞན་གྱིས་ཞེ་སྡང་ཕྲག་དོག་ལངས་པར་ཧེ་མི་སྙམ།།
འདབ་མ་སྐམ་སྟེ་ས་ལ་ལྷུང་ནས་རྡུལ་དང་བསྲེས་གྱུར་ཀྱང་།།
རང་བཞིན་དྲི་མ་ཞིམ་པོ་མ་ཡལ་སྔར་བཞིན་ཕྱོགས་བཅུར་འཕྱུལ།།

མཆན་འགྲེལ།

①ཕུ་སོན་ཙེ་ཞེས་པ་གཞས་མིང་།

②མེ་ཧྭ་མེ་ཏོག（梅花）སྡོང་ཤིང་སྟེང་དུ་བཞད་པའི་མེ་ཏོག་གི་རིགས་ཤིག མེ་ཏོག་བཞད་དུས་ཁ་དོག་དཀར་དམར། ཟིང་སྐྱ་ལ་སོགས་ཡོད། དགུན་མཇུག་དཔྱིད་འགོར་མེ་ཏོག་བཞད་དེ་དྲི་ཞིམ་གང་སར་འཕྱུལ་བའི་རང་བཞིན་ཁྱད་ཆོས་ལྡན་ཡོད་པས་སྙན་ངག་མཁན་ཚོས་མེ་ཧྭ་མེ་ཏོག་ལ་བསྟོད་པའི་སྙན་ཚིག་མང་པོ་བརྩམས་ཡོད།

菩萨蛮

书江西造口壁

辛弃疾

郁孤台下清江水，中间多少行人泪。西北望长安，可怜无数山。青山遮不住，毕竟东流去。江晚正愁余，山深闻鹧鸪。

ཕུ་ས་མན།①

ཙང་ཤིའི་ཙའོ་ཁོ་ས་ཆའི་གྱང་ཤེབས་སུ་བྲིས་པ།②

ཤིན་ཆི་ཅི།③

ཡུས་ཀུ་ཐད་④ཀྱི་འོག་ལ་ཆིང་ཙང་⑤གཙང་པོ་རྒྱུགས།
གཙང་པོའི་སྟེང་དུ་འགྲུལ་མི་མང་པོས་མིག་ཆུ་གཏོང་སྒྲོང་ཡོད།⑥
ཁ་ནུབ་བྱང་ལ་གཏད་དེ་ཁྲང་ཨན་⑦ཕྱོགས་ལ་བལྟས་པ་ན།
རི་དུ་མས་མཐོང་ལམ་བཀག་སྟེ་ཅི་ཡང་རིག་རྒྱུ་མེད།
རི་མཐོན་པོས་ཇི་ལྟར་བཀག་འགྱུར་ཀྱང་།
ཆུ་སྔོན་མོ་ཤར་རེར་རྒྱུགས་རྒྱུད་རྒྱུགས།
ས་སྲོས་མཚམས་སུ་གཙང་ཆུའི་འགྲམ་དུ་སེམས་པ་གདུང་བས་མནར་ཏེ་གནས།
ཀྲེ་ཀུ་⑧བྱ་ཡིས་སྐད་སྒྲ་སྙི་པོ་ནགས་ཀྱི་གསེབ་ནས་ཡང་ཡང་གྲགས་པ་ཐོས།

མཆན་འགྲེལ།

①ཕུ་ས་མན་ནི་གཞས་མིང་།

②ཙང་ཤིའི་ཙའོ་ཁོ་（江西造口）ས་ཆ་དེ་ནི་དེང་དུས་ཙང་ཤིའི་ཞིང་ཆེན་ཀན་ཀྲེའུ་གྲོང་ཁྱེར་（赣州市）བྱང་ཕྱོགས་སུ་གནས་པའི་ཙའོ་ཁོ་གྲོང་རྡལ་（皂口镇）ཡིན།

③ཤིན་ཆི་ཅི།（སྤྱི་ལོ་༡༡༤༠ནས་སྤྱི་ལོ་༡༢༠༧）འབྱུངས་ཡུལ་ལི་ཁྲིང་（历城）ཞེས་པ་དེང་དུས་ཀྱི་ཧྲན་ཏུང་ཞིང་ཆེན་（山东省）ཅི་ནན་གྲོང་ཁྱེར་（济南市）ཡིན། ཁོང་ནི་སུང་རྒྱལ་རབས་ལྷོ་མའི་དུས་ཀྱི་ཁྲིད་དུ་འཕགས་པའི་གཞས་ཚིག་རྩོམ་པ་པོ་ཡིན། རང་རྒྱལ་

ཀྱི་རྩོམ་རིག་ལོ་རྒྱུས་ཐོག་ལྷུག་བརྗོད་རྩོམ་ཚུལ་གྱི་ཚབ་མཚོན་མི་སྣ་འི་གྲས་ཡིན། རྒྱ་རིགས་ཀྱི་གནའ་དུས་ཀྱི་ཤེས་ལྡན་མི་སྣས་གཞས་ཚིག་རྩོམ་གྱི་ཁྱད་ཆོས་ལ་ལྷུག་བརྗོད་（豪放）རྩོམ་ཚུལ་དང་། འཇམ་བཤད་（婉约）རྩོམ་ཚུལ་གཉིས་སུ་དབྱེ་སྲོལ་ཡོད།

④ཡུང་ཀུ་ཐད་ནི་（郁孤台）དེང་དུས་ཅང་ཤིའི་ཞིང་ཆེན་（江西省）ཀན་ཀྲེའུ་གྲོང་ཁྱེར་（赣州市）གྱི་ལྷོ་ནུབ་ཕྱོགས་སུ་གནས་པའི་ས་ཆ་ཞིག་གི་མིང་ཡིན། ཐང་དང་སུང་རྒྱལ་རབས་དུས་སུ་ས་ཆ་འདི་ཡུལ་ལྗོངས་མཛེས་ཤིང་སྒྲོ་སྣང་ལྡན་པའི་ས་ཆ་ཞིག་ལ་རྩེ་ཡི་ཡོད།

⑤ཆིང་ཅང་（清江）གཙང་པོའི་མིང་། དེང་དུས་ཅང་ཤིའི་ཞིང་ཆེན་གྱི་ཀན་ཅང་赣江ལ་ཟེར།

⑥གཞས་ཚིག་ཚིག་རྐང་འདིས་སྤྱི་ལོ་༡༡༣༠ལོའི་གཡས་གཡོན་དུ་ཅིན་（金）གྱིས་དམག་དཔུང་དྲངས་ཏེ་སུང་（宋）རྒྱལ་ཁབ་ལ་བཙན་འཛུལ་བྱས་ཏེ་སུང་གི་འབངས་མི་སེར་བསད་གསོད་འཕྲོག་བཅོམ་བྱས་ནས་བཙབས་གསིག་ཆེན་པོ་བཟོས་པས་སྡིས་ཕྱོལ་མི་སེར་རྣམས་ཆུ་ཐོག་འགྲུལ་ལམ་རྒྱུད་པའི་རྣམ་པ་མཚོན་པར་བྱས་སོ། །

⑦དྲང་ཨན་གྲོང་（长安）ཚིག་རྐང་འདིས་རྩོམ་པ་པོ་འཁྲུངས་སའི་བྱང་ཕྱོགས་ཀྱི་ཕ་ཡུལ་ཡིད་ལ་དྲན་པའི་སྐོར་ཤོད་པ།

⑧ཀྲེ་ཀུ་（鹧鸪）བྱ་ཞིག་གི་མིང་ཡིན། བྱ་འདིའི་སྐད་སྐྱོ་པོ་ཞིག་རྒྱག་གི་ཡོད་པའི་ཆ་ནས་རྩོམ་པ་པོས་གཞས་ཚིག་ཏུ་སྦྱར།

གསལ་བཤད།

གཞས་ཚིག་ཚིག་རྐང་བརྒྱད་པོ་འདིའི་ནང་དོན་རོབ་ཙམ་ངོ་སྤྲོད་ཞུ་རྒྱུ་ལ་ཚིག་རྐང་དང་པོ་གཉིས་པར་མིག་མདུན་གྱི་གཙང་པོ་མཐོང་བ་ནས་སྔར་འབངས་མི་སེར་གྱི་སྡུག་བསྔལ་མྱོང་བ་དྲན་ཏེ་ཡིད་སྐྱོ། ཚིག་རྐང་གསུམ་པ་བཞི་པར་ཁ་བྱང་ལ་གཏད་པས་ཅིན་གྱི་དམག་མིས་བྱང་ཕྱོགས་ཀྱི་ས་བཙན་བཟུང་བྱས་ཏེ་མི་དམངས་སྡུག་བསྔལ་གྱིས་མནར་བ་ལ་གདུང་སེམས་ལྷད་མེད་བསྐྱེད་པ་མཚོན། ཚིག་རྐང་ལྔ་པ་དྲུག་པར་རི་བོས་གཙང་ཆུ་འགོག

ཐབས་མེད་པར་དཔེ་བཞག་སྟེ་རང་གིས་རྒྱལ་ཁབ་ལ་བཙངས་པའི་འབད་བརྩོན་ཕྱོད་མེད་ཀྱི་སྙིང་སྟོབས་མངོན་དུ་འགྱུར་ངེས་ཡིན་པའི་བློ་སྟོབས་མཚོན། ཚིག་ཐང་བདུན་པ་བརྒྱད་པར་ཀྲེ་ཀུའི་བྱ་སྐད་སྐྱོ་པོ་ཐ་བར་ཐོས་པ་བཀོད་པ་ནས་རང་གི་ཞུགས་བསམ་མངོན་འགྱུར་དཀའ་བའི་ཡི་ཆད་ཀྱི་བློ་མཚོན་པར་བྱས།

ཡུལ་གྱི་བཀོད་པའི་རྣམ་པ་ཡིག་ཐོག་ཏུ་བཀོད་དེ་རང་གི་སྐབས་དེའི་སེམས་ཀྱི་ཚྱེ་བྲག་སྣ་ཚོགས་མཚོན་པར་བྱས་པའི་རྩོམ་ཞིག་ཡིན་པ་ལ་མཚོན་བྱ་ཡུལ་མཚོན་བྱེད་སེམས་ཀྱི་བཀོད་སྟངས་ཧ་ཅང་ལེ་སྒྲིགས་པོ་བྱུང་ཡོད་པའི་སྟབས་ཀྱིས་རྩོམ་གྱི་སྒྱུ་མའི་རྩལ་དཔྱིས་ཕྱིན་པ་ཐོན་ནོ།།

破阵子

为陈同甫赋壮词以寄之

辛弃疾

醉里挑灯看剑，梦回吹角连营。八百里分麾下炙，五十弦翻塞外声，沙场秋点兵。

马作的卢飞快，弓如霹雳弦惊。了却君王天下事，赢得生前身后名。可怜白发生！

ཕོ་ཀྲེན་ཙེ།①
ཁྲེན་ཐུང་ཧྥུ་ལ་བློ་སྟོབས་འཕེལ་བའི་སྙན་ངག་བྲིས་ཏེ་བསྐུར་བ།

ཞིན་ཆི་ཅི།

རྨི་ལམ་ནང་དུ་སྒྲོན་མེའི་འོག་ལ་གློ་གྲི་བཤམས་པ་རྨིས།

གཉིད་ལས་སད་དུས་དམག་སྒར་ནང་གི་དམག་དུང་གྲགས་པ་ཐོས།

དམག་མིར་སླང་ཤ་བསྲེགས་པའི་ཟ་མ་བགོས། ཛམས་བརྫིད་ཆེ་བའི་གཡུལ་སའི་དམག་གི་རོལ་དབྱངས་དཀྲོལ། སྟོན་གྱི་དུས་སུ་དམག་སའི་འཐབ་རར་དམག་མིའི་རྩལ་སྟོན་བཤམས།

དམག་རྟ་ཅང་ཤེས་ཏི་ལུ②ལྟ་བུ་འཕུར་བཞིན་རྒྱུགས། འཕངས་མདའ་ནམ་མཁའི་འབྲུག་སྒྲ་ཇི་བཞིན་གཞུ་དང་བྲལ། རྒྱལ་གཞིས་དགྲ་ལ་ཤོར་བ་སྐྱར་དུ་ཚུར་ལེན་ནས། རྒྱལ་པོའི་ཐུགས་ལ་ཡོད་པའི་རེ་བ་དག་བསྒྲུབས་ཏེ། སྙན་གྲགས་རྗེས་རབས་མི་ཚོར་འཇོག་རྒྱུའི་བློ་ཡོད་ཀྱང་། ད་ནི་ན་སོ་རྒས་པའི་དུས་ལ་སླེབས་པས་ཐབས་ཅི་ཡོད།

མཆན་འགྲེལ།

①ཕོ་ཀྲིན་ཙེ་ཞེས་པ་གཞས་མིང་།

②ཏི་ལུ་ཞེས་པ་དམག་རྟ་ངར་པོ་ཞིག་གི་མིང་ཡིན།

永遇乐

京口北固亭怀古

辛弃疾

千古江山，英雄无觅，孙仲谋处。舞榭歌台，风流总被，雨打风吹去。斜阳草树，寻常巷陌，人道寄奴曾住。想当年，金戈铁马，气吞万里如虎。元嘉草草，封狼居胥，赢得仓皇北顾。四十三年，望中犹记，烽火扬州路。可堪回首，佛狸祠下，一片神鸦社鼓。凭谁问：廉颇老矣，尚能饭否？

ཕྱུང་ཕྱུས་ཡོས།[1]
ཅིན་ཁོའོ་[2]ཡི་ཟད་ཀྱུ་ཕིང་ཕྲིང་ཁང་[3]དུ་
སྤར་སོང་བྱ་བ་ཡིད་ལ་དྲན་པ།

ཤིན་ཆི་ཅི།

བགྲང་བྱ་དུ་མ་སོང་ཡང་རི་གླུང་སྔར་བཞིན་གནས་པ།

སྲུན་གྲུང་མོའོ་[4]དང་འདྲ་བའི་འཇིགས་བྲལ་དཔའ་བོའི་རྣམ་པ་ནམ་མཁའི་འཇའ་ལྟར་ཡལ་སོང་།

བཀོད་ལེགས་ཁང་བཟང་འོག་གི་གར་སྟེགས་མཐོང་རྒྱུ་འདུག་ཀྱང་།

དཔའ་བོའི་ཉམས་བཟང་། དར་རྒྱས་རྣམ་པ།

དུས་ཀྱི་རླུང་དང་ཆར་པས་འཇིག་སྟེ་གར་སོང་ཆ་མེད་འགྱུར་ཏོ།།

ཉུབ་ཁའི་ཉི་ཟེར་ལྗོན་ཤིང་ཙེ་དང་སྔོན་པོའི་རྩྭ་ལ་ཕོག

དེ་ཡི་འགྲམ་དུ་ཕལ་པའི་ཁང་ཁྱིམ་སྟར་ལ་ཆགས་པའི་སྲང་ལམ་ཆུང་ཆུང་ཞིག

མི་ཚོས་ཅི་ནུ་[5]འདི་རུ་སྡོད་སྡོད་ཡོད་ཅེས་སྨྲས། འདས་པའི་དུས་སུ་གོ་ཁྲབ་ལུས་ལ་གྱོན། མདུང་གྲི་གནམ་ལ་འཕྱུར།

ཅང་ཤེས་རྟ་ཕོ་བཅིབས། གནམ་ས་འཁྱུར་མེད་གཏོང་འདྲ་སྐམ་པའི་དཔའ་རྩོད་དགྲ་ཡི་གདོང་ལ་མཆོངས་པ་ཡིད་ལ་འཕོར།

ཡོན་ཐྭ་[6]ཡིས་ བྲེལ་བྲེལ་འཚུབ་འཚུབ་ངང་། རི་བོ་ལང་ཐུས་ཡུས་[7]ལ་གཡུལ་རྒྱལ་ཁྲི་སྟེགས་བཞེངས།

གཡུལ་ལས་ཕམ་སྟེ་བྲོས་བྱོལ་ལམ་བར་དུ། རྗེས་འདེད་དགྲ་དམག་མེད་དམ་

སྐམ་པའི་ངང་དུ་བྱུང་ལ་ཕྱི་མིག་ཡང་ཡང་ལྟ་དགོས་ཤར། བགྲང་བྱ་ཞེ་གསུམ་⑧འདས་ཟིན། ད་ནི་འཕྲི་ཆུར་མིག་ལྟ་དུས། སྐབས་དེར་ཡང་ཀྲེའུ་⑨གྲོང་ལ་དམག་གི་མེ་ཕུང་དུ་བས་ནམ་མཁའ་སྒྲིབས་པའི་འཇིགས་ཉུང་རྣམ་པ་ཡིད་ལ་ལྷང་ངེར་ཤར། ཕྱི་འདང་རྒྱུག་ཚེ་སེམས་ལ་བཟོད་སླགས་མ་མཆིས་སོ། །ལྷ་ཁང་རྦོ་ལི་ཚི་⑩ཡི་ནང་། ཇ་བཏུངས་དྲིལ་སྒྲོགས་མཆོད་པ་བཤམས། ནག་ཆུང་ཕོ་རོག་ལྷ་ཁང་ཕྱི་ལ་གཏོར་མ་ཏབ་ཐོབ་བརྒྱབ། ལན་པོ་⑪ན་སོ་རྒས་ན་ཡང་། སྔར་བཞིན་ཟ་མ་ཟ་ཐུབ་བམ། ཞེས་པའི་དྲིས་སྒྲ་ཞིག་བསྒྲགས་བྱུང་།

མཆན་འགྲེལ།

①ཡུང་ཡུས་ཡོས། གཞས་མིང་།

②ཅིན་ཁོའོ། (京口) ས་མིང་ཡིན། དེང་ཙང་སུའུ་ཞིང་ཆེན་ཀྲེན་ཙང་གྲོང་ཁྱེར་ (江苏省镇江市) ཡིན།

③ཀྲད་ཀུ་ཐིང་ (北固亭) ཀྲེན་ཙང་གྲོང་ཁྱེར་ (镇江市) བྱང་ཤར་ཕྱོགས་སུ་འབྲི་ཆུའི་ཆུ་ཁར་བསྐྲུན་པའི་ལྡིང་ཁང་གི་མིང་། གནམ་དྭངས་པའི་སྐབས་སུ་ལྡིང་ཁང་ནང་དུ་ལངས་ཏེ་བྱང་ལ་བལྟས་ན་ཡང་ཀྲེའུ་གྲོང་ཁྱེར་ (扬州) མཐོང་ཐུབ།

④སུན་ཀྲུང་མོའོ་ (孙仲谋) སུན་ཧྲོན་ (孙叔) གི་མིང་གཞན། ཁོ་ནི་ལོ་རྒྱུས་ཐོག་རྒྱལ་ཁབ་གསུམ་གྱི་དུས་སུ་ཏུང་ཝུ་ (东吴) ཡི་རྒྱལ་པོ་ཡིན།

⑤ཅི་ནུ། (寄奴) ལིའུ་ཡུས་ (刘裕) བྱིས་པའི་དུས་ཀྱི་མིང་། ལིའུ་ཡུས་ནི་ཅིན་ཁོ་གྲོང་ཁྱེར་ལ་འཚར་ལོངས་བྱུང་། ཡར་ལོངས་ཏེ་ཅིན་ཁོ་ (京口) ནས་དམག་དྲངས་ཏེ་ཧེང་ཤོན་ (恒玄) དབང་དུ་བསྡུས། སྨུ་མཐུད་བྱང་ལ་དམག་དྲངས་ཏེ་དབུས་ཀྱི་ས་ཆ་ (中原) ཟིན། མཐའ་མ་ཏུང་ཅིན་ (东晋) རྒྱལ་ཁབ་མགོ་རྙིང་སློག་ནས་ལིའུ་ཡུས་ཀྱིས་རྒྱལ་པོ་བྱས། མིང་ལ་སུང་ཝུན་ཏིས་ (宋文帝) ཞེས་བཏགས།

⑥ཡོན་ཅྱ་ (元嘉) སུང་ཝུན་ཏིས་ (宋文帝) རྒྱལ་པོ་བྱེད་པའི་སྐབས་ཀྱི་རྒྱལ་ལོའི་

མིང་། སུང་ཝུན་ཏིས་རྒྱལ་པོ་ནི། སུང་ཝུ་ཏིས་རྒྱལ་པོའི་སྲས་ཡིན། རྒྱལ་པོ་སུང་ཝུན་ཏིས་ཀྱིས་དུས་དང་བབས་ཀྱི་གནས་ཚུལ་ལ་མ་བལྟས་པར་ཏབ་བེ་ཧོ་བེའི་ངང་བྱང་ཕྱོགས་ལ་དམག་གི་ཁ་ལོ་བསྒྱུར་བའི་སྐྱོར་མཚོན་པ།

⑦ལང་ཙུས་ཡུས། རི་མིང་། དེང་སང་ནང་སོག་རང་སྐྱོང་ལྗོངས་ཀྱི་ནུབ་བྱང་དུ་གནས་པའི་རི་ཞིག་གི་མིང་། 《སུང་གི་དཔེ་ཆ་ཝང་ཤོན་མོ་ཡི་（王玄谟）རང་རྣམ་》ཞེས་པའི་དཔེ་ཆར་འཁོད་གསལ་ལ་ཝང་ཤོན་མོ་ཡིས་རྒྱལ་པོ་སུང་ཝུན་ཏིས་ལ་བྱང་ཕྱོགས་དམག་གིས་འདུལ་རྒྱུའི་སྙན་ཞུ་ཡང་ཡང་འབུལ་བས་རྒྱལ་པོས་ཁོའི་རྟུས་ལ་གསན་ཏེ་ཝང་ཤོན་མོ་དམག་གི་འགོ་གཙོར་བསྐོས། བྱང་ཕྱོགས་ལ་གཡུལ་བཤམས་པའི་མཐའ་མ་སུང་རྒྱལ་ཁབ་ཡོངས་སུ་ཕམ།

⑧བགྲང་བྱ་ཞེ་གསུམ། དེ་ནི་གཞས་ཚིག་འདིའི་རྩོམ་པ་པོ་ཤིན་ཆི་ཅི་སུང་ལྷོ་མའི་རྒྱལ་ཁང་ལ་ཞབས་ཕྱི་ཞུས་པ་ནས་གཞས་ཚིག་འདི་རྩོམ་པའི་དུས་བར་ལོ་བཞི་བཅུ་ཞེ་གསུམ་འདས་པ་ལ་ཟེར།

⑨ཡང་ཀྲེའུ་（扬州）གྲོང་ཁྱེར་གྱི་མིང་། དེང་སང་ཅང་སུ་ཞིང་ཆེན་（江苏省）ཡང་ཀྲེའུ་གྲོང་ཁྱེར་ལ་ཟེར།

⑩ཧྥོ་ལི་ཚི།（佛狸祠）དེང་སང་ཅང་སུ་ཞིང་ཆེན་（江苏省）ལིའུ་ཧོ་（六合）རྫོང་གི་ཤར་ལྷོའི་མཚམས་སུ་ལི་དབར་ཏི་ཤུའི་གཡས་གཡོན་གྱི་ཀྭ་པུ་རིའི་（瓜布山）སྟེང་དུ་གནས་ཡོད། རྒྱལ་པོ་སུང་ཝུན་ཏིས་ཀྱི་རྒྱལ་ལོ་ཡོན་ཅ་ཏི་ཤུ་ཙ་བདུན་ལོར་（སྤྱི་ལོ་༤༥༠）ཐད་ཤུད་རྒྱལ་ཁབ་（北魏）ཀྱི་རྒྱལ་པོ་ཐད་ཝུ་ཏིས་（太武帝）ཐོ་པ་ཀྲུའུ་（拓跋铸）ཡི་དམག་རྣམས་ཁྲིད་དེ་ཝང་ཤོན་མོ་（王玄谟）ཡི་དམག་དཔུང་ཐལ་བའི་རྡུལ་དུ་བརླག ལྷོ་ཕྱོགས་སུ་རྗེས་འདེད་བཏང་སྟེ་འབྲི་ཆུའི་བྱང་ངོས་ཀྱི་ཀྭ་པུ་རི་ལ་（瓜布山）སླེབས། རི་འདིའི་སྟེང་དུ་མཁར་བཏབས། དུས་རྗེས་ཀྱི་མིས་མཁར་དེ་ལ་ཧྥོ་ལི་ཚི་（佛狸祠）ཞེས་པའི་མིང་བཏགས། ཧྥོ་ལི་（佛狸）ཞེས་པ་ནི་ཐོ་པ་ཀྲུའུ་（拓跋铸）ཡི་བྱིས་པའི་དུས་ཀྱི་མིང་ཡིན།

⑪ལན་པོ།（廉颇）ལོ་རྒྱུས་ཐོག་ཀྲན་གོ་（战国）དུས་སུ་ཀྲའོ་ཀོ་（赵国）རྒྱལ་

ཁབ་ཀྱི་དམག་དཔོན་ཆེན་པོ་ཞིག་ཡིན། 《ལོ་རྒྱུས་འགོད་ཐོ་ལན་ཕོ་ལིང་ཤང་རུ་རང་རྣམ་《廉颇蔺相如列传》དཔེ་ཆའི་ནང་འཁོད་གསལ་ལ་ལན་ཕོ་དམག་དཔོན་ཞུད་གོ་（魏国）ལ་དམག་བརྒྱབ་ཚར་ཏེ་ཀྲུར་ཀྲའོ་གོ་（赵国）ལ་ལོག ཀྲའོ་（赵王）རྒྱལ་པོས་སྐྱར་དུ་དམག་དཔོན་ལ་ལས་འགན་གསར་པ་ཞིག་སྤྲོད་སྙམ་ནས་རྒྱལ་ཁང་ནས་ཆེད་མངགས་དམག་དཔོན་མཇལ་བར་ཕོ་ཉ་ཞིག་བཏང་། དམག་དཔོན་གྱིས་རྒྱལ་པོའི་ཕོ་ཉའི་མདུན་དུ་འབྲས་ཁལ་གཅིག་དང་ཤ་རྒྱ་མ་བཅུ་ཟ་ཐེངས་གཅིག་ལ་ཟས། ཟ་མ་ཟས་ཚར་བ་དང་གོ་ཁྲབ་ལུས་ལ་གྱོན། དམག་རྟའི་སྒང་ལ་བཞོན་ཏེ་ཀྲའོ་རྒྱལ་པོར་མུ་མཐུད་ཞབས་ཕྱི་ཞུ་ཐུབ་པའི་རྣམ་པ་བསྟན། འོན་ཀྱང་ལན་ཕོ་དམག་དཔོན་གྱི་འཁོན་དགྲས་རྒྱལ་པོའི་ཕོ་ཉར་རྔན་པ་སྤྲད་དེ་བསླུས་ཟིན་པས་ཕོས་རྒྱལ་ཁང་དུ་ལོག་སྟེ་རྒྱལ་པོར་སྙན་སེང་ཞུ་དོན། “རྒྱལ་པོ་རིན་པོ་ཆེ། ལན་ཕོ་ལོ་ན་རྒས་ཀྱང་ཟ་མ་ཟ་ཤུགས་ཆེན་པོ་དེ་རང་རེད་འདུག །གྲུས་པ་ཁོང་དང་བཀའ་མོལ་ཞུ་ཡུན་རིང་པོ་མེད་ཀྱང་དེའི་རིང་ཁོང་གིས་ཆབ་ཆེན་ཐེངས་གསུམ་གནང་སོང་།” རྒྱལ་པོས་ཕོ་ཉའི་སྐད་ཆ་དེ་ཐོས་ཏེ་བསམ་བློའི་ནང་དུ་རེ་བ་བཅོལ་རིན་མེད་པ་རེད་སྙམ་ནས་དམག་དཔོན་ལན་ཕོ་ལ་རྒྱལ་པོའི་མཇལ་ཁ་གནང་མེད་པ་རེད།

གསལ་བཤད།

གཞས་ཚིག་འདིའི་ཚིག་དོན་ནས་བལྟས་ན་སྔར་སོང་བྱ་བ་རྗེས་དྲན་བྱས་ཏེ་བརྗོད་ཚད་སྔར་ལོ་རྒྱུས་ཐོག་གི་མི་དང་བྱ་བ་ཤ་སྟག་ཡིན། དོན་དུ་སྔར་སོང་བྱ་བ་བརྗོད་པའི་ཚུལ་གྱིས་ད་ལྟའི་གནས་ཚུལ་བསྟན་པ་ཡིན་ནོ། །སྔར་འདས་ཟིན་པའི་མི་དང་བྱ་བ་དུ་མ་བརྗོད་པའི་ཚུལ་གྱིས་ད་ལྟ་རྩོམ་པ་པོ་རང་གི་བློ་མ་ཁེངས་པའི་ལ་རྒྱ་འདུ་ཤེས་བསྟན་པ་ཡིན་པའི་རྩོམ་གྱི་གོ་རིམ་གྲལ་བསྒྲིགས་ཅིང་ད་ལྟའི་རང་གི་བསམ་པ་ཆད་ལྷག་མེད་པར་མཚོན་པར་བྱས་ཡོད་པ་དེ་ནི་རྩོམ་པ་པོའི་རྩོམ་རྩལ་ཡང་རྩེར་སོན་པའི་རྟགས་བསྟན་པའོ། །

玉楼春

戏林推

刘克庄

年年跃马长安市，客舍似家家似寄。青钱换酒日无何，红烛呼卢宵不寐。易挑锦妇机中字，难得玉人心下事。男儿西北有神州，莫滴水西桥畔泪。

གསུམ་ལའོ་ཁྲུན།①
ལིན་ཐྲུལ་ལ་འབྲུ་བ།②

ལིའུ་ཁེ་ཀྲུང་།③

ལོ་གཅིག་ཞགས་མ་སུམ་བརྒྱ་དྲུག་ཅུ་ རྟ་བཞོན་གཡོག་ཁྲིད་ཁྲོམ་གཞུང་ནང་ལ་

ཐེག་ཐེག་བྱས།

གནས་ཚང་ཁང་པ་རང་ཁྱིམ་ནང་བཞིན་རྟག་ཏུ་གནས་སྡོད་རང་གི་ཁྱིམ་ཚང་

གནས་ཚང་ཆགས།

ཉིན་མོ་ལས་མེད་ཨ་རག་བཏུང་སྟེ་ཟ་རི་ཟེ་རིའི་ཉི་མ་བསྐྱལ།

མཚན་མོ་ཤོ་འབག་རྒྱན་པོ་འཁྱེད་དེ་ང་ཐོབ་ཁོ་ཐོབ་དང་དུ་འདས།

ཆེ་གང་གཏན་གྲོགས་བཟའ་ཟླའི་བརྩེ་སེམས་གཡོ་ལྷོད་མེད།

སྐབས་ཐྲལ་བརྩེ་གྲོགས་སྨྱུ་མའི་འཕྲུལ་ལ་མགོ་མི་འཁོར།

ཕོ་རྒོད་ཁོག་པར་རྒྱལ་ཁབ་རི་རྒྱུ་ཆེན་པོ་བཅུག

དགའ་མར་སེམས་ཆགས་བྲལ་གདུང་མཆི་མ་དོར་མི་ཉན།

མཆན་འགྲེལ།

①ལྷུང་ལའོ་ཁྲུན་ཞེས་པ་གཞས་མིང་།

②ལིན་ཐྲུལ་ལ་འབྲུ་བ་ཞེས་པའི་ཚིག་དེའི་ལིན་ཐྲུལ་ཞེས་པ་ཏུས་མིང་ལིན་ཡིན་པའི་

དཔོན་པོ་གནས་མཐོ་པོ་ཞིག་ལ་ཟེར།

③ལིའུ་ཁེ་ཀྲུང་།(སྤྱི་ལོ་༡༡༨༧ནས་སྤྱི་ལོ་༡༢༦༩)སུ་ཐེན་གྱི་མི་ཡིན། དེང་སྐྱུ་ཙན་ཞིང་ཆེན་

ཁོངས། ཁོང་ནི་སྲུང་ལྡེ་མའི་རྒྱལ་རབས་དུས་སུ་བྱུང་བའི་སྙན་ཚིག་རྩོམ་པ་པོ་སྙན་གྲགས་ཅན་ཞིག་ཡིན།

གསལ་བཤད།

རྩོམ་པ་པོས་གཞས་ཚིག་དེའི་ནང་དཔོན་ཆེན་ལིན་གྱི་བྱེད་སྟངས་བྱེད་ལུགས་ལ་འཕྱ་སྨོད་བྱས་ཡོད་ཀྱང་། དོན་དུ་སྲུང་ལྡེ་མའི་རྒྱལ་རབས་དུས་ཀྱི་དཔོན་རིགས་ཚོའི་རྒྱས་སྤྲོས་ཀྱི་འཚོ་བ་སྐྱེལ་སྟངས་ལ་ཟུར་ཟ་བྱས་པ་ཡིན།

སྒྱུར་པ་པོའི་གསལ་བཤད།

གཞས་ཚིག་ཅེས་པ་དེ་རྒྱ་རིགས་ཀྱི་གནའ་བོའི་སྙན་ངག་ཁོངས་སུ་གཏོགས་པའི་རྩོམ་ལུས་གཅིག་ཡིན། གཞས་ཚིག་ནི་གཞས་གདངས་ཀྱི་རིང་ཐུང་ལ་བསྟུན་ཏེ་ཚིག་གི་ཀང་པ་བཅད་མཚམས་འཇོག་དགོས་པའི་དབང་གིས་སྙན་ངག་དང་མི་འདྲ་བར་ཀང་པ་རིང་ཐུང་མི་སྙོམས། གཞན་གདངས་མི་འདྲ་བས་གཞས་མིང་ཡང་མི་འདྲ་སྟེ་གཞས་མིང་སྙད་ཝུ་ཅའོ་དང་། ཧུད་ཏེ་ཀོ་ཏོ། ཏོན་ཤི་ཧྲ་ལ་སོགས་པ་སྣ་ཚོགས་ཡོད། རྒྱ་རིགས་ཀྱི་རིག་གཞུང་ལོ་རྒྱུས་ཐོག་ཐང་རྒྱལ་རབས་ཀྱི་སྙན་ངག །སུང་རྒྱལ་རབས་ཀྱི་གཞས་ཚིག །ཡོན་རྒྱལ་རབས་ཀྱི་ཁྲང་ཤིའི་འཁྲབ་གཞུང་། མིང་དང་ཆིང་རྒྱལ་རབས་ཀྱི་གཏམ་རྒྱུད་ཅེས་རྒྱལ་རབས་སོ་སོའི་སྙན་གྲགས་ཆེ་བའི་རིག་གནས་ཀྱི་རྣམ་གཞག་དེ་ལྟར་འཇོག་སྲོལ་ཡོད་པར་མཁས་པའི་བཞེད་པ་གཅིག་མཐུན་ཡིན་འདུག །སུང་རྒྱལ་རབས་དུས་སུ་གཞས་ཚིག་དར་སོ་ཆེན་པོ་ཡིན་ཡང་གཞས་ཚིག་གི་འབྱུང་རྩ་འདྲེད་ན་ཐོག་མར་དམངས་ཁྲོད་དུ་དར་ཞིང་། ཐང་རྒྱལ་རབས་དུས་སུ་སྙན་ངག་མཁན་པོ་ལི་དཔལ་གྱིས་བརྩམས་པའི་གཞས་ཚིག་ཕུ་སྣ་མེན་ཞེས་པ་འདི་གཞས་ཚིག་གི་ཐོག་མ་ཡིན་པའི་ཤོད་སྲོལ་ཡོད། དེར་བརྟེན་ཐང་རྒྱལ་རབས་དུས་སུ་བྱུང་བའི་གཞས་ཚིག་ཁག་ཅིག་སུང་རྒྱལ་རབས་དུས་ཀྱི་གཞས་ཚིག་ལེ་ཚན་དུ་བཙུག་ནས་མཇུག་ཏུ་བཀོད་པ་ཡིན། རྣམ་གཞག་སོ་སོའི་ནང་ཁྲད་དུ་འཕགས་པའི་རྩོམ་པ་པོ་དང་ཕུལ་དུ་བྱུང་བའི་བརྩམས་ཆོས་དུ་མ་ཕྱི་རབས་ཚོར་འཇོག་གནང་མཛད་པ་བཀའ་དྲིན་ཤིན་ཏུ་ཆེ། འདིར་ཐྲན་གྱིས་སུང་རྒྱལ་རབས་ཀྱི་ཕུལ་བྱུང་གཞས་ཚིག་རྒྱ་མཚོ་ལྟ་བུ་ལས་ཐིགས་པ་ཙམ་ཞིག་གཞས་ཚིག་བརྩམས་ཆོས་༣༣དང་གཞས་ཚིག་རྩོམ་པ་པོ་མི་༡༩ཡི་ལོ་རྒྱུས་མདོར་བསྡུས་བོད་ཡིག་ཏུ་བསྒྱུར་བ་དེ་ཚོ་ལས་ཀློག་པ་པོ་ཚོས་རྒྱ་རིགས་ཀྱི་རྒྱ་ཆེ་ལ། གཏིང་ཟབ་པ། ཡུན་རིང་བའི་སྲོལ་རྒྱུན་རིག་གནས་ལ་

རྒྱུས་མངའ་ཐྲན་བུ་ཡོང་རྒྱུར་ཕན་པ་བྱུང་ན་ཁོ་བོའི་རེ་བའི་འབྲས་བུ་སྨིན་སོང་བས་སྤྲོ་བ་རབ་ཏུ་བརྟས། ཐྲན་གྱི་གཞས་ཚིག་འགྱུར་ཡིག་དེ་ཚོ་ཡིག་སྒྱུར་ཐད་སྒྱུར་ལམ་སྣ་ཚོགས་བཙལ་འཚོལ་བྱེད་ཁུལ་ཡིན་པས་ལེགས་ཉེས་དགེ་སྐྱོན་སྣ་ཚོགས་ཡོད་སྲིད་ན་རྣམ་དཔྱོད་ཡངས་པའི་མཁྱེན་ལྡན་ཚོའི་དགོངས་འཆར་ལྷུག་སྤྲོལ་ཡོད་པ་མཁྱེན།

元散曲

ཡོན་རྒྱལ་རབས་དུས་སུ་བྱུང་བའི་ཁྲང་
ཞིའི་ཟློས་གར་འཁྲབ་གཞུང་ལས་
མཆེད་པའི་གནས་ཚིག

汉文原文选自《元散曲一百首》，
箫善因选注，上海古籍出版社
出版，1982年版。

ཆན་པ་འདི་ཤའོ་ཧྲན་དབྱིན་གྱིས་མཆན་འགྲེལ་བརྒྱབ་པ་（1982ལོར་
ཧྲང་ཧད་དཔེ་རྙིང་དཔེ་སྐྲུན་ཁང་ནས་དཔར་བཏབས་）《ཡོན་རྒྱལ་
རབས་ཀྱི་ཁྲང་ཞིའི་གཞས་ཚིག་བརྩམས་ཆོས་བརྒྱ་ཐམ་པ།》
དེབ་འདི་མ་དཔེར་གཞིགས་ཏེ་བོད་ཡིག་ཏུ་བསྒྱུར།

喜春来

春宴

元好问

梅残玉靥香犹在，柳破金梢眼未开。东风和气满楼台。桃杏折，宜唱《喜春来》。

ཞི་ཁྲུན་ལེ།①

དཔྱིད་ཀྱི་སྟོན་མོ།

ཡོན་ཧའོ་ཝུན།②

མེ་ཧྭ་མེ་ཏོག་འདབ་མ་སྙིད་ཀྱང་དྲི་མ་ཞིམ་པོ་ཡལ་མི་འདུག །རྒྱ་ལྕང་ལྕུག་ཕྲན་འགྲམ་པའི་སྙིང་གི་སྨྱུ་གུའི་མཆེ་བ་འབུད་རན་ནོ། །ཤར་ནས་ལྷང་བའི་འཇམ་རླུང་བསིལ་པོ་གཞལ་ཡས་ཁྲོག་ཁང་ནང་དུ་འཛུལ། ཁམ་བུའི་མེ་ཏོག་བཞད། དཔྱིད་དུས་བསུ་བའི་གླུ་གཞས་ལེན་ན་འཚམས།

མཆན་འགྲེལ།

①ཞིང་ཕྲུན་ལེ། གཞས་མིང་།

②ཡོན་ཧའོ་ཝུན། (སྤྱི་ལོ་༡༡༩༠ནས་སྤྱི་ལོ་༡༢༥༧)ཐང་ཡོན་ཤེའུ་ཏུང་གི་(དེང་ཧྲན་ཤིའི་ཞིང་ཆེན་ཤིའི་ཤན་རྫོང་)མི་ཡིན། ཅིན་རྒྱལ་རབས་དུས་ཀྱི་གྲགས་ཅན་སྙན་ངག་མཁན་པོ་ཡིན།

潘妃曲

商挺

带月披星担惊怕，久立纱窗下，等候他。蓦听得门外地皮儿踏。则道是冤家，原来风动荼蘼架。

པན་ཧྥི་ཆུས།[1]

ཧྲང་ཐིང་།[2]

སྐྱག་ཧུམ་མུན་པའི་ཁྲོད་དུ་ཞེད་ཚག་ཚག སྐེའུ་ཁུང་འོག་ལ་ལངས་ནས་ཁོང་སྒུག་བསྡད། རྐང་པའི་རྫོག་སྒྲའི་སྒྲ་ཞིག་སྒོ་ཕྱིར་ཐོས་བྱུང་བས། སྙིང་སྡུག་མིན་ནམ་སྙམ་པ་དགའ་ལྷང་ལྷང་། ཨ་ཙི་རེད་མི་འདུག ལྷས་ངན་འདྲི་ལྷག་ནག་པོས་མེ་ཏོག་འཛོག་སྒྲོམ་དཀྲུགས་པའི་སྒྲ་རེད་འདུག

མཆན་འགྲེལ།

①པན་ཧྥི་ཆུས། གཞས་མིང་།

②ཧྲང་ཐིང་། （སྤྱི་ལོ་༡༢༠༩ནས་སྤྱི་ལོ་༡༢༨༨） ཚའོ་ཀྲའོ་ཁོང་གཏོགས་ཅི་དབྱིན་ཡུལ་གྱི་མི་ཡིན། ཁོང་ནི་སྙན་ངག་དང་གཞས་ཚིག་རྩོམ་རྒྱུར་དགའ་པོ་ཡོད་པའི་མི་ཞིག་ཡིན།

四块玉

别情

关汉卿

自送别，心难舍，一点相思几时绝。凭阑袖拂杨花雪。溪又斜，山又遮，人去也！

སི་ཁོད་ཡུས།①

བྲལ་གདུང་།

ཀའོ་ཏན་ཆེན། ②

ཁ་བྲལ་ཡོ་འོན་ཏེ་སེམས་བྲལ་དཀའ། །

དྲན་པའི་གདུང་བ་ག་དུས་མཚམས་ཚོད་དམ། །

ལུས་པོ་ལན་ཀན་སྟེང་ལ་བསྙེས་ནས་ཐག་རིང་ཕྱོགས་ལ་བལྟ་བའི་དུས།

མེ་ཏོག་འདབ་མ་དཀར་པོ་གངས་ལྟར་ལྷུང་བས་མདུན་ནས་བསྒྲིབ་ཏེ་ཡང་ཡང་གཡོབ་དགོས་བྱུང་།

ཆུ་སྲན་ཐུར་དུ་རྒྱུགས། རི་བོས་མིག་མདུན་བཀབ། མཛའ་བོའི་ཞལ་མཇལ་དཀའ།

མཆན་འགྲེལ།

①སི་ཁོད་ཡུས། གཞས་མིང་།

②ཀོན་ཏན་ཆེན། (ཕལ་ཆེར་སྤྱི་ལོ་༡༢༣༠ནས་སྤྱི་ལོ་༡༣༠༠) ཁོང་པེ་ཅིན་གྱི་མི་ཡིན། ཁོང་ནི་ཡོན་རྒྱལ་རབས་དུས་ཀྱི་ཁྲང་ཤི་ཟློས་གར་ཁོངས་ཀྱི་གཙོ་བོའི་མི་སྣ་དང་། རྩོམ་རིག་ལོ་རྒྱུས་ཐོག་ཏུ་སྙན་གྲགས་ཤིན་ཏུ་ཆེ་བའི་ཁྲང་ཤི་ཟློས་གར་འཁྲབ་གཞུང་གི་རྩོམ་པ་པོ་ཡིན།

四块玉

闲适

关汉卿

意马收，心猿锁，跳出红尘恶风波，槐阴午梦谁惊破？离了利名场，钻入安乐窝，闲快活！

སི་ཁོད་ཡུས།

སྙིད་པོར་སྡོད།

ཀོའོ་ཧན་ཆིན།

ཟང་ཟིང་གི་བློ་རྩུར་བཀུག་ཞིང་རྐོད་ཀྱི་སེམས་ཡར་འདུས། འཇིག་རྟེན་ཆགས་སྡང་གིས་འདེད་པའི་འཐབ་ར་ནས་བྲོས། རྟོད་ཡིན་སྡོང་པོའི་[1]གྲིབ་བསིལ་འོག་གི་རྨི་ལམ་སྙིད་པོ་དེ་སུས་དཀྲོག་སོང་། ཁེ་གྲགས་གཉེར་བའི་ལས་དང་བྲལ། མལ་ཆས་དྲོ་པོའི་ནང་དུ་ཞུགས། དེ་འདྲའི་སྙིད་པ་ལ།

མཆན་འགྲེལ།

①རྟོད་ཡིན་ཞེས་པ་ནི་རྟོད་རྐྱུའུ་ཞེས་པའི་ཤིང་གི་སྡོང་པོའི་གྲིབ་བསིལ་ལ་ཟེར།

普天乐

张生赴选

关汉卿

碧云天，黄花地，西风紧，北雁南飞。恨相见难，又早别离易。久已后虽然成佳配，奈时间怎不悲啼！我则厮守得一时半刻，早松了金钏，减了香肌。

ཕུ་ཐེན་ལ།①

ཀྲང་ཅེང་ཡིག་རྒྱུགས་བཏང་བར་བསྐྱོད་པ།

ཀའོ་ཏན་ཆེན།

གནམ་སྔོན་པོའི་མཐོངས་ལ་སྤྲིན་དཀར་པོ་རྒྱུ། ས་སེར་པོའི་སྟེང་ལ་མེ་ཏོག་སེར་པོ་བཞད། རླུང་ནུབ་ཀྱི་ཕྱོགས་ནས་ཡང་ཡང་ལྡང་། བྱ་ཁྲུང་ཁྲུང་བྱང་ནས་ལྷོ་ལ་འཕུར། ཞལ་མཇལ་བ་དེ་འདྲའི་དཀའ་བ་ལ། བྲལ་ཟེར་ན་ད་ལྟ་ད་ལྟ་རེད། དུས་ད་ལྟ་བཟའ་ཚང་ཡིན་འགྱུར་ཡང་། ཁ་བྲལ་བའི་གདུང་བས་ཚད་མེད་མནར། དྲན་དྲན་ནས་མཆི་མ་ཡང་ཡང་ལྷུང་། ལུས་སྐམ་སྐེ་ལག་གདུབ་ལྷུག་པོར་འགྱུར།

མཆན་འགྲེལ།

①ཕུ་ཐེན་ལ། གནས་མིང་།

གསལ་བཤད།

ཀོན་ཏན་ཆེན་གྱི་གཞས་ཚིག་དེ་ནི་ཕང་ཧྲེ་ཕུ་ཡིས་བརྩམས་པའི་གྲགས་ཅན་ཁྲང་ཤིའི་ཀློས་གར་གྱི་འཁྲབ་གཞུང་《གཟིམ་ཚང་ནུབ་མའི་སྐོར་བཀོད་པ་》ཞེས་པའི་ནང་དོན་བརྗོད་བྱར་གཞིགས་ཏེ་བརྩམས་པ་ཡིན། འཁྲབ་གཞུང་དེའི་ནང་གཞོན་ནུ་ཀྲང་ཧྲེང་དང་དབྱིང་དབྱིང་གི་མཛའ་གཅུགས་བརྩེ་དུང་སྐོར་བཀོད་ཡོད།

拨不断

大鱼

王和卿

胜神鳌，夯风涛，脊梁上轻负着蓬莱岛。万里夕阳锦背高，翻身犹恨东洋小。太公怎钓?

ཕོ་ཕྱུ་ཧོན།[1]

ཉ་ཆེན་པོ།

ཕང་ཏ་ཆིན།[2]

ཁྱོད་ཀྱི་ལུས་གཟུགས་ལྷ་ཡི་ཏུས་སྤྲུལ་ལས་ཆེ། ཀླུང་དྲག་པོས་འདེད་པའི་ཐ་རླབས་ཁྱོད་ལུས་ཀྱིས་བཀག་ཐེངས་གཅིག་ལ་འགག སྐལ་པར་ཕོང་ལེ་གླིང་ཆེན་པོ་[3]འཁྱོག་ནུབ་ཁའི་ཉི་ཟེར་འོག་ནས་ལྟ་དུས། ཁྱོད་ཀྱི་སྟོད་ཕོག་རི་བོ་ནང་བཞིན་བརྗིད་ཉམས་ཆེ། ཁྱོད་ལུས་པོ་ཨ་སྨྲོག་རྒྱག་ཐེངས་གཅིག་ལ། མཐའ་ཡས་རྒྱ་མཚོ་ཆེན་པོ་ཡང་ཆུང་སོང་སྙམ་པ་བྱུང་། ཉ་འཛིན་མཁས་པ་བགྲེས་སོང་ཐེ་ཀོང་[4]ཕེབས་ན་ཡང་། ཉ་ཆེན་དེ་འདྲ་འཛིན་ཐུབ་ཨེ་ཡོང་ངོ་།།

མཆན་འགྲེལ།

①པོ་ཕྱུ་ཧོན། གཞས་མིང་།

②ཕང་ཏ་ཆིན། ཀོན་ཧན་ཆིན་དང་དུས་མཉམ་པའི་མི། སྐྱེས་ཡུལ་ཏཱ་ཏུ། (དེང་པེ་ཅིན།) ཀོན་ཧན་ཆིན་གྱི་གྲོགས་པོ་ཡིན།

③ཕོང་ལེ་གླིང་ཆེན། རྒྱ་རིགས་ཀྱི་གནའ་བོའི་ཤོད་རྒྱུན་ལ་ཕོང་ལེ་གླིང་ཆེན་ནི་ཤར་རྒྱ་མཚོའི་ནང་དུ་གནས་པའི་ལྷའི་གླིང་ཆེན་པོ་ཞིག་ཡིན་པ་དེ་ལ་རྒྱ་ཁྱོན་ལེ་དབར་ཁྲི་གསུམ་ཡོད།

④བགྲེས་སོང་ཐེ་ཀོང་ཞེས་པའི་མིང་ལ་ཅང་ཙི་ཡཱ་ཟེར། ཚང་མས་ཁོང་ལ་ཅང་ཐེ་ཀོང་ཞེས་འབོད། ཁོང་ནི་ཤུད་རྒྱུའུ་གཙང་པོར་ཉ་ཟིན་ཏེ་འཚོ་བ་སྐྱེལ་མཁན་མི་ཞིག་ཡིན། དགུང་ལོ་བརྒྱད་ཅུར་སླེབས་དུས་རྒྱལ་པོ་ཀྲོའུ་ཝུན་ཝང་དང་འཕྲད། དེ་ནས་རྒྱལ་པོའི་ཞབས་ལ་གཏུགས་ནས་དམག་ཁྲིད་དེ་ཀྲའུ་རྒྱལ་ཁབ་དབང་དུ་འདུས། དུས་རྗེས་སུ་བྱུང་བའི་སྤྱི་མོའི་སྒྲུང་གཏམ《ལྷ་ཡི་རྣམ་སྤྲུལ》ཞེས་པའི་ནང་གི་མི་སྣ་ཅང་ཐེ་ཀོང་ནི་ཁོང་གི་སྣང་བརྙན་གཞི་བཞག་སྟེ་རྩོམ་བཟོ་བྱས་པ་ཡིན།

十二月过尧民歌

别情

王实甫

自别后遥山隐隐，更那堪远水粼粼。
见杨柳飞绵滚滚，对桃花醉脸醺醺。
透内阁香风阵阵，掩重门暮雨纷纷。
怕黄昏忽地又黄昏，不销魂怎地不销魂？
新啼痕压旧啼痕，断肠人忆断肠人！
今春，香肌瘦几分，搂带宽三寸。

ཧྲི་འར་གཡོས་ཀོ་ཡའོ་མིང་ཀླུ།①

ཟླ་གདུང་།

ཝང་ཧྲི་ཧྥུ།②

ཁྱེད་དང་བྲལ་བའི་ཉིན་དེ་ནས། ཐག་རིང་གི་རི་བོ་རབ་རིབ་ཏུ་འགྱུར།
དྭངས་གསལ་གྱི་ཆུ་མོ་དེ་བས་རྒྱང་དུ་སོང་།
སྨྱུར་པའི་སྤོང་པོའི་ཞལ་ནས་ཤིང་བལ་དུལ་དུལ་སྐྱུགས་པ་ལྡུང་གིས་གཡོས།
ཁམ་སྤོང་མེ་ཏོག་འདབ་མ་དམར་པོ་མཛེས་མའི་ཞལ་གྱི་མདངས་དང་འདྲ།
འཛམ་ལྡུང་དྲི་ཞིམ་འགྲོགས་ཏེ་གཟིམ་ཚུང་ནང་དུ་ཡོང་།

མུན་པ་རུབ་མཚམས་ཆར་སིམ་བབས་པའི་སྐབས་སུ་ཁང་པའི་སྒོ་བརྒྱབ།
ཁོ་མོ་གཅིག་པུར་ལུས། སྨུག་རུམ་མུན་པར་སྐྲག་ཚེ་མུན་པ་དེ་མར་སླེབས་བྱུང་།
སེམས་པ་མ་སྐྱོ་བསམས་ཀྱང་མི་སྐྱོ་ཐབས་མེད་རེད་འདུག
ཡིད་སྐྱོའི་མཆི་མ་གསར་པས་མཆི་མ་རྙིང་པའི་གྲོགས་བྱས་དབང་མེད་ལྷུང་།
ཐལ་བའི་གདུང་བས་མནར་བའི་ང་དང་ཁྱོད་གཉིས་གདུང་བས་སྙིང་ཡང་གས།
དུས་ད་ལོའི་ནམ་དུས་དཔྱིད་ཀ། ལུས་པོའི་ཤ་ནི་སྐམ་པོར་འགྱུར། དར་གྱི་སྐ་རགས་ལྷུག་ལྷུག་ཆགས།

མཆན་འགྲེལ།

①རྟེ་འར་གཡོས་ཀོ་ཡའོ་མིང་ཀཱ་ཞེས་པ་གཞས་མིང་། དེ་ཡང་རྟེ་འར་གཡོས་ཞེས་པ་གཞས་གཅིག་དང་། ཀོ་ཡོ་མིང་ཀཱ་ཞེས་པ་གཞས་གཅིག་ཡིན་པས་རྩོམ་པ་པོས་དེ་གཉིས་འབྲེལ་ཏེ་གཞས་གཅིག་བརྩམས་པའི་མིང་ལ་དེ་ལྟར་བཏགས་པ་ཡིན།

②ཕང་ཧྲི་ཟྷུ། ཧྭ་ཙུའུ(དེང་པེ་ཅིན་ཡིན་)ཡི་མི་ཡིན་ཞིང་། འབྱུངས་འདས་ཀྱི་ལོ་ཁམས་མ་གསལ། ཁོང་ནི་ཡོན་རྒྱལ་རབས་དུས་ཀྱི་འཁྲབ་གཞུང་ཟློས་གར་དང་། གཞས་ཚིག་རྩོམ་པ་པོ་སྙན་གྲགས་ལྡན་པ་ཡིན། ཁོང་གིས་བརྩམས་པའི་ཁྲང་ཤིའི་ཟློས་གར་འཁྲབ་གཞུང་《གཟིམ་ཚང་ནུབ་མའི་སྐོར་བཀོད་པ་》ཞེས་པ་དེ་དེའི་དུས་སུ་ཐོན་པའི་འཁྲབ་གཞུང་ཟློས་གར་གྱི་ཁྲོད་དུ་རྩེར་སོན་པ་དེ་ཡིན།

德胜乐

红日晚

白朴

红日晚，残霞在。秋水共长天一色。寒雁儿呀呀的天外，怎生不捎带个字儿来?

ཏེ་ཧྲེང་ལེ།①

ཉུབ་ཁའི་ཉི་མ།

པེ་ཕུ།②

ཉུབ་ཁའི་ཉི་མ་མདངས་དམར་པོ། །དམར་སེར་སྤྲིན་པས་མཐའ་ནས་སྐོར། །
གཙང་ཆུ་སྟོན་པོ་ཨ་སྟོན་མདོག་ལ་འདྲེས། །
ནམ་མཁར་འཕུར་བའི་འདབ་ཆགས་ཁྲུང་ཁྲུང་ཚོར། །
སེམས་པའི་ཡིག་ཆུང་མ་སྐུར་ཅི་ཡིན་ནམ། །

མཆན་འགྲེལ།

①ཏེ་ཧྲང་ལེ་ཞེས་པ་གཞས་མིང་།

②པེ་ཕུ། (སྤྱི་ལོ་༡༢༢༦ནས་སྤྱི་ལོ་༡༣༠༦)སྐྱེས་ཡུལ་ཨན་ཀྲེའུ་ (དེང་རྒྱན་ཤེ་ཞིང་ཆེན་ཧོ་ཡང་རྫོང་ཡིན།)ཁོང་ནི་ཡོན་རྒྱལ་རབས་དུས་ཀྱི་ཁྲང་ཤེའི་འཁྲབ་གཞུང་དང་གཞས་ཚིག་རྩོམ་པ་པོ་སྙན་གྲགས་ཅན་ཞིག་ཡིན། ཁོང་དང་ཀོན་ཧན་ཆིན། མ་ཀྲི་ཡོན། ཀྲེང་ཀོང་ཙུའུ་མི་བཞི་པོ་ལ་ཡོན་དུས་སྐབས་ཀྱི་གྲགས་ཅན་གཞས་ཚིག་རྩོམ་པ་པོ་རྣམ་པ་བཞི་ཞེས་ཤོད་སྲོལ་ཡོད།

天净沙（选四首）

白朴

春

春山暖日和风，阑干楼阁帘栊，杨柳秋千院中。
啼莺舞燕，小桥流水飞红。

夏

云收雨过波添，楼高水冷瓜甜，绿树阴垂画檐。
纱橱藤簟，玉人罗扇轻缣。

秋

孤村落日残霞，轻烟老树寒鸦，一点飞鸿影下。
青山绿水，白草红叶黄花。

冬

一声画角樵门，半庭新月黄昏，雪里山前水滨。
竹篱茅舍，淡烟衰草孤村。

ཐན་ཅིན་ཏྲ།[1]བརྩམས་ཆོས་བཞི།

པེ་ཕྱུ།

དཔྱིད་ཀ

དཔྱིད་ཀྱི་རི་བོར་ཉི་མ་དྲོ་ཞིང་འཇམ་རླུང་བསིལ་པོ་བར་མེད་ལྡང་།།
ཐོག་ཁང་སྒོའུ་ཁྱུང་ཁྲ་ཡོལ་ཕྱེ་སྟེ་རྒྱང་གི་ཕྱོགས་ལ་ལྷོད་པོར་བལྟ།།
སྒོ་རའི་ནང་དུ་ཕྱུལ་ལེར་འཕྱུང་པའི་རྒྱ་ལྕང་ཡལ་ག་ལྷུག་ལྷུག་ལྡེམ།།
སྟོང་པོར་འདོགས་པའི་རྩེད་ཆས་འཕྱུང་ཐག་ལས་མེད་སྒྲུར་རེར་ཐུར་དུ་དཔྱངས།།
སྒོ་རའི་ཕྱི་རུ་བྱ་བྱིའུ་སྒྲ་སྒྲོགས་ཁྱུག་ཏ་ཁྲོ་ཤུག་ལྡེམ་འཁྱུག་འཕུར།།
ཡལ་ག་བྲལ་བའི་་མེ་ཏོག་འདབ་མ་ཟམ་ཆུང་འོག་གི་ཆུ་ཁར་གཡེང་།།

དབྱར་ཁ།

ཆར་ཞོད་ཚུགས། གཙང་ཆུ་རྒྱས། ཐ་རླབས་འཕྱུར།
ཐོག་ཁང་མཐོ། ཆུ་མོ་གྲང་། ཀྱཱ་ཉི་མངར།
ལྕང་མའི་ལོ་མས་ཁང་པའི་བྱ་འདབ་བཀབ།
སང་རས་གུར་ཁང་སྲུགས་ཀྱི་སྒྲ་ཡི་རྒྱབ་སྟེགས་སྟེང་།
དར་གོས་སྲབ་པོ་གྱོན་པའི་ན་གཞོན་མཛེས་མ་ཡིས།
རླུང་གཡབ་དལ་བུས་གཡོབ་སྟེ་སྤྲོ་བ་བག་ཕེབས་ངང་དུ་བསྡད།

སྟོན་ཁ།

ཉི་མ་ནུབ་ལ་དལ་བུར་བཞུད། མཚམས་སྤྲིན་འོད་མདངས་རིམ་བཞིན་ཡལ།
གྲོང་ཚོ་ཆུང་ཆུང་མུན་པའི་ཡུལ་ལ་བཞུགས་འགོ་ཚུགས།
དུ་ཞགས་སྲབ་མོ་གྲོང་ཆུང་མཁའ་ལ་འཁྱིང་། ཕོ་རོག་ནག་པོ་བྱ་ཚང་ནང་ལ་ལོག །
ཁྲིང་ཁྲིང་ཁྲུ་གཅིག་གནམ་གྱི་མཐའ་ལ་འཕུར།
རི་སྔོན་པོ། ཆུ་ལྗང་ཁུ། བ་མོ་བབས་པའི་རྩྭ་དཀར་པོ།
ཕྱུང་ཤིང་ལོ་མ་དམར་པོ། གསེར་ཆེན་མེ་ཏོག་སེར་པོ།
ཨེ་མ་ཁ་མདོག་རྣམ་པར་བཀྲ་བ་ངོ་མཚར་རྨད་དུ་བྱུང་ངོ་། །

དགུན་ཁ།

མཁར་གྱི་སྔོ་མོའི་སྙིང་ནས་དུས་བརྗ་བཏང་།
ཟླ་བ་སྔོར་ཕྱིད་ནམ་མཁའི་མཐོངས་ལ་ཤར།
ཁ་བ་དཀར་པོས་གཡོག་པའི་རི་ཆུ་ལྗུང་ལྗུང་རྒྱུགས།
སྨུག་སྔོང་མཐའ་ནས་བསྐོར་བའི་སྔོ་ར།
ཐོག་ཁེབས་རྩྭ་ལས་གྲུབ་པའི་སྔོད་ཁང་།
སྨུག་ཞགས་སྲབ་མོས་འཐུམས་པའི་གྲོང་ཆུང་།
དབེན་ཞིང་འཇམ་ཐིང་ངང་དུ་གནས་སོ། །

天净沙

秋思

马致远

枯藤老树昏鸦，小桥流水人家，古道西风瘦马。夕阳西下，断肠人在天涯。

ཐན་ཅིན་ཧྲ།①

སྟོན་ཁའི་སྣང་འཆར།

སྨ་ཀྲི་ཡོན།②

སྡོང་རྐན་རྩེ་ལ་ཆགས་པའི་བྱ་ཚང་། ཆུང་ཆུང་ཟམ་འགྲམ་གྱི་དུད་ཚང་། གནའ་བོའི་ལམ་རྙིང་སྟེང་དུ་བགྲོད་པའི་ཤ་རིད་རྟ་པོ། ཉི་མ་ནུབ་ཀྱི་ཆུ་ལྷའི་ཕང་པར་བཞུགས་པའི་ཚེ་ན། སེམས་པ་གདུང་བས་མནར་བའི་སྐྱེ་བོ། ཁ་རེར་གནམ་གྱི་མཐའ་ལ་གནས་སོ།།

མཆན་འགྲེལ།

①ཐན་ཅིན་ཧྲ་ཞེས་པ་གཞས་མིང་།

②སྨ་ཀྲི་ཡོན། (སྤྱི་ལོ་༡༢༥༠ནས་སྤྱི་ལོ་༡༣༢༡) ཏཱ་ཏུའུ་ (དེང་པེ་ཅིན་ཡིན་)ཡི་མི་ཡིན། ཡོན་རྒྱལ་རབས་དུས་ཀྱི་ཁྲང་ཤིའི་ཟློས་གར་འཁྲབ་གཞུང་དང་གཞས་ཚིག་བརྩམས་པ་ལ་མཁས་པའི་རྩོམ་པ་པོ་སྐད་གྲགས་ཆེན་པོ་ཡིན། འཁྲབ་གཞུང་རྩོམ་དེབ་བཅོ་ལྔ་སྐོར་བརྩམས་པའི་ནང་ནས་ད་ལྟ་《ཧན་ཀུང་ཆིའུ་》ཞེས་པ་རྩོམ་དེབ་བདུན་མཇལ་རྒྱུ་ཡོད།

金字经

夜来西风里

马致远

夜来西风里，九天鹏鹗飞，困煞中原一布衣。悲，故人知未知？登楼意，恨无上天梯！

ཅིན་ཙེ་ཅིང་།①

མཚན་མོ་ནུབ་ལྷག་ཨུར་ཨུར་ལྷང་།

མཱ་ཀྲི་ཡོན།

མཚན་མོ་ནུབ་ལྷག་ཨུར་ཨུར་ལྷང་བའི་ཁྲོད། ཁྱུང་ཆེན་བར་སྣང་ཁམས་དགུའི་དབྱིངས་སུ་འཕུར་བའི་བློ་སེམས་སྐྱེ། འོན་ཏེ་ང་ནི་ཡུལ་ལུང་དབུས་སུ་སྐྱེས་པའི་མི་ཕལ་པ། སྐྱོ་མ་སྐྱོ། གྲོགས་པོ་ཁྱེད་ཀྱིས་མཁྱེན་ཨེ་ཡོད། ཐོག་སར་འཛེགས་པའི་བློ་ཡོད་ཀྱང་། གནམ་ལ་བསྐྱེགས་པའི་སྐས་རིང་མེད་པས་བསྡད།

མཆན་འགྲེལ།

①ཅིན་ཙེ་ཅིང་། གཞས་མིང་།

寿阳曲

别珠帘秀

卢挚

才欢悦，早间别。痛煞煞好难割舍。画船儿载将春去也。空留下半江明月。

རྟ་ཡང་རྒྱས།①

ཀྲུའུ་ལེན་ཤུ་དང་ཁ་བྲལ་བ།②

ལུ་ཀྲེ།③

ཞལ་མཛལ་བའི་དགའ་ཚོར་སྐྱིད་མ་ཐག །
ཁ་བྲལ་བའི་དུས་འདི་དེ་མར་ཤར། །
ངེད་གཉིས་པོའི་བྲལ་གདུང་དྲག་པོ་ཡིས། །
སྙིང་གས་པ་ལྷ་བུའི་སེམས་པ་སྐྱོ། །
ཁྱེད་གྲུ་ལ་བཞུགས་ཏེ་ང་གཉིས་བྲལ། །
སྙིང་དབུས་སུ་འཆང་བའི་བརྩེ་སེམས་སྟོང་ལྷང་ལྷང་། །
ས་འདི་ན་ཟླ་འོད་འོག་གི་ཆུ་མོ་གཅིག་རང་ལུས། །

མཆན་འགྲེལ།

①རྟ་ཡང་རྒྱས་ནི་གཞས་མིང་ཡིན།

②ཀྲུའུ་ལེན་ཤུ་ནི་ཡོན་རྒྱལ་རབས་དུས་ཀྱི་གཞས་མ་སྐད་གྲགས་ལྡན་པ་ཡིན།

③ལུ་ཀྲེ་ནི། (སྤྱི་ལོ་༡༢༣༥ནས་སྤྱི་ལོ་༡༣༠༠) ཀྲོ་ཛུན་ (དེང་རྗེ་པེ་ཞིང་ཆེན་ཀྲོ་རྫོང་)གྱི་མི་ཡིན། ཡོན་རྒྱལ་རབས་འགོ་མའི་དུས་ཀྱི་གལ་ཆེའི་གཞས་ཚིག་རྩོམ་པ་པོ་ཞིག་ཡིན།

水仙子

咏江南

张养浩

一江烟水照晴岚，两岸人家接画檐，芰荷丛一段秋光淡。看沙鸥舞再三，卷香风十里珠帘。画船儿天边至，酒旗儿风外飐，爱杀江南！

རྣཱུ་ཤན་ཙེ།①

གཙང་པོའི་ལྟོ་ཁྲུལ་ལ་བལྟགས་པ།

ཀྲང་ཡང་ཧའོ།②

ཉི་མའི་འོད་ཟེར་གཙང་ཆུའི་ཁ་རུ་འཕྲོས། ཆུ་ཁའི་རླངས་དང་རི་བོའི་སྨུགས་པ་འདྲེས། ཆུ་འགྲམ་ཁང་ཁྱིམ་གཅིག་གིས་གཅིག་ལ་སྦྲེལ། ཆུ་ཡི་ཁ་ལ་པདྨའི་ལོ་མ་གཡེང་། ནམ་དུས་སྟོན་ཁའི་ཉམས་མདངས་འདི་རུ་མངོན། ངང་པ་དཀར་པོ་ཆུ་ཡི་ཁ་ལ་ལྡིང་། དལ་དལ་རླུང་བུས་ཐག་རིང་ཨར་ཁང་ནས། ཨ་རག་དྲི་ཞིམ་འཁྱེར་ཏེ་འདི་ཕྱོགས་བཀྲམས། ཚོན་བྲིས་རི་མོས་བརྒྱན་པའི་གྲུ་གཟིངས་རྒྱང་ནས་འོང་། ཨར་ཁང་སྒོ་སྟེང་བཙུགས་པའི་ཚོང་དར་ལྷག་པས་གཡོས། གཙང་པོའི་ལྟོ་རུ་ཆགས་པའི་ཡུལ་ལྗོངས་དེ། ངོ་མ་ཡིད་དབང་འཕྲོག་པའི་ཡུལ་ཞིག་ཡིན་འདུག་གོ།

མཆན་འགྲེལ།

①རྣཱུ་ཤན་ཙེ་ཞེས་པ་གཞས་མིང་ཡིན།

②ཀྲང་ཡང་ཧའོ་ནི། (སྤྱི་ལོ་༡༢༧༠ནས་སྤྱི་ལོ་༡༣༢༩) ཅི་ནན་(དེང་རྒྱན་ཧྲུང་ཞིང་ཆེན་ཅི་ནན་གྲོང་ཁྱེར་)གྱི་མི་ཡིན། ཀྲང་ཡང་ཧའོ་ཡི་གཞས་ཚིག་ལ་རྗེས་རབས་མཁས་པ་ཚོས་གདེང་འཇོག་མཐོ་པོ་གནང་གི་ཡོད།

山坡羊

潼关怀古

张养浩

峰峦如聚，波涛如怒，山河表里潼关路。望西都，意踌躇。伤心秦汉经行处，宫阙万间都做了土。兴，百姓苦；亡，百姓苦！

ཧྲན་པོ་ཡང་།①

ཕུལ་ཐུང་ཀོན་མཐོང་དུས་གནའ་བོའི་ལོ་རྒྱུས་དྲན་པ།

ཀྲང་ཡང་ཧའོ།

རི་མཐོ་ཙམ་དམའ་ཙམ་དཔུང་པ་བསྒྲིགས་ཏེ་རི་རྒྱུད་ཆགས།
ཆུ་སེར་པོ་ཉལ་འགྲོའི་ཐ་རླབས་གྱང་འཕྱུར་ཁྲོ་ཉམས་བསྟན།
ཕྱི་ཆུ་དང་ནང་རི་བོར་ཆགས་པའི་ཐུང་ཀོན་②ལམ་བུ་བརྒྱུད།
ཤིའི་ཏུའུ་③མིག་ལ་མཐོང་། སེམས་པ་དེ་མར་འཁྲུགས།
གནའ་བོའི་ཚིན་ཧན་④རྒྱལ་ཁོངས་ས་ཆར་འགྲོ་བའི་ཚེ།
བརྗིད་ཆེའི་མཁར་གྲོང་དེ་དག་འཇིག་སྟེ་ཤུལ་ཙམ་མོ།།
ཀྱི་ཧུད། རྒྱལ་ཁབ་མངའ་ཐང་རྒྱས་འགྱུར་ཀྱང་།
མངའ་འོག་མི་སེར་སྐྱོ་སྐྱོ་སྐྱོ།
རྒྱལ་ཁབ་རྒྱལ་ཁང་ཐོར་ཞིག་སོང་།
མངའ་འོག་མི་སེར་སྡུག་སྡུག་སྡུག།

མཆན་འགྲེལ།

①ཧྲན་ཞོ་ཡང་ཞེས་པ་གཞས་མིང་ཡིན།

② ཐུང་ཀོན། ཐུང་ཀོན་ནི་དེང་སང་ཧྲན་ཤི་ཞིང་ཆེན་ཐུང་ཀོན་རྫོང་ཁོངས་སུ་ཡོད། ཐུང་ཀོན་མཁར་གྲོང་གི་ཆགས་སྟངས་རྒྱབ་རི་ལ་བརྟེན། མདུན་གཙང་པོ་སེར་པོར་གཏད་ཡོད་པས་གནའ་དུས་སུ་གལ་ཆེའི་དམག་ས་ཞིག་ལ་རྩི་ཡི་ཡོད།

③ཤིའི་ཏུའུ། ཧན་དང་ཐང་རྒྱལ་རབས་དུས་ཀྱི་རྒྱལ་ས་ཁྲང་ཨན་ལ་ཟེར།

④ཧྲིང་ཧན། ཧྲིང་དང་ཧན་གཉིས་སྤྱི་ལོའི་གོང་གི་ལོ་ཉིས་བརྒྱའི་སྔ་རོལ་དུ་བྱུང་བའི་རྒྱལ་ཁག་གཉིས་ཡིན།

红绣鞋

天台瀑布寺

张可久

绝顶峰攒雪剑，悬崖水挂冰帘，倚树哀猿弄云尖。血华啼杜宇，阴洞吼飞廉。比人心山未险！

ཧུང་ཤིའུ་ཞལ།①

ཐེན་ཐད་ཕུ་པུ་དགོན།②

ཀྲང་ཁེ་ཀྱུ།③

ཁ་བས་གཡོགས་པའི་རི་རྩེ་རོག་རོག་རལ་གྲིའི་རྩེ་མོ་གྲེན་ལ་ཕྱོགས་ཏེ་ཚོགས་པ་འདྲ།།
གཡང་ལ་བབས་ཆུ་ལྷུང་ལྷུང་འཛགས་པ་འཁྱགས་པའི་ཤེལ་གྱི་ཡོལ་བ་འཕྱང་དང་མཚུངས།།
ནགས་གསེབ་དཀྱིལ་ནས་སྤྲ་དང་སྤྲེའུའི་སྐད་སྒྲ་སྒྲོགས་པ་རི་རྩེའི་སྤྲིན་པའི་གསེབ་ལ་ཟུག།
ཏུ་ཅོན་④བྱ་ཡིས་སྐད་སྙན་གྲགས་ཏེ་ཏུ་ཅོན་མེ་ཏོག་བཞད་པ་དམར་པོ་ཁྲག་འདྲ་བ།།
བྲག་གི་ཕུག་པ་རིང་པོའི་གཏིང་ནས་སེམས་ཅན་ཤྭ་མགོ་བྱ་གཟུགས་⑤ཅུར་སྐད་བསྒྲགས།།
གཡང་གཟར་རི་བོ་ཇི་ལྟར་འཇིགས་ཀྱང་མི་སེམས་འཇིགས་པ་འགྲན་མི་ཐོད།།

མཆན་འགྲེལ།

①ཧུང་ཤེའུ་ཞལ་ཞེས་པ་གཞས་མིང་ཡིན།

②ཐེན་ཐད་ཕུ་ཕུ་དགོན། དེང་སང་གྱི་ཙང་ཞིང་ཆེན་ཐེན་ཐད་རྫོང་བྱང་ཕྱོགས་སུ་གནས་པའི་ཐེན་ཐད་རི་བོའི་དགོན་པའི་མིང་།

③ཀྲང་ཁེ་ཙུ། (སྤྱི་ལོ་༡༢༧༥ནས་སྤྱི་ལོ་༡༣༤༨)ཆིང་ཡོན་ (དེང་གྱི་ཙང་ཞིང་ཆེན་ཡིང་རྫོང་)གྱི་མི་ཡིན། ཁོང་ནི་ཡོན་རྒྱལ་རབས་དུས་ཀྱི་ཡོན་གྱི་གཞས་ཚིག་རྩོམ་པ་པོའི་ཁྲོད་དུ་སྙན་གྲགས་ཆེ་བའི་རྩོམ་པ་པོ་ཞིག་ཡིན།

④ཏུ་ཅོན། མེ་ཏོག་གི་མིང་། མེ་ཏོག་བཞད་སྐབས་འདབ་མ་དམར་པོ་ཡིན། ཡང་བྱ་ཞིག་གི་མིང་ལ་ཡང་ཏུ་ཅོན་ཟེར། བྱ་དེའི་སྐད་ཤིན་ཏུ་སྙན་པོ་ཡོད།

⑤སེམས་ཙན་ཤྭ་མགོ་བྱ་གཟུགས། ཤོད་རྒྱུན་ལ་སེམས་ཙན་ཤྭ་བའི་མགོ་ལ་བྱ་ཡི་གཟུགས་པོ་གཤོག་པ་དང་བྱ་སྤུ་ལྡན་པ་ཞིག་ཡོད་པ་ཡིན།

凭阑人

湖上

张可久

二客同游过虎溪，一径无尘穿翠微。寸心流水知，小窗明月归。

凭阑人

江月

张可久

江水澄澄江月明，江上何人搊玉筝？隔江和泪听，满江长叹声！

ཕིང་ལན་རན། གཞས་ཚིག་ཁག་གཉིས།①

ཀྲང་ཁེ་ཅུ།

དང་པོ། མཚོའུ་ཡི་སྟེང་དུ།

ང་གཉིས་མཉམ་དུ་ཧུ་ཤིའི་②ཟམ་པར་འཆམ།།
ལམ་ཆུང་རྒྱུད་དེ་ནགས་གསེབ་རི་རྩེར་སླེབས།།
སེམས་པའི་སྤྲོ་སྣང་ཤང་ཤང་ཆུ་མོས་ཤེས།།
ཆུ་ཤེལ་འོད་སྣང་སྐྱེའུ་ཁུང་ཕོག་པའི་ཚེ།།
གཞི་ནས་ཁྲིམ་གྱི་སྒོ་ནང་འཛུལ་པ་ཡིན།།

གཉིས་པ། ཆུ་ནང་ཟླ་བ།

ཆུ་མོ་དྭངས་ཤིང་བསིལ་ལ་ཆུ་ཤེལ་དབང་པོ་འོད་དཀར་དཀར།།
ཆུ་མོའི་འགྲམ་ནས་གྲགས་པའི་རྒྱུད་མངས་རོལ་དབྱངས་སྐྱི་ལྷང་ལྷང་།།
ཆུ་མོའི་ཕ་ན་གནས་པའི་ཉན་མཁན་མི་ཚོ་མཆི་མ་ཤོར།།
ཆུ་མོའི་གཡས་གཡོན་མེད་པར་ཡིད་སྐྱོའི་དབུགས་རིང་བར་མི་ཆད།།

མཆན་འགྲེལ།

①ཕིང་ལན་རན་ཞེས་པ་གཞས་མིང་ཡིན།

②ཧུ་ཤིའི་ཟམ་པ། ལྷུང་ཅེན་དགོན་པའི་འགྲམ་དུ་ཡོད། གནས་དེའི་ཡུལ་ལྗོངས་ཤིན་ཏུ་མཛེས་པོ་ཡོད། རྩོམ་པ་པོ་ཧང་ཀྲིའུ་ཤིའི་ཧུ་མཚོའུ་ཡི་འགྲམ་དུ་ཡུན་རིང་བཞུགས་མྱོང་ཡོད་པས་ཡུལ་དེའི་ལྷ་ན་སྡུག་པའི་ཡུལ་ལྗོངས་ལ་ཡིད་ཀྱི་བརྟན་པ་འཕྲོག་སྟེ་མཛེས་ལྗོངས་ལ་བསྟུགས་པའི་གཞས་ཚིག་འདི་བརྩམས་པ་ཡིན།

落梅风

春情

张可久

秋千院，拜扫天，柳阴中躲莺藏燕。掩霜纨递将诗半篇，怕帘外卖花人见。

落梅风

春晚

张可久

东风景，西子湖，湿冥冥柳烟花雾。黄莺乱啼蝴蝶舞，几秋千打将春去。

ལོ་མེ་རླུང་། གཞས་ཚིག་ཁག་གཉིས།①

ཀྲང་ཁེ་ཛུ།

དང་པོ། དཔྱིད་ཀྱི་སྣང་བ།

དུར་ས་གཙང་ཕྱག་བྱེད་པའི་ཉིན་མོ་སྒོ་རྔ་ཆེན་མོ་སྐོང་སང་སང་།།
ལྷུང་མའི་ཡལ་ག་ཚང་ཚོང་གསེབ་ལ་བྱ་བྱིའུ་སྐད་སྒྲ་སྙན་པོ་སྒྲོགས།།
སེམས་པའི་ཡིག་ཆུང་ལག་ཕྱིས་དར་ལ་བསྒྲིལ་ཏེ་སྙིང་སྡུག་ཕོང་ལ་ག་ལེར་འཕུལ།།
སྐེའུ་ཁུང་ཕྱི་ཡི་མེ་ཏོག་ཚོང་པས་གནས་ཚུལ་དེ་ཚོ་མཐོང་ནི་ག་ནས་ཡོད།།

གཉིས་པ། དཔྱིད་ཀྱི་ཐ་རྫུང་།

ཤར་རླུང་ཁྲོད་ཀྱི་མཛེས་ལྡོངས།།ཤིའི་ཙེ་མཚོའུ་②ཡི་སྣེག་ཉམས།།
བརླན་བཤེར་རླངས་པས་བསྒྲིབས་པའི་སྐྱིད་ཚལ་སྡུག་པོའི་སྤོ་མདངས་སྐྱ་ཤར་ཤར།།
དཔྱང་ཐག་རྩེད་འཛོར་རོལ་བའི་ན་ཆུང་བུ་མོའི་རྩེད་སེམས་མ་ཁེངས་གོང་།།
ནམ་དུས་དཔྱིད་ཀ་གར་ཀོར་མེད་པར་མི་ཡུལ་དེ་ནས་ཐོན་ཚར་འདུག།

མཆན་འགྲེལ།

①ལོ་མེ་རླུང་ཞེས་པ་གཞས་མིང་ཡིན།

②ཤིའི་ཙེ་མཚོའུ། དེ་ནི་ཧང་ཀྲའུ་གྲོང་ཁྱེར་གྱི་ཤིའི་ཧུ་མཚོའུ་ལ་ཟེར། སྔ་མོའི་རྩོམ་ནང་མཛེས་མ་ཤི་ཧྲི་དང་ཤི་ཧུ་མཚོའུ་གཉིས་དཔེ་དང་དཔེ་ཅན་ལ་བཀོད་པ་མང་པོ་མཐོང་རྒྱུ་ཡོད།

卖花声

怀古

张可久

美人自刎乌江岸，战火曾烧赤壁山，将军空老玉门关。伤心秦汉，生民涂炭，读书人一声长叹。

མེ་ཏྲ་ཧྲེང་།①

སྔར་སོང་བྱ་བ་ཡིད་ལ་དྲན་པ།

ཀྲང་ཁེ་ཙུ།

ཨུ་ཅང་གཙང་འགྲམ་②མཛེས་མ་③རང་སྲོག་ཆྱིབས།
ཁྲི་པི་རི་བོ་④དམག་གི་མེ་ལྕེས་བསྲེགས།
དམག་དཔོན་ཆེན་མོ་⑤ཡུས་མེ་འགག་སྒོའི་⑥ཕྱི་ཊུ་ན་སོ་རྒས།
ཚིང་ཧན་རྒྱལ་རབས་⑦ཡིད་ལ་འཁོར་དུས་སེམས་པ་སྐྱོ།
གནམ་འོག་མི་སེར་སྡུག་བསྔལ་ཚད་མེད་མྱངས།
དཔེ་དེབ་ལྟ་མཁན་བདག་འདྲ་ཡིད་ཆད་དབུགས་རིང་ཐོར།

མཆན་འགྲེལ།

①མེ་ཏྲ་ཧྲེང་ཞེས་པ་གཞས་མིང་ཡིན།

②ཨུ་ཅང་གཙང་པོ། ཀུད་ཀྲེའུ་ཞིང་ཆེན་གྱི་གཙང་པོ་ཆེ་ཤོས་ཡིན།

③མཛོས་མ། ཤང་ཡུས་ཀྱི་ཆུང་མ་ཡུས་ཅི་ལ་ཟེར། ཚིག་རྐང་འདིར་ཁྲིའུ་རྒྱལ་ཁབ་དང་ཧན་རྒྱལ་ཁབ་གཉིས་དབར་དམག་འཁྲུག་ལངས་ཏེ་དམག་དཔོན་ཤང་ཡུས་གད་ཤ་(ས་ཆའི་མིང་། དེང་སང་ཨན་ཧུའི་ཞིང་ཆེན་ལིན་པི་རྫོང་གི་ཤར་ལྷོར་གནས།)ས་ཆར་རང་གི་ཆུང་མ་དང་གཏན་དུ་བྲལ་བའི་སྐོར་བརྗོད་པ།

④ཁྲི་པི་རི་བོ། ཧུ་པེ་ཞིང་ཆེན་གྲོང་ཁྱེར་ཧོང་གང་གི་ཁོངས་གཏོགས་ཧོང་ཀྲེའུ་གྲོང་ཧྲན་ཁྲིན་སྒོ་མོ་ཕྱི་རོལ་གྱི་ནུབ་བྱང་ཕྱོགས་སུ་གནས།

⑤དམག་དཔོན་ཆེན་མོ། ཧྲང་ཧན་རྒྱལ་རབས་དུས་ཀྱི་དམག་དཔོན་ཆེན་མོ་པན་ཁྲའོ་ལ་ཟེར།

⑥ཡུས་མེ་འགག་སྒོ། གན་སུའུ་ཞིང་ཆེན་གྱི་ཏུན་ཧོང་ས་ཆའི་ནུབ་བྱང་དུ་གནས། འགག་སྒོ་དེ་ནི་དབུས་ཁུལ་ནས་ནུབ་ཕྱོགས་སུ་བསྐྱོད་དུས་ཡིན་ཅིག་འགྲིམས་དགོས་པའི་འགག་སྒོ་ཞིག་ཡིན། ཚིག་རྐང་འདིར་ཧྲང་ཧན་རྒྱལ་ཁང་ནས་དམག་དཔོན་ཆེན་མོ་པན་ཁྲའོ་དམག་དཔུང་འཁྲིད་དེ་ནུབ་ཕྱོགས་ཀྱི་དགྲ་བོ་བཅུལ་བར་བཏང་སྟེ་དམག་དཔོན་ཡུས་མེན་འགག་སྒོར་ལོ་མང་བཞག་ནས་རྒྱལ་ཁང་དུ་ཕྱིར་ལོག་བྱེད་མ་ཐུབ། ས་དེ་རང་ལ་དམག་དཔོན་ཆེན་མོ་ན་སོ་རྒས་ཏེ་རང་ཡུལ་ཡིད་ལ་དྲན་ཡང་བྱེད་ཐབས་མེད་པར་ལུས་པའི་སྐོར་བརྗོད་པ།

⑦ཧྲང་ཧན་རྒྱལ་རབས། ཧྲང་རྒྱལ་རབས་དང་ཧན་རྒྱལ་རབས་ལ་ཟེར།

水仙子

吴江垂虹桥

乔吉

飞来千丈玉蜈蚣,横驾三天白螮蝀,凿开万窍黄云洞。看星低落镜中,月华明秋影玲珑。赑屃金环重,狻猊石柱雄,铁锁囚龙。

ཧྲུས་ཤན་ཙེ།①

ཝུ་ཅང་②འཇའ་ཡི་ཟམ་པ།

ཇའོ་ཅི།③

གཡུ་ཡི་འབྲུ་སྲིན་རྐང་བརྒྱ་ལག་བརྒྱ་④གནམ་གྱི་མཐོངས་ནས་འདི་རུ་བབས།
མཐའ་ཡས་ཨ་སྔོན་ཡངས་པའི་དཀྱིལ་ལ་རྣམ་བཀྲ་འཇའ་ཚོན་ལྷམ་མེར་ཟུབ།
རྟོང་ཡུན་རི་བོའི་⑤ལྕུན་གྱིས་བྲུབ་པའི་རི་ཡི་ཕུག་པ་འདི་ན་སྤྲོས་པ་མེད་ནམ་སྙམ།
དྭངས་གསལ་ཤེལ་གྱི་མེ་ལོང་⑥ངོས་སུ་སྐར་མ་འབྱུམ་ཕྲག་ཁྲ་ཆེམ་ཆེམ།
སྟོན་ཟླ་འཁྱིལ་པོའི་བཅོ་ལྔའི་ཟླ་བ་⑦ངོ་མཚར་ཞལ་ཁྲིམ་ཡང་ཡང་མཇལ་ཡང་ངོམས་པ་མེད།
ཇོ་བཀོས་ཙུས་སྦལ་སྐལ་པའི་སྟེང་གི་ཟམ་ཁྲུང་དཔུང་སྦྲེལ་གསེར་གྱི་གདུ་བུ་ཚར་དུ་དངར།
ཟམ་པའི་ལན་ཀན་ལག་འཛུ་རེ་རེར་ཇོ་ཡི་སེང་གེ་གནམ་ལ་མཆོངས་བ་བཀོས་

པ་བརྗིད་ཉམས་ཆེ།

ལན་ཀན་སྒྲིལ་བའི་ལྷུགས་ཀྱི་ཐག་པས་གཡུ་འབྲུག་སྔོན་པོ་གནམ་ལ་མཆོངས་

ངོགས་བཅིངས་པ་འདྲ།

མཆན་འགྲེལ།

①རྟུས་ཤན་ཙོ་ཞེས་པ་གཞས་མིང་ཡིན།

②ཚུ་ཙང་། དེ་ནི་རྫོང་གི་མིང་། ཀྲེ་ཙང་ཞིང་ཆེན་དུ་གནས།

③ཛའོ་ཅི་ནི་(སྤྱི་ལོ་༡༢༨༠ནས་སྤྱི་ལོ་༡༣༥༥)ཐད་ཡོན་གྱི་མི་ཡིན། (དེང་སྐབས་ཧྲན་ཤི་ཞིང་ཆེན་ཐད་ཡོན་གྲོང་ཁྱེར་)པོང་ནི་ཡོན་རྒྱལ་རབས་དུས་སུ་སྙན་གྲགས་ཆེ་བའི་གཞས་ཚིག་རྩོམ་པ་པོ་ཀྲང་ཁེ་ཅུ་དང་འདྲ་བའི་རྩོམ་པ་པོ་མཁས་ཅན་ཡིན།

④འབུ་སྲིན་ཆང་བརྒྱ་ལག་བརྒྱ། དེ་ནི་ཚུ་ཙང་འཇའ་ཟམ་ཤིན་ཏུ་རིང་ཞིང་ཟམ་ཁུང་མང་བས་དེའི་དཔེ་ལ་བཀོད་པ་ཡིན།

⑤ཙིང་ཡུན་རི་བོ། དེ་ནི་ཧྲན་ཤི་ཞིང་ཆེན་དུ་གནས་པའི་རི་བོ་ཞིག་ཡིན་ལ་རི་བོ་འདིར་རང་བཞིན་ལྷུན་གྱིས་གྲུབ་པའི་རི་ཁུག་མགོ་མཇུག་གཉིས་ནས་འཇུལ་ཐོན་ཚག་པའི་རི་ཁུག་མང་པོ་ཡོད་སྐབས་ཕན་ཚུན་འབྲེལ་ཏེ་འགྲོ་ཚག་པས་རི་བོ་དེའི་ཐུན་མོང་མ་ཡིན་པའི་རྣམ་པ་དེ་རྩོམ་པ་པོས་སྐབས་དེར་ཚུ་ཙང་འཇའ་ཟམ་ཟམ་པའི་ལུས་གཟུགས་ལ་དཔེ་བླངས་ཏེ་བཀོད་པ་ཡིན།

⑥ཧྭངས་གསལ་ཤེལ་གྱི་མེ་ལོང་ཞེས་པའི་ཚིག་ཆང་འདིས་ཚུ་ཙང་ཆུ་མོ་ཤིན་ཏུ་ཧྭངས་བ་མཚོན་པར་བྱས།

⑦སྟོན་ཟླ་འབྲིང་པོའི་བཅོ་ལྔ་ཟླ་བ་ཞེས་པའི་ཚིག་ཆང་འདིས་སྔར་ས་ཆ་འདི་ཁུལ་དུ་སྟོན་ཟླ་འབྲིང་པོའི་བཅོ་ལྔའི་ཟླ་བའི་ཞལ་རས་ཆེད་མངགས་མཇལ་བའི་ལུགས་སྲོལ་ཡོད་སྐབས་ཟླ་བ་དུས་ཚོད་སོ་སོའི་འཆར་སྟངས་མི་འདྲ་བར་རྣམ་པ་མི་འདྲ་བ་ཡོད་སྐབས་དེ་ནི་ངོ་མཚར་ཤིན་ཏུ་ཆེ་བའི་མཚན་མོའི་འདྲེན་བྱེད་ཀྱི་ལོངས་སྤྱོད་ཅིག་ཏུ་རྩི་ཡི་ཡོད་དོ།།

山坡羊

冬日写怀

乔吉

朝三暮四，昨非今是，痴儿不解荣枯事。攒家私，宠花枝，黄金壮起荒淫志。千百锭买张招状纸。身，已至此；心，犹未死。

རྟན་པོ་ཡང་།①

དགུན་དུས་ཀྱི་དྲན་འཆར།

ཇའོ་ཅི།

ཞོགས་པ་ཤར་དང་དགོང་མོ་ནུབ། ཁ་ས་ཡིན་དང་དེ་རིང་མིན།
འཁྱོར་ལྡན་དབང་ཆེན་དཔོན་པོ་ངོ་ཚ་ཁྲིལ་གཞུང་མི་རྩི་ཐག་ཆོད་རེད།
རྒྱུ་ནོར་བསགས་གང་ཐུབ། སྐྱེས་དམན་གང་བྱུང་བསྟེན།
ཁྲིམ་གྱི་རྒྱུ་ནོར་ཇི་ལྟར་སྤྱུག་ན་ཡང་།
མཐར་ཐུག་འཛིག་རྟེན་མི་ཁ་ཟུག་པའི་རྒྱུ།
ལུས་པོ་རྒྱུད་དེ་རྣུང་ཁྲིད་མར་མེར་འགྱུར།
སེམས་པ་མ་ཤི་སྔར་ལས་ཆགས་སེམས་ཆེ།

མཆན་འགྲེལ།

①རྟན་པོ་ཡང་། གཞས་མིང་།

水仙子

重观瀑布

乔吉

天机织罢月梭闲，石壁高垂雪练寒。冰丝带雨悬霄汉，几千年晒未干，露华凉人怯衣单。似白虹饮涧，玉龙下山，晴雪飞滩。

ཧྲུའུ་ཤན་ཙེ།①

རི་གཟར་བབས་ཆུར་སྐྱར་དུ་བལྟས་པ།

ཇའོ་ཅི།

སུམ་རྩེན་ལྷ་མོས་དར་གོས་བཏགས་གྲུབ་གྲུམ་བུ་ཚེས་གསུམ་ཟླ་བ་ཀུན་གསལ་དབྱིངས་སུ་བཞག བྲག་རི་གཟར་པོའི་རྩེ་ནས་འོག་བར་བཀྱམས་པའི་འཕྱང་འཕྱུལ་དར་དཀར་གྲང་སིལ་སིལ། དར་སྐུད་བསིལ་པོ་ཟིལ་པ་ཁྲིམ་མེར་ལྷ་ལམ་གཞུང་ནས་ཐད་ཀར་ཐུར་དུ་འཕྱང་། བགྲང་བྱ་སྟོང་ཕྲག་ཉི་མར་བསྐམས་ཀྱང་བརྟན་གཤེར་མ་ཡལ་བཞའ་མེར་མེར། ཟིལ་པའི་གྲང་ངད་ལུས་ལ་ཕོག་ན་ལུས་ཀྱི་གྱོན་པ་སྲབ་སོང་སྙམ་པའི་སྣང་བ་ཤར། འཇའ་ཚོན་དཀར་པོ་ཨ་སྟོན་སྟེང་ནས་འོག་གི་རི་སུལ་ཆུ་ཕྲན་ཁ་ལ་ཟུག བབས་ཆུ་ས་ལ་ཟགས་ཏེ་ཆུ་ཐིགས་མཁའ་ལ་འཕྱོར་བ་སྤྲིན་བྲལ་རྒྱ་སྐར་ལམ་ནས་ཁ་བའི་འདབ་མ་དཀར་པོ་ལྷུང་ལྷུང་བབས་དང་འདྲ།

མཚན་འགྲེལ།

①རྩུའུ་ཤན་ཅེ་ཞེས་པ་གཞས་མིང་ཡིན།

གསལ་བཤད།

གཞས་ཚིག་འདིའི་བརྗོད་བྱ་ནི་གཟར་བབས་ཆུ་ཡིན་པ་ན་དེ་ལ་རང་བཞིན་བརྗོད་པའི་རྒྱན་གྱི་ཐོག་ནས་བྲག་རི་གཟར་པོའི་རྩེ་ནས་འོག་བར་བཀྲམས་པའི་འཕྱུང་འཕྱུལ་དར་དཀར་གྲང་སིལ་སིལ་ཞེས་བབས་ཆུའི་རྣམ་པ་བཀོད་པ། ཡང་རབ་རྟོགས་ཀྱི་རྒྱན་སྤྱད་དེ་བབས་ཆུ་འདི་སྲུམ་རྩེན་ལྷ་མོས་འཐག་པའི་དར་དཀར་འཇའ་ཚོན་དཀར་པོ་བབས་ཆུ་ས་ལ་ཟགས་ཏེ་འཁོར་བའི་ཆུ་ཐིག་གནམ་སྟོན་པོའི་སྙིང་ནས་ཁ་བའི་འདབ་མ་ལྷུང་ལྷུང་བབས་པ་ལ་སོགས་པའི་ཚིག་གི་བརྗོད་པའི་ཕྲེང་བ་ཡིས་ཀློག་པ་པོའི་ཡིད་ལ་སྣེག་པའི་འཆར་སྣང་སྣ་ཚོགས་སྐྱེད་དེ་བལྟས་ན་ལྟ་ན་སྡུག་པ། ཉན་ན་སྙན་ཞིང་འཇེབ་པའི་རིག་རྩོམ་གྱི་བྱེད་ནུས་མ་ལུས་ལ་རོ་མྱོང་པའི་སྐལ་བ་གནང་འདུག་སྙམ་མོ།།

落梅风

暮春

赵善庆

寻芳宴，拾翠游，杏花寒禁烟时候。叫春山杜鹃何太愁？直啼得绿肥红瘦！

ལོ་མེ་རླུང་།①

དཔྱིད་ཟླ་མཐའ་མཇུག

ཀྲའོ་ཧྲན་ཆིང་།②

དྲི་ཞིམ་གྱི་སྟོན་མོ་འཚོལ་དུ་འོང་། སྔོ་ལྗང་གི་ལྗོངས་ལ་འཆམ་པར་འོང་།

ཤིང་སྟ་མེ་ཏོག་དེ་འདྲའི་བསིལ་བ་ལ། དུ་བ་གནམ་གཏོང་མི་ཚོག③དུས་དང་འཕྲད། ཏུ་ཅོན་བྱ་ཡིས་སྐྱོ་སྣ་བར་མེད་ལེན་དོན་ཅི། ལེན་བཞིན་ལེན་བཞིན་ལྗོན་ཤིང་ལོ་འདབ་རྒྱས། མེ་ཏོག་འདབ་མ་ལྷུང་།

མཆན་འགྲེལ།

①ལོ་མེ་རླུང་། གཞས་མིང་།

②ཀྲའོ་ཧྲན་ཆིང་། འབྱུངས་འདས་ལོ་མི་གསལ། ཁོང་ནི་ཏའོ་ཀྲེའོ་ལ་ཐེང་(དེང་ཙང་ཤི་ཞིང་ཆེན་ལ་ཐེང་རྫོང་)གི་མི་ཡིན། ཁོང་གིས་བརྩམས་པའི་གཞས་ཚིག་ཡུལ་ལྗོངས་ཀྱི་མཛེས་

ཉམས་བཀོད་པ་དེ་དག་ཚིག་གི་སྦྱོར་བ་ལེགས་ཤིང་སྙན་པའི་ཁྱད་ཆོས་ལྡན་ཡོད།

③དུ་བ་གནམ་གཏོང་མི་ཆོག དེ་ནི་གནའ་དུས་ཀྱི་དུས་ཆེན་ཞིག་ཡིན་པར་དེའི་རིང་ཟ་མ་གྲང་མོ་ཟ་བ་ལས་ཐབ་ནང་མེ་བཏང་མི་ཆོག་པའི་ལུགས་སྲོལ་དེ་འདྲ་ཞིག་ཡོད།

གསལ་བཤད།

རྩོམ་དེའི་ནང་རྩོམ་པ་པོས་དཔྱིད་ཀྱི་དུས་བཟང་པོ་འདི་ཡུད་ཙམ་ཞིག་ལ་འདས་པའི་ཚུལ་བཀོད་པ་ཡིན།

赛鸿秋

浔阳即景

周德清

长江万里白如练，淮山数点青如淀。江帆几片疾如箭，山泉千尺飞如电。晚云都变露，新月初学扇，塞鸿一字来如线。

སད་ཧུང་ཆེའུ།①

ཟུན་ཡང་ཡུལ་སྒོངས།②

ཀྱེའུ་ཧེ་ཆེན།③

ལེ་དབར་ཁྲི་ལ་རྒྱུགས་པའི་གཙང་པོ་རིང་པོ་དར་དཀར་བཀྲམས་པ་འདྲ།

རྒྱང་ཐག་རིང་པོར་གནས་པའི་རྫོད་རྒྱན་རི་བོ་མཐིང་ཚོན་ཐིགས་པ་ཐོར་པ་འདྲ། གཙང་པོའི་དཀྱིལ་དུ་རྒྱུགས་པའི་གླུང་གཡོར་ཤིང་གྲུ་གཞུ་ནས་འཕངས་པའི་མདའ་མོ་འདྲ། གཡང་གཟར་རི་བོའི་སྟེང་ནས་བབས་པའི་བབས་ཆུ་ནམ་མཁའི་གློག་དང་འདྲ། མུན་པ་གྲིབ་པའི་མཚམས་ཀྱི་ནམ་མཁའི་སྤྲིན་པ་ཆུ་ཡི་ཟེལ་པ་ཁྲིམ་ཁྲིམ་འདྲ། ཡར་ངོའི་ཟླ་བའི་དབྱིབས་ནི་མཛེས་མའི་ཞུག་ལ་བསྣམས་པའི་དར་གྱི་གླུང་གཡབ་འདྲ། ཨ་སྔོན་དབྱིངས་སུ་ཁྲུང་ཁྲུང་ཁྱུ་གཅིག་གྲལ་བསྒྲིགས་འཕུར་བ་དྲང་ཐིག་སྐུད་པ་རིང་པོ་འདྲ།

མཆན་འགྲེལ།

①སད་ཧུང་ཆེའུ། གཞས་མིང་།

②ཟུན་ཡང་། ཟུན་ཡང་ནི་དེང་སང་ཙང་ཤེ་ཞིང་ཆེན་གྱི་ཟུ་ཙང་གྲོང་ཁྱེར་ཡིན།

③ཀྱེའུ་ཧེ་ཆེན། ཀའོ་ཤན་(ཙང་ཤེ་ཞིང་ཆེན་ཁོངས་ཀྱི་ས་ཆ་)གྱི་མི་ཡིན། འབྱུངས་འདས་ལོ་མི་གསལ།

小桃红

倪瓒

一江秋水澹寒烟，水影明如练，眼底离愁数行雁。雪晴天，绿萍红蓼参差见。吴歌荡桨，一声哀怨，惊起白鸥眠。

ཤའོ་ཐའོ་ཧུང་།①

ཉི་ཙན།②

ཡོམ་ཡོམ་སྔོན་གྱི་ཆུ་མོའི་བཞིན་རས་ཆུ་རླངས་སྲུབ་མོས་ཡོངས་སུ་བཀབ།

ཆུ་ནང་གསལ་བའི་གྲིབ་བརྙན་རི་མོ་དར་དཀར་འདྲ་བ་གསལ་ཐིང་ཐིང་།

འདབ་ཆགས་ཁྲུང་ཁྲུང་གྲལ་བསྒར་བསྒྲིགས་ནས་ལྷ་ལམ་ཡངས་པོའི་མཐོངས་སུ་འཕུར།

སྔོ་སངས་ནམ་མཁའ་རིན་ཆེན་གཡུ་ཡི་མདོག་དང་གཉིས་སུ་མེད།

ཆུ་མོའི་ཁ་ལ་རིང་རིང་རྩྭ་དང་ཐུང་ཐུང་མེ་ཏོག་ལྷུག་པོར་སྐྱེས་པ་མདོན་པར་མཛེས། ཆུ་སྐྱར་གཡུག་ཀྱིན་གྲུ་པས་སླུ་ལེན་སླུ་སྦྲ་སྐྱོ་མོ་རྒྱང་རིང་གྲགས། ཆུ་བྱ་ངང་པའི་རྨི་ལམ་དཀྲུགས་ཏེ་གཤོག་པ་བརྒྱངས་ནས་གནམ་ལ་འཕུར།

མཆན་འགྲེལ།

①ཤའོ་ཐའོ་ཧུང་། གཞས་མིང་།

②ཉི་ཙན། (སྤྱི་ལོ་༡༣༠༨ནས་སྤྱི་ལོ་༡༣༧༤)ཅང་སུ་ཞིང་ཆེན་ཝུ་ཤིའི་གྲོང་ཁྱེར་གྱི་མི་ཡིན། ཁོང་ནི་ཡོན་རྒྱལ་རབས་དུས་ཀྱི་སྙན་གྲགས་ཆེ་བའི་རི་མོ་མཁས་པ་ཡིན་ཞིང་། གཞས་ཚིག་རྩོམ་པ་པོ་ཡང་ཡིན། ཁོང་གི་གཞས་ཚིག་དེ་ནི་ཅང་སུ་ཞིང་ཆེན་ཐེ་ཧུ་མཚོའུ་ཡི་སྔོན་གྱི་ཡུལ་ལྗོངས་ཀྱི་མཛེས་ཉམས་བཀོད་པ་ཡིན།

四块玉

风情

兰楚芳

我事事村，他般般丑。丑则丑村则村意相投。则为丑心儿真，博得我村情儿厚。似这般丑眷属，村配偶，只除天上有。

སི་ཁོད་ཡུས།①

བརྗེ་དུང་།

ལན་ཁྲིའུ་ཧྲང་།②

ང་ལྷུགས་པ་ལྷུགས་རྒྱུང་། ཁོ་ཁ་རིས་ངན་པ།
བློ་ལྷུགས་པ་ཡིན་ཡང་རུང་། མདོག་ངན་པ་ཡིན་ནའི་འདྲ།
ཕྱི་ཁ་མདོག་ངན་ཡང་ནང་སེམས་པ་བཟང་པོ་ཡོད་གྱུར་ན།
ང་ལྷུགས་མའི་བློ་ཕུག་བཙོལ་སའི་མི་དེ་ཡིན།
མདོག་ངན་པའི་བཟའ་ཚང་དེ་འདྲ་བ།
བློ་ལྷུགས་པའི་ཁྱོ་ཤུག་དེ་འདྲ་བ།
གནམ་སྟེང་ལ་ཡོད་ན་ཡོད་པ་རེད།
ས་སྟེང་ལ་བཙལ་ཡང་རྙེད་རྒྱུ་མེད།

མཆན་འགྲེལ།

①སི་ཁོད་ཡུས། གཞས་མིང་།

②ལན་ཁྲིའུ་ཧྲང་། ཁོང་ནི་ནུབ་ཕྱོགས་ཁུལ་གྱི་མི་ཡིན། འཁྲུངས་འདས་ལོ་མི་གསལ། པལ་ཆེར་ཡོན་གྱི་མཐའ་མཇུག མིང་གི་འགོ་མའི་མི་ཡིན་པ་འདྲ། གཞས་ཚིག་ལ་སོགས་བརྩམས་པའི་སྐབས་སུ་རིག་པ་སྐྱེན་པོ་ཡོད་པའི་མི་ཞིག་ཡིན་སྐོར་འཁོད་འདུག

梧叶儿

贪

元代民间散曲

一夜千条计，百年万世心，火院有海来深。头枕着连城玉，脚踏着遍地金。有一日死来临，问贪公那一件儿替得您。

ཝུ་ཡེ་འར།①

འདོད་ཆགས།

ཡོན་རྒྱལ་རབས་དུས་ཀྱི་དམངས་གཞས།

མཚན་གཅིག་ལ་ངན་ཇུས་མི་འདྲ་སྟོང་ཕྲག་བཀོད།

ཚེ་འདས་ཀྱང་མིང་སྟོང་པ་ཇི་སྲིད་ནམ་གནས་རེ་བ་བཅངས།

མེའི་འོབ་དོང་གཏིང་རྒྱ་མཚོ་ལས་ཟབ་ཀྱང་འདྲེ་དང་འདྲུད་བཞིན་གནས། ཟླ་མེད་པའི་རིན་ཆེན་གཡུ་ཡི་ཁྲུག་མ་སྤུས་ཀྱི་འགོ་ལ་བརྟེགས།

གསེར་རིན་པོ་ཆེ་ཡི་རྒྱན་ཆ་རྐང་པའི་འོག་ལ་བརྫིས།

ལུས་རྣམ་ཤེས་བྲལ་བའི་ཉིན་མོ་ཤར་བའི་ཚེ། ཁྱོད་འདོད་ཆགས་ཅན་གྱི་སྐྱེ་བོ་སུ་ཡིས་སྐྱབས་ནུས་སམ།

མཆན་འགྲེལ།

①ཝུ་ཡེ་འར་ཞེས་པ་གཞས་མིང་ཡིན།

朝天子

志感

元代民间散曲

不读书有权，不识字有钱，不晓事倒有人夸荐。老天只恁忒心偏，贤和愚无分辨。折挫英雄，消磨良善，越聪明越运蹇。志高如鲁连，德过如闵骞，依本分只落的人轻贱。

ཁྲའོ་ཐན་ཙེ།[1]

གང་བསམ་བརྗོད་པ།

ཡོན་རྒྱལ་རབས་དུས་ཀྱི་དམངས་གཞས།

ཡོན་ཏན་མེད་པའི་མི་ལ་དབང་ཆ་འདུག །ཡི་གེ་མི་ཤེས་མི་ལ་རྒྱུ་ནོར་འདུག །ཅི་ཡང་མི་ཤེས་མི་ལ་བསྟོད་བསྔགས་བཏང་། འཛིག་རྟེན་མི་སྤྱོད་ཐད་དེ་འཁྱོག་པོར་སོང་། ལེགས་དང་ཉེས་ལ་དབྱེ་བ་མི་ཕྱེད། མི་བཟང་པོར་བརྙས་བཅོས་བཏང་། མི་སྐྱོ་པོར་མཐོང་ཆུང་བྱེད། ཤེས་ལྡན་མི་རྣམས་ཡི་ཐང་ཆད། ལུ་ལན་[2]ལྟ་བུའི་བློ་སྟོབས་ཡོད་གྱུར་ཀྱང་། མིན་ཆན་[3]ནང་བཞིན་སྤྱོད་པ་བཟང་གྱུར་ཀྱང་། ཡ་རབས་ཚུལ་ལྡན་མི་ལ་ཆ་འཇོག་མེད་པར་རྗོག་རོལ་གཏོང་རྒྱུང་རེད།

མཆན་འགྲེལ།

①ཁྲའོ་ཐན་ཙེ་ཞེས་པ་གཞས་མིང་ཡིན།

②ལྱུ་ལན་ནི་ལོ་རྒྱུས་ཐོག་ཀྲན་གོའི་དུས་རབས་ཆེ་གོ་ཡི་མི་ཡིན། ལྱུ་ལན་ཀྲའོ་རྒྱལ་ཁབ་ལ་འཕྱོར་དུས་ཛིང་རྒྱལ་ཁབ་ཀྱི་དམག་མིས་ཀྲའོ་རྒྱལ་ཁབ་མཐའ་སྐོར་ནས་བསྡད་པའི་སྐབས་ཤུད་རྒྱལ་ཁབ་དང་ཀྲའོ་རྒྱལ་ཁབ་གཉིས་གྲོས་མོལ་བྱས་ཏེ་ཛིང་རྒྱལ་པོར་བསྐོས་ནས་དམག་མཚམས་བཞག་ན་སྙམ་པའི་སྐབས་དེར་ལྱུ་ལན་གྱིས་དཔོན་ཀྲའོ་ཧྲིང་ལ་ཛིང་རྒྱལ་པོར་བསྐོས་མི་ཉན་ཞེས་བརྗོད། དེ་རྗེས་ཛིང་གི་དམག་མི་ཕྱིར་འཐེན་བྱས། དཔོན་ཀྲའོ་ཧྲིང་གིས་གསེར་མང་པོ་འཕྲེར་ཏེ་ལྱུ་ལན་ལ་ཐུགས་རྗེ་ཞུས། ལྱུ་ལན་གྱིས་འཛུམ་མུལ་མུལ་ངང་དཔོན་ཀྲའོ་དང་ཞལ་གྱིས་ཞུས། སྐྱུང་དེའི་གོ་དོན་ནི་དཔའ་མ་ཞུམ་པར་བློ་སྟོབས་བསྐྱེད་ན་དོན་འགྲིག་པའི་སྐོར་བཤད།

③མིན་ཆན་ནི་ཁྲིན་ཆེའུ་རྒྱལ་རབས་དུས་ལྱུ་གོ་ཡི་མི་ཡིན། ཁོ་ནི་ཁྲུང་ཅེའི་སློབ་མ་ཡིན། ཁོ་མི་སྤྱོད་པ་ཤིན་ཏུ་བཟང་པོ་ཡོད་པས་ཚང་མས་ཆ་འཇོག་བྱེད་སའི་མི་ཡིན།

醉太平

元代民间散曲

堂堂大元，奸佞专权。开河变钞祸根源，惹红巾万千。官法滥，刑法重，黎民怨。人吃人，钞买钞，何曾见？贼做官，官做贼，混愚贤，哀哉可怜！

ཙུད་ཐེ་ཕིང་།①

ཡོན་རྒྱལ་རབས་དུས་ཀྱི་དམངས་གཞས།

ཡོན་ཆེན་པོའི་རྒྱལ་ཁང་ནང་། དཔོན་གཡོ་ཅན་ཁྲམ་པས་དབང་ཆ་ཟིན།
ཆར་ཞོད་ཆེན་པོ་གཙང་ཆུ་ལུས། རང་བྱུང་གནོད་འཚེའི་སྐབས་དང་བསྟུན།
དངུལ་ཤོར་གསར་པ་འགོར་ཆེན་བཏོན། དངུལ་གྱི་ཇ་ཐང་བར་མེད་ཆགས།
མི་སེར་འཚོ་བ་སྐྱེལ་ཐབས་བྲལ། ཞིང་པའི་འོས་ལངས་དེ་མར་ལངས།
དཔོན་པོས་ཁྲིམས་ཐག་གང་བྱུང་བཅད། ཉེས་ཆད་ལྷི་བ་ཚད་ལས་བརྒལ།
མི་སེར་སྡུག་བསྔལ་ཚད་མེད་སྤྱོང་། མི་ཡིས་མི་ཟས། དངུལ་ལ་མཐོངས་མེད།
སྔོ་ཚོགས་དེ་འདྲ་མཐོང་སྤྱོང་མེད། ཀུན་པོས་དཔོན་བྱས། དཔོན་གྱིས་ཀུ་བརྒྱབ།
བཟང་ངན་རྙོགས། དེ་འདྲའི་ཡ་ང་བ་ལ་ཨང་།

མཆན་འགྲེལ།

①ཙུད་ཐེ་ཕིང་ཞེས་པ་གཞས་མིང་ཡིན།

སྐྱུར་པ་པོའི་གསལ་བཤད།

ཡོན་རྒྱལ་རབས་དུས་ཀྱི་གཞས་ཚིག་ནི་རྒྱ་ནག་གི་བྱང་ཕྱོགས་ཁུལ་དུ་དར་བའི་སྙན་ངག་གི་རིགས་གསར་པ་ཞིག་ཡིན། ཡོན་རྒྱལ་རབས་དུས་ཀྱི་གཞས་ཚིག་ལ་རྒྱ་ཆེ་ས་ནས་བཤད་ན་ཁག་གཉིས་ལ་བསྡུ་དགོས། གཅིག་ནི་ཁྲང་ཤིའི་ཟློས་གར་ཡིན་པ་དེ་ལ་བརྗོད།[1]འཁྱེར།[2]ལེན་[3]བཅས་རྒྱུ་གསུམ་ཚོགས་དགོས། གཅིག་ཤོས་ནི་གཞས་ཚིག་ཡིན་པར་དེ་ལ་གདངས་དང་ཚིག་སྦྱོར་བའི་གླུ་གཞས་ལ་བརྗོད་དང་། འཁྱེར་མི་དགོས། ཁྲང་ཤིའི་ཟློས་གར་ནི་འཁྲབ་གཞུང་ལ་གཞི་བཞག་ནས་འཁྲབ་གཞུང་ནང་བཀོད་སྒྲིགས་བྱས་པའི་མི་སྣ་དང་མི་སྣའིགཏམ་རྒྱུད་ཀྱི་འཕེལ་རིམ་ལ་གཞིགས་ཏེ་བརྗོད། འཁྱེར། ལེན་སོགས་སྐབས་དང་བསྟུན་ནས་གསར་གཏོད་བྱེད་དགོས་པ་ཡིན། རྒྱ་རིགས་ཀྱི་གནའ་བོའི་ཁྲང་ཤིའི་ཟློས་གར་ལ་བླང་བྱའི་གཞས། འཁྱེར་བྱའི་བྲོ་སོགས་ཀྱི་སྒྱུ་རྩལ་གྱི་རྣམ་པ་ཁ་ཤས་འཛོམས་དགོས་པས་དེ་ལ་ཁྲང་ཤིའི་ཟློས་གར་ཞེས་ཐ་སྙད་བཏགས་པ་ཡིན། ནུབ་ཕྱོགས་རྒྱལ་ཁབ་ཏུ་དར་བའི་གཏམ་བརྗོད་ཟློས་གར་ལ་འཁྱེར་དང་ལེན་གྱི་སྒྱུ་རྩལ་གྱི་རྣམ་པ་མེད་པར་བརྗོད་པོ་ནའི་ཐོག་ནས་འཁྲབ་གཞུང་གི་ནང་དོན་འཁྲབ་སྟོན་བྱས་པ་ཡིན་སྟབས་དེ་ལ་གཏམ་བརྗོད་ཟློས་གར་ཞེས་བརྗོད།

ཡོན་རྒྱལ་རབས་དུས་སུ་ཁྲང་ཤིའི་ཟློས་གར་དར་བ་དེ་ནི་མི་རིགས་ཀྱི་སྒྱུ་རྩལ་གྱི་ཚད་གཞི་མཐོ་པོར་སླེབས་པའི་དངོས་འཛིན་བྱེད་ཀྱི་ཡོད་པ་མ་ཟད། ཕུལ་དུ་བྱུང་བའི་འཁྲབ་གཞུང་གཟིམ་ཚང་ནུབ་མའི་སྐོར་བཀོད་པ་ཞེས་དང་། ལྷུང་གཡབ་ཁམ་བུའི་མེ་ཏོག་ལ་སོགས་འཛམ་གླིང་གི་འཁྲབ་གཞུང་ཟློས་གར་ནང་མཚན་སྙན་གྲགས་ཤིན་ཏུ་ཆེ་བའི་སྒྱུ་རྩལ་གྱི་གྲས་སུ་བཞག་གི་ཡོད།

ཡོན་རྒྱལ་རབས་ཀྱི་དུས་སུ་བྱུང་བའི་གཞས་ཚིག་ནི་བརྗོད་དང་། འགྱུར་མེད་པར་གདངས་ལ་སྦྱར་བའི་ཚིག་སྟེ་གཞས་སམ་གླུ་ཡི་རྣམ་པའི་ཐོག་ནས་འཁྲབ་སྟོན་བྱས་པ་ཡིན་གཤིས་དེ་ནི་འཁྲབ་གཞུང་དང་འབྲེལ་བ་མེད། གཞས་ཚིག་གམ་གླུ་གཞས་འཁྲབ་སྟོན་བྱེད་སྐབས་རྟའི་ཆེན་ལ་སོགས་པའི་རོལ་ཆ་ལས་ཪ་དང་སྦུབས་ལ་སོགས་པ་བེད་སྤྱོད་བྱེད་སྲོལ་མེད་སྟབས་གླུ་གཞས་འཁྲབ་སྟོན་ལ་གླུ་རྐྱང་མ་ཞེས་བརྗོད་པ་ཡིན།

ཡོན་རྒྱལ་རབས་དུས་སུ་བྱུང་བའི་གཞས་ཚིག་གམ་གླུ་གཞས་རྣམ་པ་གཉིས་སུ་དབྱེ་ཡོད་དེ་གཅིག་ནི་རྐྱང་མ་(小令)དང་གཅིག་ནི་མཐུད་མ་(套数)ཡིན། རྐྱང་མ་ནི་གཞས་མིང་(曲牌)གཅིག་ལ་གླུ་གཞས་གཅིག་རང་ལས་མེད། མཐུད་མ་ནི་གཞས་མིང་གཅིག་ལ་གླུ་གཞས་གཉིས་གསུམ་བཞི་ལྔ་བསྟུད་མར་བསྒྲིགས་ཏེ་གཏོང་བ་ཡིན།

དེ་བཞིན་གླུ་གཞས་ཀྱི་གདངས་ཀྱི་ངོས་ནས་བཤད་ན་གདངས་མཐོ་པོ་དམའ་པོ། དལ་པོ་མྱུར་པོ་ལ་སོགས་པའི་འགྱུར་བ་སོ་སོར་ཆེད་སྤྱོད་ཐ་སྙད་མང་པོ་ཡོད་པ་དང་། ཚིག་གི་ངོས་ནས་བཤད་ན་ཚིག་གི་ཚང་གྲངས་གདངས་ཀྱི་རིང་ཐུང་ལ་ལྟོས་ཏེ་འགྲོ་དགོས་པ་དང་། ཚིག་གི་སྒྲ་སྦྱོར་ལྷེ་ཡང་སྙན་ངག་དང་འདྲ་བར་འགྲོ་དགོས་པ་ལ་སོགས་པའི་ཞིབ་ཆ་འདིར་ཞུ་མི་དགོས་པར་ཐད་ཀར་རྒྱ་ཡིག་ལ་གཟིགས་ན་དེ་ལས་ལྷག་པ་མེད། ཕྲན་གྱི་དེའི་སྐོར་ཤེས་བྱ་དམན་པས་ཞུ་སྤོབས་མ་མཆིས།

འདིར་ཕྲན་གྱིས་བོད་ཡིག་ཏུ་བསྒྱུར་བ་ནི་ཡོན་རྒྱལ་རབས་དུས་སུ་བྱུང་བའི་གཞས་ཚིག་ཡིན་པ་ལས་ཁྲང་ཤིའི་ཟློས་གར་གྱི་གཞས་ཚིག་མ་ཡིན། སླད་བོད་ཡིག་གི་ཐོག་ནས་ཡོན་རྒྱལ་རབས་ཀྱི་ཁྲང་ཤིའི་འཁྲབ་གཞུང་གཟིམ་ཚང་ནུབ་མའི་སྐོར་བཀོད་པ་ཞེས་པའི་གྲགས་ཅན་འཁྲབ་གཞུང་མཇལ་རྒྱུ་བྱུང་ན་ད་ཙང་ཡག་པོ་ཡོང་བ་འདུག་པས་ང་ཚོ་ཚང་མས་འབད་བརྩོན་གནང་རྒྱུའི་ལྷག་བསམ་སྐུལ་མ་ཞུ་བཞིན་དུ་མཆིས་སོ། །

མཆན་འགྲེལ།

①བརྗོད། བརྗོད་ཅེས་པ་ནི་ཁྲང་ཤིའི་འཁྲབ་གཞུང་འཁྲབ་སྟོན་སྐབས་སུ་མི་སྣ་ཕན་ཚུན་གླེང་མོ་བྱས་ཏེ་གཏམ་རྒྱུད་ཀྱི་ནང་དོན་མཚོན་པར་བྱས་པ་ལ་བརྗོད་ཅེས་པའི་ཐ་སྙད་འདོགས་སོ། །

②འཁྱེར། འཁྱེར་ཞེས་པ་ནི་ཁྲང་ཤི་འཁྲབ་སྟོན་སྐབས་སུ་གཞུང་ནང་དུ་འཁོད་པའི་མི་སྣས་རང་རང་གི་སྐབས་ཐྲལ་དགའ་བ། སྐྱོ་བ། འཇིགས་པ། དངངས་པ་སོགས་པའི་ཡིད་ཀྱི་བྱེ་བྲག་གཟུགས་ཀྱི་རྣམ་པའི་འགྱུར་བ་ལས་ཕྱིར་སྟོན་པ་དེ་ལ་འཁྱེར་ཞེས་ཐ་སྙད་བཏགས་པ་ཡིན་ནོ། །

③ལེན། ལེན་ཞེས་པ་ནི་གདངས་ལ་ཚིག་སྦྱར་བའི་གླུའམ་གཞས་ལ་འདིར་ལེན་ཞེས་པའི་ཐ་སྙད་བཏགས་པ་ཡིན་ནོ། །

མཇུག་བྱང་།

གུས་པའི་སྒྱུར་དེབ་འདི་ཉིད་ནི་སྤྱི་ལོ་༢༠༡༧ལོའི་ཟླ་༥ནས་འགོ་བཙུགས་ཏེ་དུས་ཡུན་བགྲང་བྱ་གསུམ་ལྷག་གི་དཀའ་སྤྱད་འབད་བརྩོན་བྱས་མཐར། ད་ཆ་དངོས་སུ་པར་སྐྲུན་ཐུབ་པ་ལ་དགའ་སྤྲོ་དཔག་མེད་བསྐྱེད་བྱུང་། དོན་སྙིང་ལྡན་པའི་བྱ་བ་བཟང་པོ་དེ་ལྟ་བུ་ཞིག་ལེགས་གྲུབ་བྱུང་བ་ལ་ཕྱོགས་གང་ས་ཅི་ཐད་ཀྱི་རྒྱབ་སྐྱོར་རོགས་རམ་གནང་བ་དང་བྲལ་ཐབས་མེད།

བོད་རང་སྐྱོང་ལྗོངས་བོད་སྐད་ཡིག་ལས་དོན་ཨུ་ལྷན་གཞུང་ལས་ཁང་གིས་བོད་སྐད་ཡིག་འདི་ཉིད་དུས་རབས་ཀྱི་དགོས་མཁོ་ལ་འཚམས་པའི་རྒྱུ་ཆ་མང་པོ་ཞིག་འཚོལ་བསྡུ་བྱེད་པའི་དགོངས་གཞི་ལྟར་སྒྱུར་དེབ་འདི་ཉིད་དུས་རབས་གསར་པའི་བོད་སྐད་ཡིག་རིག་མཛོད་ལས་གཞིའི་ཁོངས་སུ་བཙུག་ཁར། སྒྱུར་ཡིག་བོད་རང་གི་སྐད་ལུགས་ཡིག་སྲོལ་དང་མཐུན་གང་ཐུབ་ཡོང་རྒྱུའི་བཀའ་ནན་ལྷི་སྟོལ་གནང་བས་ཕྲན་ལ་སེམས་སྐུལ་ཆེན་པོ་ཐེབས་ཏེ་ལས་འགན་ལེགས་གྲུབ་བྱ་རྒྱུའི་སེམས་ཤུགས་བསྐྱེད་བྱུང་།

བོད་ཀྱི་བཅུ་ཕྲག་རིག་པར་མཁྱེན་རྒྱ་ཡངས་ཤིང་། སྙན་སུམ་དག་གསུམ་ལ་ནང་བྱན་ཚུད་པ། ལྷག་པར་སྒྲ་རིག་པར་མཁས་པའི་མཁས་དབང་གླིང་དཔོན་པདྨ་སྐལ་བཟང་མཆོག་ནས་ཕྲན་གྱི་སྒྱུར་ཡིག་ལ་ཞིབ་པར་གཟིགས་ཏེ་ཡིག་ནོར་དག་བཅོས་ཀྱི་བཀའ་དྲིན་བསྐྱངས་པས་སྒྱུར་ཡིག་གི་སྤུས་ཀ་ཇེ་ལེགས་སུ་གྱུར་བར་ཕན་པ་ཆེ།

བོད་ཀྱི་གྲགས་ཅན་རྩོམ་པ་པོ་ཚེ་རིང་དོན་གྲུབ་མཆོག་ནས་བོད་ཀྱི་རྩོམ་རིག་བྱ་གཞག་ཐོག་བྱ་བ་བཟང་པོ་དེ་འདྲ་ཞིག་ཐོན་པར་ལོ་ཙཱ་བ་ཁྱེད་ཀྱིས་ཅི་ནས་ཀྱང་འབད་བརྩོན་ལེགས་གྲུབ་གནང་རྒྱུ་ལས་འགྲོ་ཅན་དུ་འཇོག་མི་རུང་བ་ཞེས་ཞལ་

པར་ཐོག་ནས་བཀའ་སློབ་སྐུལ་ལྕག་ནན་སྤྲོལ་གནང་བས་རྒྱན་པོའི་སེམས་ཀྱི་ས་གཞི་ཆེན་པོར་དཔྱིད་ཀྱི་གསོས་རླུང་ལྡང་བ་ལྟ་བུ་བྱུང་།

ཐྲན་གྱི་ཡིག་སྒྱུར་བྱ་བ་ལོ་གསུམ་ལྷག་ཙམ་ལས་པའི་དུས་ཚོད་དེ་རྒྱལ་ཁབ་ཕྱི་ནང་དུ་ཧ་ཁོག་དབྱིབས་སློ་ཚད་རིམས་ནད་བྱུང་བའི་དཀའ་ཚོགས་ཀྱི་དུས་དང་འཕྲད་པ་ཡིན། དེའི་རིང་ཐྲན་གྱི་བཟའ་ཟླ་བར་སྐོར་མཚོ་སྔོ་ཚོང་ཁང་གི་བུ་མོ་ཚེ་རིང་གཡུ་སྒྲོན་ལགས་ནས་ཁྱིམ་ཚང་འཚོ་བའི་ཕྱི་ནང་ཕྱག་ལས་ཆ་ཚང་འགན་བཞེས་ཐོག་ཐྲན་གྱི་ཡིག་སྒྱུར་བྱ་བར་སེམས་རྩ་འཁོལ་པོས་མཐུན་རྐྱེན་གང་ལེགས་བསྒྲུན་པ་བཅས་བཀའ་དྲིན་ཆེ་བའི་གོང་ཞུས་ལས་ཁྲུངས་དང་མི་སྣ་ཚོར་གུས་པས་སྙིང་དབུས་ནས་ཐུགས་རྗེ་ཆེ་ཞུ།

འདིར་སྨྲས་པ།

གངས་ཅན་རིག་གནས་རིན་ཆེན་བང་མཛོད་དུ།།
བགྲང་བྱ་བདུན་ཅུ་རྩ་ལྔར་སོན་པའི་རྒད་པོ་ངས།།
རྨ་མེད་ལྷག་བསམ་མཆོན་པའི་ལག་རྗེས་དེབ་ཆུང་འདི།།
ཕུལ་ལོ་རྗེས་རབས་གཞོན་སྐྱེས་རྣམས་ལ་སྨན་འགྱུར་ཅིག།

ཅེས་དགེ་བའི་སྨོན་ཚིག་དང་བཅས་སྤྱི་ལོ་༢༠༢༥ལོའི་ཟླ་༡༢ཚེས་༢༥ཉིན་རང་ཁྱིམ་དུ་བྲིས་སོ།།

༄། །བོད་ཡིག་ཏུ་བསྒྱུར་བའི་རྒྱ་རིགས་ཀྱི་གནའ་བོའི་ཤུལ་བྱུང་སྙན་ཚིག་བརྒྱ་རྩ་གཅིག

དུས་རབས་གསར་པའི་བོད་སྐད་ཡིག་རིག་མཛོད་ལས་གཞི།—བརྩམས་ཆོས་གྲགས་ཅན་བོད་འགྱུར་དཔེ་ཚོགས།

ཡིག་སྒྱུར་བ།	ཚེ་རིང་རྡོ་རྗེ།
རྩོམ་སྒྲིག་འགན་འཁུར་བ།	སྒྲོལ་མ་འཚོ།
ཁ་ཤོག་རྟགས་འགོད།	ནོར་བཟང་བཀྲ་ཤིས།
པར་འདེབས་འགན་འཁུར་བ།	ལྷ་མོ་ཆོས་སྒྲོན།
དཔེ་སྐྲུན་འགྲེམས་སྤེལ་ཚན་པ།	བོད་ལྗོངས་མི་དམངས་དཔེ་སྐྲུན་ཁང་། （ལྷ་ས་གླིང་སྐོར་བྱང་ལམ་སྒོ་ཨང་20པ།）
པར་འདེབས་ཚན་པ།	བོད་ལྗོངས་ཞིན་ཧྲ་པར་འདེབས་ཚད་ཡོད་མཐུན་གཉེར་ཁང་།
དེབ་ཚད།	787×960 1/16
དཔར་ཤོག	22.375
ཡིག་གྲངས།	ཁྲི་18
པར་གཞི་སྒྲིག་ཐེངས།	2025ལོའི་ཟླ་4པར་པར་གཞི་1བསྒྲིགས།
དཔར་ཐེངས།	2025ལོའི་ཟླ་4པར་དཔར་ཐེངས་1བཏབ།
དཔར་གྲངས།	01-2.000
དཔེ་རྟགས།	ISBN 978-7-223-07715-6
བཅད་གོང་།	སྒོར་56.00